KB253343

높은 곳에 오르다
登高
바람 세고 하늘 높은데 원숭이 울음소리 애절하고
강가 물 맑고 모래 흰데 새 맴돌며 난다
끝없이 나무들에선 낙엽이 우수수 떨어지고
그치지 않는 장강은 출렁출렁 밀려온다
風急天高猿嘯哀 渚清沙白鳥飛廻
無邊落木蕭蕭下 不盡長江滾滾來

長江水路寨
장강수로채
Fantastic Oriental Heroes
長江

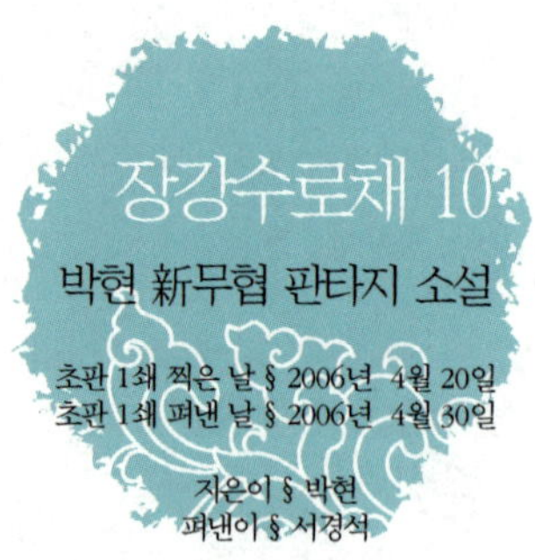

장강수로채 10

박현 新무협 판타지 소설

초판 1쇄 찍은 날 § 2006년 4월 20일
초판 1쇄 펴낸 날 § 2006년 4월 30일

지은이 § 박현
펴낸이 § 서경석

편집장 § 문혜영

펴낸곳 § 도서출판 청어람
등록번호 § 제1081-1-89호
등록일자 § 1999. 5. 31
어람번호 § 제2-0891호

주소 § 경기도 부천시 원미구 심곡1동 350-1 남성B/D 3F (우) 420-011
전화 § 032-656-4452 팩스 § 032-656-4453
http://www.chungeoram.com
E-mail § eoram99@chollian.net

ⓒ 박현, 2004

ISBN 89-251-0088-6 04810
ISBN 89-5831-303-X (SET)

박현 新무협 판타지 소설

長江水路寨

장강수로채

Fantastic Oriental Heroes

長江

10 동정호

도서출판 청어람

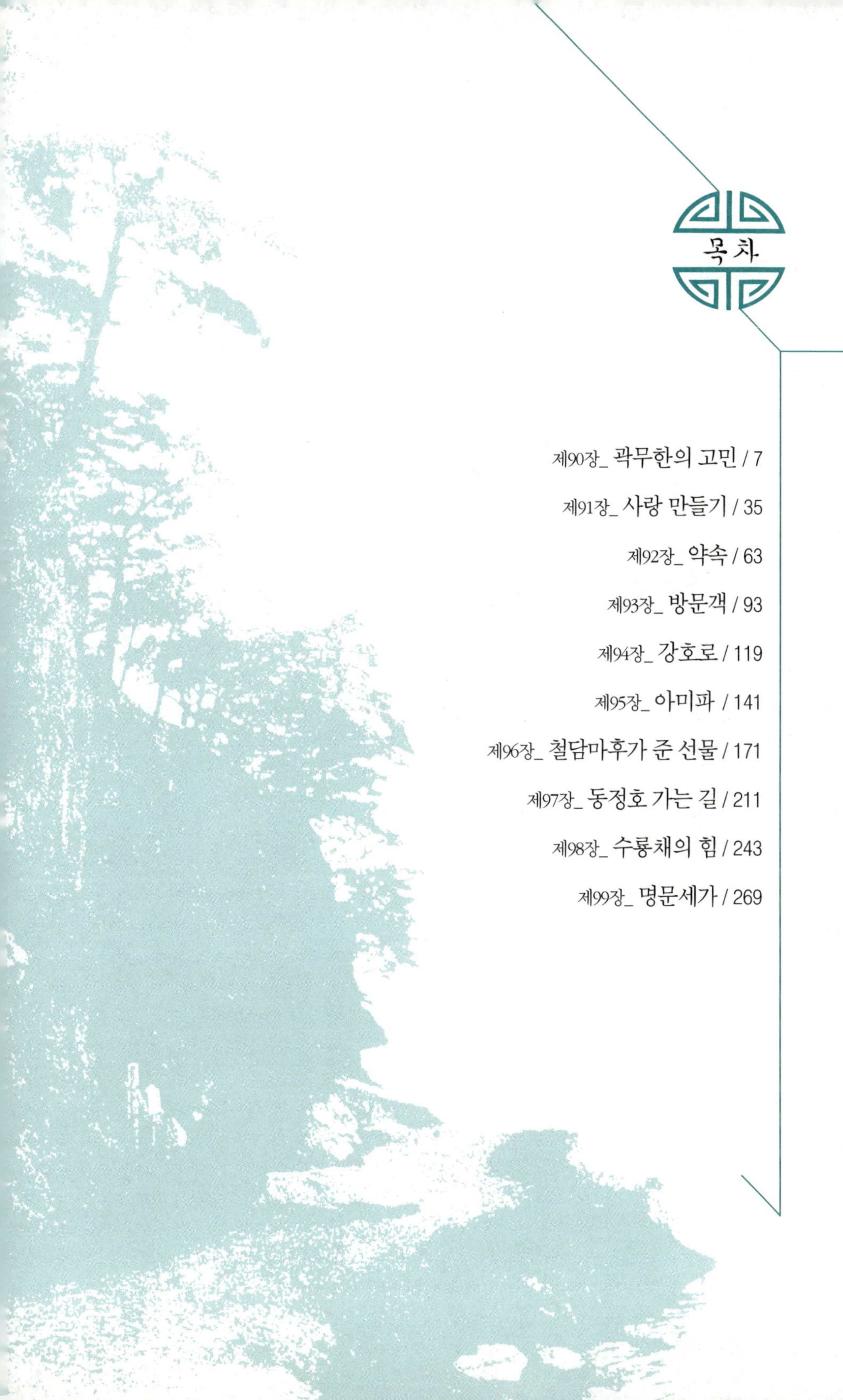

목차

제90장
곽무한의 고민

쪼르릉, 쪼르릉!

지저귀는 새소리와 함께 아침이 왔다.

창 틈으로 쏟아지는 아침 햇살을 맞으며 곽무한은 잠에서 깨어났다. 그리고는 한껏 기지개를 켜다가 살짝 인상을 찌푸렸다.

"끙! 완전 죽기 살기로 퍼마신 모양이군."

곽무한은 두어 번 머리를 흔들다가 방문을 나섰다.

방문을 나서니 환한 햇살이 눈을 부셔왔다. 태양의 위치로 보아 진시(辰時:07~09시)쯤 되어 보였다.

"오랜만에 푹 잤군."

곽무한은 혼잣말을 중얼거리며 성가퀴 쪽으로 향했다.

곽무한이 성가퀴에 오르는 건 벌써 오래된 습관이었다.

과거 칠반채가 무너진 경험 때문인지 곽무한은 이른 새벽 성가퀴에 올라, 만물이 고요히 잠든 수룡채 주변을 둘러보며 혼자 미소를 짓곤 했다. 그게 곽무한의 하루 일과 중 가장 행복한 시간이었다.

그러나 오늘은 조금 늦어 벌써 만물이 생동하는 아침이었다.

나뭇잎은 바람 따라 흔들리고 새들은 구름 따라 몰려다닌다.

폭포는 '쿠쿠쿠!' 소리를 내며 절벽 위를 오르내리고, 세도류는 졸졸졸 소리를 내며 어디론가 바삐 달려간다.

늘 보는 풍경이지만 볼 때마다 새로운 풍경.

"좋은 날씨로구나."

곽무한은 양팔을 벌리며 심호흡을 했다. 그때 어디선가 은은한 기합성이 들려왔다.

"흠, 다들 열심이군."

원래 전체 회식 다음날은 가벼운 휴식을 취하는 게 관례인데, 오늘은 벌써부터 몇몇 수하들이 나와 강변에서 몸을 풀고 있었다.

곽무한은 잠시 수하들을 지켜보다가 성곽 아래로 몸을 날렸다.

"여어! 좋은 아침이야!"

"엇? 총채주! 벌써 일어나셨습니까?"

"하하하! 그래. 모두들 일찍 일어났군."

곽무한은 수하들의 인사를 받는 둥 마는 둥 하며 그들 사이로 끼어들었다.

"수련 중인가 본데, 어때? 오랜만에 한판 붙어볼까?"

그 말이 끝나자마자 수하들이 와! 하며 한꺼번에 달려왔다.

"어이쿠, 이놈들. 예고도 없이?"

곽무한은 짐짓 엄살을 떨며 수하들과 부딪쳐 갔다.

따다닥! 따다닥!

강변에는 곧 요란한 소음이 울려 퍼졌다.

그 소리에 잠을 깼는지 수하들이 하나둘 강변으로 나왔다.

어느새 강변을 가득 메운 수하들.

"이런, 다들 잠도 없나 보군. 좋아! 이왕 모인 김에 아침 해장 삼아 집단 비무 어때? 먼저 쓰러지는 사람이 일주일 동안 경계근무를 서기로 하고. 자, 간닷!"

그 말이 끝나자마자 벼락처럼 몸을 날리는 곽무한.

그 기세에 수하들이 요란한 비명을 지르며 이리저리 달아났다.

곽무한은 하하 웃으며 그들 뒤를 쫓아가 마구잡이로 패대기를 쳐나갔다.

"아이고, 총채주! 전 아직 잠도 덜 깼다구요!"

"어이쿠! 갑자기 이게 무슨 행팹니까? 아이고."

"끙! 이럴 줄 알았으면 잠이나 더 자는 건데, 으갸갸!"

강변에는 때 아닌 곡소리가 울려 퍼졌다.

그렇게 수하들을 괴롭히던 곽무한, 어느 순간 껄껄 웃으며 신형을 빼낸다.

"우우! 우리끼리 박 터지게 만들어놓고 비겁하게 도망치시깁니까?"

수하 몇 놈이 억울하다는 표정으로 야유를 보내왔지만 곽무한은 하하 웃으며 천막 쪽으로 걸음을 옮겼다. 천막 안에서 분주하게 움직이고 있는 설아를 발견한 때문이었다.

먼발치로 본 설아의 얼굴은 초췌해 보였다.

하지만 구슬땀을 흘리며 바쁘게 움직이는 설아의 얼굴엔 행복이 가득해 보였다.

'하아…….'

곽무한은 의미 모를 한숨을 내쉬며 바위 위에 걸터앉았다.

자신은 그녀에게 아무것도 해준 게 없는데, 그녀는 항상 자신에게 헌신적이다.

그런 생각을 하며 멍하니 앉아 있는데 누군가가 등 뒤에서 말을 걸어왔다.

"총채주, 뭐 하고 계십니까?"

고개를 돌려보니 이탁이었다.

"아! 아침 준비가 다 되어가나 해서……."

곽무한이 머쓱한 표정으로 대답을 얼버무리자 이탁이 묘한 눈길로 곽무한을 쳐다본다.

"뭐야? 그 기분 나쁜 미소는?"

곽무한이 눈을 부라리자 이탁이 대답 대신 엉덩이를 붙이고 앉는다.

"정말 고우신 분 아닙니까?"

"음? 그게 무슨 소리야?"

"무슨 소리긴 무슨 소립니까? 방금 전까지만 해도 총채주의 눈을 온통 사로잡고 계시던 미래의 주모(主母)님 말씀이지요."

"윽! 주, 주모라니? 이 사람이 아침부터 엉뚱한 소리를……."

곽무한이 얼굴을 붉히자 이탁이 느물거렸다.

"흐흐흐. 엉뚱한 소리라니요? 이미 수하들 사이엔 짜한 이야깁니다. 이렇게 계속 궁상떠실 요량이라면 차라리 날부터 잡으시지요."

"이, 이 사람이 점점?"

"참내, 변명하실 필요 없다니까요. 어젯밤만 해도 그렇게 무식하게 입술을 들이대던 양반이 아침이 되자 왜 이리 꼬리를 내리실까?"

"윽! 정말 이러기야?"

급기야 곽무한이 얼굴을 붉히며 일어서자 이탁은 그제야 정색을 했다.

"휴. 제 말이 농담으로 들리십니까?"

"그건 아닌데……. 꼭 사람을 이렇게 민망하게 만들어야 돼?"

"흐흐흐. 누가 가르쳐 주신 건데요?"

그 말에 곽무한은 울지도 못하고 웃지도 못하고 다시 자리에 주저앉았다.

"끙. 됐네, 됐어. 그만하면 알아들었으니까 이제 그만 하게. 나 그렇게 바보 아니야."

곽무한이 이제 그만 하라는 뜻으로 손사래를 치자 이탁은 고개를 끄덕였다. 그러나 다른 건 몰라도 애정 문제에서만큼은 곽무한이 자신보다 더한 젬병이라는 걸 알고 있어서인지 한마디를 더 보탰다.

"알겠습니다. 그만 하라니 그만 하지요. 그러나 이것만은 알아주십시오. 두 분 사이가 애매하니 저희 역시 애매할 수밖에 없다는 사실을요. 호칭 문제도 그렇고 예우 문제도 그렇고, 모두 아가씨를 어찌 대해야 할지 혼란스러워하고 있습니다."

"음……."

아닌 게 아니라 문제는 문제였다.

부부도 아니고 연인도 아닌 자신과 설아와의 관계.

수하들은 둘째치고라도 자기 자신부터 난감하기 짝이 없었다. 특히 설아와 함께 보옥이를 볼 때면 설아를 어떻게 불러야 좋을지 몰라 난처했던 적이 한두 번이 아니었다.

"휴, 자네가 무슨 말을 하려는지 알겠네. 그러나 나와 그녀의 입장도 있으니 시간을 갖고 기다려 줘."

"알겠습니다. 그리고 이건 좀 다른 문제인데…… 아가씨와 대부인 말입니다. 오늘이야 아쉬운 대로 몇 놈 끼워 넣었지만 이대로는 안 될 것 같습니다. 보시다시피 두 분의 고생이 너무 심하시지 않습니까?"

"음……."

이탁을 따라 고개를 돌려보니 과연 설아 뒤로 낯익은 몇 놈이 보였다. 이때까지는 당군혜와 설아가 워낙 완강하게 나와 모른 척하고 있었지만 더 이상 미룰 일이 아니었다. 이제는 추단 일행까지 합류한 마당이 아닌가?

"알겠네. 내일 사람을 보내 숙수를 알아보라고 하게."

이때까지는 무림맹의 이목을 피하기 위해 매사에 조심해야 했지만 이젠 더 이상 그럴 필요가 없다. 여차하면 한판 붙어버리면 되니. 또 언젠가는 한판 붙어야 하는 상대이니.

그렇게 두 사람이 대화를 마무리할 쯤,

땡땡땡!

식사를 알리는 종소리가 들려왔다.

종소리가 울려 퍼지자 우르르 몰려가는 수하들.

"자! 우리도 가볼까?"

곽무한은 느릿하게 자리에서 일어났다.

설아는 정신없이 바빴다.

"저요!"

"아가씨, 저부터요!"

마치 아귀다툼을 벌이듯 서로 손을 내미는 사내들.

물론 그 외중에도 웃음을 잃지 않는 설아였지만, 속마음은 바짝바짝 타 들어가고 있었다.

'잉, 뭐야? 오늘은 특별히 충초압자(蟲草鴨子)를 준비했는데…….'

충초압자는 보통 요리가 아니었다. 수많은 사천 요리 중에서도 보양에 좋기로 이름난 요리였다.

전날 과음한 곽무한을 위해 사천당가에서 받은 약재들을 뒤져 이른 새벽부터 준비한 음식인데, 애꿎은 사내들이 포식하는 동안에도 곽무한이 나타나지 않으니 마음이 바빠진 것이었다.

시간이 흐를수록 점점 바닥을 드러내는 찜통.

'잉, 이러다간 국물도 안 남겠어. 어떡하지? 저분들이 다 먹어치우기 전에 어디 다른 곳에 숨겨놔?'

그러나 보는 눈이 한둘이 아니다. 따라서 이러지도 못하고 저러지도 못해 발만 동동 구르고 있는데, 불쑥 코앞에 드리워지는 그림자.

"아!"

곽무한이었다.

설아는 곽무한을 보자 눈 둘 곳을 몰라 했다.

곽무한 역시 마찬가지였다. 어색한 헛기침을 토하며 엉뚱한 곳을 바라본다.

"저…… 여기……."

"험, 험. 고맙소."

그렇게 어긋난 시선 속에 곽무한이 자리를 떴다.

설아는 망연한 표정으로 곽무한을 쳐다봤다.

전날의 입맞춤 때문에 밤새 잠 못 이룬 자신인데 따스한 눈빛, 정겨운 말 한마디 없이 저렇게 무정하게 떠나 버리다니…….

“흑…… 역시 혼자만의 착각이었나 봐…….”

설아는 힘없이 국자를 내려놓으며 눈물을 글썽였다.

“모두 훈련 시작!”

어느새 식사가 끝났을까?

귓전으로 고함 소리가 들려왔다. 뒤이어 강변으로 우르르 달려가는 사내들의 모습도 들어왔다.

또다시 시작되는 일상.

설아는 왠지 맥이 빠지는 기분이었다.

그래서일까? 설아는 갑자기 옛 모옥이 그리워졌다.

‘오늘 밤엔 백아를 타고 아가들이나 보러 갈까.’

그렇게 상심하고 있을 때,

“휴우! 정말 대단들 하네. 도대체 저게 철인이지 사람들이냐?”

갑자기 당군혜의 음성이 들려왔다. 설아는 얼른 눈물을 훔쳤다.

“그, 그러게요.”

당군혜는 고개를 갸웃했다.

설아의 대답에 왠지 울음기가 묻어나는 것 같아서였다.

‘이런!’

고개를 돌려보니 과연 설아의 어깨가 가늘게 떨리고 있다.

당군혜는 금방 사정을 짐작했다.

‘쯧쯧, 비록 내 자식이지만 무정하기가 짝이 없는 놈이로구나. 덩치는 곰만한 놈이 어디 울릴 사람이 없어서.’

저 멀리서 수하들을 훈련시키고 있는 곽무한을 매섭게 째려본 당군혜는 곰곰이 생각에 잠겼다.

‘아무래도 안 되겠다. 조만간에 무슨 수를 내든지 해야지.’

그러다가 생각이 약왕당에 미쳤다.

"아참! 아가, 오늘쯤 무슨 이야기를 한다더니?"

"아! 깜빡… 잊고 있었네요."

"이런, 그걸 잊고 있었어?"

가볍게 설아를 흘겨본 당군혜는 곧 눈을 반짝이며 말했다.

"그럼 이렇게 하자꾸나. 그동안 팔자에도 없는 식모 노릇을 하느라고 너나 나나 허리 한번 펴지 못했으니 오늘 저녁만큼은 우리끼리 식사를 하도록 하자꾸나. 약왕당 이야기도 그때 같이 하도록 하고. 어떠냐, 내 생각이?"

"저… 그럼 다른 분들 식사는요?"

설아가 망설이는 표정으로 묻자 당군혜는 눈을 찡긋해 보였다.

"아, 저놈들이야 강가에 나뒹구는 돌조차 씹어 먹을 놈들인데 그깟한 끼쯤이야 무슨 상관이겠느냐? 여러 소리 말고 이따가 무한이에게 안채로 오라고 해라."

"네."

수줍은 목소리로 대답하는 설아.

그녀의 얼굴에 모처럼 미소가 어렸다.

"휴우우……."

곽무한은 잔뜩 인상을 찌푸리고 있었다. 생각하면 할수록 자기 자신이 마음에 들지 않아서였다.

비록 겉으로는 무관심한 척했지만, 날마다 설아 생각으로 밤잠 못 이루는 자신이다. 그런데 이 무슨 바보 같은 행동이란 말인가?

어제만 해도 그렇게 호기롭게 행동하던 자신이 오늘따라 왜 이렇게 바보처럼 굴고 있는가? 그냥 남자답게, 그녀의 손목을 잡고 '수고가 많소!' 라는 그 한마디만 하면 되는데 왜 이리 바보처럼 속만 끓이고 있단 말인가?

"휴… 이런 게 바로 심마인가?"

곽무한은 고개를 설레설레 흔들다가 천천히 자리를 떴다.

눈은 수하들을 보고 있지만 머리 속에는 설아 생각만 가득하니 답답한 마음도 달랠 겸 차라리 회의나 주재하자는 생각이었다.

회의실은 언제나 똑같은 풍경이다.

중앙에는 둥그런 탁자가 놓여 있고 그 주위로 의자들이 배치되어 있다. 그 외에는 그 흔한 장식품 하나 없는, 말 그대로 회의만을 위해 만들어진 공간이었다.

이제껏 익히 봐오던 공간인데, 또 자신이 그렇게 만들자고 했던 공간인데 오늘따라 왜 이리 허전하게 느껴지는 것일까?

'뭐지? 이 느낌은…….'

그렇게 멍하니 생각에 잠겨 있을 때 시끌벅적한 소리와 함께 수하들이 왔다. 곽무한은 수하들이 앉기를 기다리며 상념을 접었다. 그런데 문득 엉거주춤한 자세로 자리에 앉는 곽패의 얼굴이 들어왔다.

머리에 하얀 눈이 내린 듯 붕대를 칭칭 감고 있는 곽패.

곽무한은 왠지 기분이 나빠졌다.

"뭐야? 아직도 그대로야?"

곽무한의 느닷없는 질책에 곽패는 순간적으로 어리둥절했다. 그러나 왠지 분위기가 이상해 잠자코 고개를 푹 숙이는데, 맞은편에 있던 추단이 끼어들었다.

“총채주. 아무래도 저놈, 어딘가에 얼이 빠져 있는 모양입니다. 그렇지 않고서야 제 머리통을 저렇게 만들 놈이 아니지 않습니까?”

그 말에 수하들이 킥킥 웃음을 참는다. 그 모습을 보자 곽패는 왠지 자존심이 상했다. 그래서 고개를 발딱 치켜들며 추단을 노려봤다.

“형님. 거, 듣자 듣자 하니 말씀이 너무 과하십니다. 말이 나왔으니 말이지, 어제 훈련은 정말 지독하기 짝이 없었습니다. 오죽하면 저까지 퍼질 정도였겠습니까? 그래서 다친 건데, 뜬금없이 얼이 빠졌다니요? 그런 소리가 갑자기 왜 나오는 겁니까?”

곽패가 불퉁하니 소리치자 추단이 도끼눈을 떴다.

“어쭈? 이놈이 뚫린 입이라고 말은 잘해요. 총채주, 이놈이 이렇게까지 나오는 걸 보니 어딘가에 단단히 홀렸나 봅니다. 아무리 훈련 강도가 높아도 그렇지, 제 머리통을 상납하는 놈이 어디 있습니까? 안 그렇습니까?”

추단이 연달아 부추기자 곽무한의 눈빛이 착 가라앉기 시작했다.

“그럼 자네가 생각하는 곽패의 부상 이유는?”

이 질문은 아무리 좋게 해석해도 유도신문에 다름 아니었다.

하지만 제 일이 아닌지라 추단은 실실 웃으며 대답했다.

“흐흐흐. 보나마나 뻔하지요. 곽패 저놈, 아마도 아가씨께 흑심을 품고 있나 봅니다.”

그 말이 끝나자마자였다.

“뭣이라? 이노오옴! 곽패!”

노호성을 터뜨리며 곽무한이 갑자기 자리를 박찼다.

‘헉! 뭐, 뭐야? 이야기가 갑자기 왜 이렇게 돌아가는 거야?’

곽패는 가슴이 철렁했다.

하지만 이미 하얗게 돌아가 있는 곽무한의 눈빛.

"아이고! 총채주! 아닙니다, 정말 아닙니다! 죽어도 아닙니다!"

곽패는 다급히 사정을 했다.

그때 추단이 또다시 끼어들었다.

"어쭈, 요 녀석 봐라? 그럼 네놈 머리통에 감겨 있는 붕대. 그거 누가 감아줬어? 총채주! 더 말할 필요도 없습니다. 저 녀석 저거 아가씨 손길이 그리워 제 머리통을 일부러 다친 겁니다."

그 말에 곽패는 의자 위에서 펄쩍펄쩍 뛰었다.

"아이고, 형님. 제가 무슨 죽을죄를 지었다고 이러시오? 아이고, 총채주! 진짜 아닙니다. 차라리 제가 벼락을 맞지, 언감생심, 어떻게 감히 아가씨께 흑심을 품겠습니까?"

그렇게 울부짖고 있을 때 귓전에 콱 꽂혀오는 곽무한의 음성.

"그럼 너 요즘 어디에 빠져 있어?"

"그, 그……."

곽패는 순간적으로 당황했다. 도대체 자신이 빠지긴 어디에 빠졌단 말인가? 그저 정신없이 훈련하다가 기력이 다해 쓰러진 것뿐인데.

하도 말도 안 되는 질문이니 대답이 막힐 수밖에 없고, 대답이 막히니 매를 벌 수밖에 없었다.

"역시 찔리는 게 있는 모양이군. 이리 와봐!"

"아, 아이고. 그게 아니라, 그게 아니라……."

뻐버버벅! 우지끈, 뚝딱!

"캐애애액! 사람 살려……."

곽패의 애절한 비명을 들으며 이탁은 내심 탄식했다.

'하아…… 그놈의 사랑이 뭔지, 남자의 질투는 죽음보다 무섭다더

니, 총채주의 질투가 바로 그 짝이로구나.'

이탁은 상황이 왜 이렇게 흘러가고 있는지 뻔히 알면서도 아무 소리 않았다. 혹시 곽패가 곽무한의 울화를 풀어주기 위해 일부러 저러는 게 아닐까 하는 엉뚱한 상상까지 해가며.

아무튼, 곽패를 희생양 삼아 그동안 쌓였던 울화를 마음껏 터뜨려 버린 곽무한, 한바탕 땀이 흐르고 체증이 풀린 듯하자 한결 누그러진 표정으로 곽패를 일으켜 세웠다.

"오늘은 회의도 있고 하니 이쯤에서 봐주마. 하지만 오늘 일을 교훈 삼아 두 번 다시는 채 소저를 괴롭히는 일이 없도록 해라. 알겠느냐?"

곽패는 너무 억울해서 대답조차 못했다.

'흑흑. 도대체 내가 뭘 잘못했다는 거야? 혹시 오늘 아침을 너무 많이 먹었다고 그러는 거야? 그럼 그렇다고 말을 하면 될 것이지 왜 주먹질을 하고 난리야? 흑흑흑……'

사실 곽패로서는 억울할 만도 했다. 방금 추단이 말한 흑심이란 말은, 곽패 역시 다른 수하들처럼 설아의 나긋나긋한 손길에 치료를 받고 싶어서 일부러 부상을 당한 게 아니냐는, 사내들 특유의 기대 심리를 흑심이란 말로 바꿔치기한 것에 불과한데, 하필이면 그게 설아에게 제대로 된 애정 표현을 못하고 있어 홀로 자괴감에 빠져 있던 곽무한에게 걸려 버릴 게 뭐란 말인가?

추단은 훌쩍이는 곽패를 보며 머쓱한 표정으로 말했다.

"쯧쯧. 그러게 진작 좀 수련에 매진을 하지. 나 좀 봐봐. 지난 한 달 동안 사천 물길을 이 잡듯이 돌아다녀도 상처 하나 없이 매끈하잖아. 이게 바로 수련의 효과야."

물론 추단 딴에는 위로랍시고 건넨 말이었겠지만 곽패 입장에선 불난 집에 부채질하는 소리로밖에 안 들렸다.

"어디, 내 몸이 다 낫거든 그때 두고 보자구요오오!"

곽패는 이를 뿌드득 갈며 추단을 노려봤다. 그러나 그의 기세는 얼마 가지 못했다.

"호오! 이젠 하극상이냐?"

귀를 파고드는 곽무한의 음성 때문이었다.

"그, 그런 게 아니라… 나중에 형님과 술이라도 한잔하자는……."

불쌍한 곽패였다. 그렇게 얻어맞고도 성질 한번 부려보지 못한 채 입을 다물 수밖에 없었다.

곽무한은 그런 곽패를 한동안 노려보다가 천천히 고개를 돌렸다.

"자! 대충 자리가 정리된 것 같으니 회의를 시작하지. 먼저 현황 보고부터 해봐."

그때부터 본격적인 회의가 시작됐다.

이탁은 곽무한의 눈짓을 받고 자리에서 일어났다.

"먼저 추 부채주의 지휘하에 성공적으로 끝난 사천 정벌부터 보고드리겠습니다. 이번 출정은 그동안 잃어버렸던 본채의 기반을 모두 되찾았다는 데 그 의의가 있습니다. 이 자리에 있는 추 부채주가 잘 마무리하고 돌아왔지만……."

이탁은 현황 보고와 함께 먼저 추단을 추켜세웠다. 그 이유는 추단이 사천 물길을 장악하는 과정에서 수룡채 휘하의 주요 인물들을 남겨 둬, 그들로 하여금 각 수채를 장악하도록 한 때문이었다.

추단은 이탁이 공개적으로 자신을 칭찬하자 괜히 기분이 좋아졌다. 그러나 그런 기분은 얼마 가지 못했다. 곽무한이 불쑥 던진 한마디 때문이었다.

“음. 수고했어. 앞으로도 계속 수고해 줘. 특히 금사강 쪽에…….”

이 말은 아무리 생각해 봐도 금사강을 자신에게 떠넘기겠다는 소리가 아닌가?

추단은 가슴이 철렁해 조심스레 물어봤다.

“저어… 총채주, 설마 저더러…… 금사강을 관리하라는 건 아니겠죠?”

그러나 돌아온 반응은 당연한 걸 왜 묻느냐는 표정.

“아이고, 총채주! 그 넓은 금사강을 관리하려면 제 몸이 열 개라도 모자랍니다. 제발 재고해 주십시오!”

추단은 자기도 모르게 비명을 지르고 말았다.

말이 쉬워 금사강이지, 여기서 금사강까지의 거리는 이천 리도 넘는다. 거기다가 금사강의 길이는 무려 오천팔백 리. 그 멀고도 긴 강을 관리하자면 본채로 돌아오는 건 꿈조차 못 꾸고, 일 년 삼백육십오 일을 꼬박 매달려도 시간이 모자랄 지경이다. 그러니 그런 유배 생활을 어느 누가 하고 싶을까?

하지만 돌아온 대답은 냉정하기만 했다.

“그럼, 내가 가랴?”

“그, 그게, 그런 말이 아니라…….”

싸늘한 곽무한의 말에 추단은 대답을 얼버무렸다. 그리고는 재빨리 머리를 굴렸다. 자신이 위기에 빠질 때마다 언제나 써먹을 수 있는 놈.

“저 자식! 저 자식을 대신 보내죠!”

그 말에 곽패가 펄쩍 뛰었다.

“으악! 거기서 왜 또 나를 걸고넘어지는 거요? 난 안 가요! 때려죽여도 안 가요!”

곽패는 숫제 거품까지 물며 고래고래 고함을 질렀다.

"나한테는 수련이 부족하니 뭐니 하며 온갖 망신을 주더니, 정작 본인께서는 총채주의 명을 가볍게 거역하시는구려. 난 죽었으면 죽었지 그 꼴만큼은 두 눈 뜨고 못 보오. 형님, 본채에서 명령 불복종은 어떻게 다스리는지 잘 알고 계시겠지요?"

"헉! 이, 이놈이?"

추단은 예상치 못한 반격에 당황했다. 수룡채에서 명령 불복종은 하극상에 버금가는 행위다. 거기다가 총채주의 명에 불복한다는 것은…….

'으으! 즉결처분감이다.'

그렇게 추단이 식은땀을 흘리고 있을 때 이탁이 중재에 나섰다.

"총채주, 금사강을 누가 맡는가 하는 문제는 나중에 결정하기로 하지요. 우선은 각 수채의 결속을 위해 조직부터 개편해야 할 것 같습니다."

"흠, 맞는 말이야."

순간, 곽패의 얼굴이 와락 일그러졌다.

조금 전까지만 해도 자신을 그토록 마음 졸이게 해놓고 갑자기 없던 일로 하자니?

곽패는 자기도 모르게 버럭 고함을 질렀다.

"총채주! 총채주께서 명을 내리신 이상 금사강 문제는 끝난 거나 마찬가집니다. 그런데 나중에 결정하자니요? 쇠뿔도 단김에 빼랬다고, 지금 이 자리에서 금사강 문제만이라도 확정짓고 넘어갑시다!"

하지만 곽패는 시기를 잘못 택했다.

"왜? 내 결정이 마음에 안 들어?"

그 말과 함께 휙 날아오는 차가운 눈길.

'아차차, 요놈의 입!'

이미 오랜 경험으로 아는 사실. 곽무한이 저런 표정일 땐 무조건 입을 다물어야 한다. 안 그러면 그날로 축 사망이다.

이탁은 두 사람을 보며 웃음을 참느라 애를 먹었다. 이탁은 오늘따라 곽무한이 왜 이렇게 흥분하는지 그 이유를 알고 있었다.

'아가씨 때문이야. 본격적인 가슴앓이가 시작되셨군.'

아마 틀림없을 것이다. 방금 전에 금사강을 떠넘기려고 하는 이유도 바로 그 때문이리라.

'아가씨 때문에 한시라도 자리를 비우기 싫으신 게지.'

사랑이 뭔지, 곽무한이 갑자기 사춘기 소년으로 변해 버렸다.

'하지만 이런 식은 곤란해.'

수하들을 위해서라도, 아니, 곽무한 스스로를 위해서라도 얼른 마음을 추슬러야 한다.

'그러나 어떻게?'

그 부분만큼은 자신이 없다. 솔직히 상사병에는 약도 없으니.

그저 세월 지나가기를 기다리거나, 아니면 그 사람과 맺어지는 방법밖엔 없다.

'하지만 이 상태로 세월 흐르길 기다린다는 것은 두 분 모두에게 너무 잔인한 일이다. 어떻게, 두 분 사이가 보다 가까워질 방법이 뭔가 있을 텐데.'

그러나 그 역시 밤이 외로운 총각이다 보니 별 신통한 방법이 떠오르지 않는다. 기껏 생각한 방법이라고 해봐야,

'두 분께 각 수채를 순시해 보라고 권하면 어떨까? 수하들은 몽땅

떨어뜨려 놓고. 그러면 달콤한 밀월여행이 되지 않을까?

하지만 그렇게 되면 노는 누가 젓는단 말인가?

설아 홀로 선실에 처박아두고 곽무한이?

아니면 힘 좋은 사내를 옆에 두고 설아가 직접?

'끙! 그럼 두 분께 날마다 비무를 해보라고 하면?

그러다가 자칫 설아가 다치기라도 하면?

'젠장……!'

아무리 생각해 봐도 별 뾰족한 방법이 없다.

'으으, 도대체 어떤 방법을 써야 두 사람이 가장 확실하게 이어질 수 있는 거야?

그렇게 이탁이 궁리에 빠져 있을 때,

"뭐 해? 이야기하다 말고?"

갑자기 곽무한의 음성이 들려왔다.

이탁은 그제야 현실로 돌아왔다.

"아! 죄송합니다. 잠깐 조직 개편에 대해 생각해 보느라……."

"생각은 무슨. 그냥 알아서 짜봐. 그러면 내가 다시 한 번 살펴볼게."

하긴 그게 가장 빠르고 합리적인 방법이다. 지금 이 자리에서 미주알고주알 따지다간 밤을 새도 모자랄 것이다.

"알겠습니다. 그렇게 하지요."

이탁은 고개를 끄덕이며 다음 안건으로 넘어갔다.

"다음 안건은 정보망 확대입니다. 제 생각으로는 지금처럼 여유있을 때 정보망 확충에 전력을 다 하는 게 어떨까 싶습니다만……."

그 말에 곽무한은 고개를 끄덕였다. 이미 산전수전 다 겪은 곽무한이다 보니 정보의 중요성을 간과할 리 없다.

곽무한은 자신의 등골을 오싹하게 만들었던 개방의 정보력을 떠올리며 입을 열었다.

"좋은 생각이야. 하지만 정보망 확충에 너무 매달려 방만해지거나 허술해져선 안 돼! 은밀하면서도 체계적으로 움직일 수 있어야 돼."

"옳으신 말씀입니다. 그래서 먼저 현재의 정보망을 되짚어보고 우리가 놓친 부분이 뭔지, 그리고 부족한 부분이 뭔지 파악해 볼 생각입니다."

"좋아! 그럼 인력 확충이 시급하겠군. 정보를 다루는 데 있어 가장 중요한 것은 사람이니, 본채와 파양채 위주로 뽑아봐."

역시나 단번에 핵심을 짚는 곽무한이다.

이탁은 웃으며 고개를 끄덕였다.

"아! 그리고 앞으로는 정보를 등급별로 나눠봐. 그리고 정보를 열람할 수 있는 권한도 직위별로 나눠보고."

"알겠습니다."

이탁은 가볍게 고개를 끄덕인 뒤, 짐짓 한숨을 내쉬었다.

"휴… 그런데 문제는 이 모든 일을 추진하기 위해서는 막대한 자금이 필요하다는 것입니다."

그 말이 떨어지는 순간 모두의 표정이 석상처럼 굳어갔다.

"젠장, 결국 그놈의 돈이 문제로군."

세상 사는 이치가 다 그렇다. 뭔가 하나 해보려고 하면 꼭 돈이 문제가 된다.

'그래서 모두들 돈, 돈 하는 걸까?

곽무한은 꿀 먹은 벙어리처럼 자기만 쳐다보고 있는 수하들을 보고

긴 한숨을 내쉬었다.

혹시 저들은 자신이 입만 열면 어디선가 돈이 뚝 떨어져 내릴 거라고 생각하고 있는 것일까?

곽무한이라고 해서 용빼는 재주가 있을 리 만무하다.

그런데 왜 모두들 곽무한만 쳐다보고 있는 것일까?

이유는 간단했다.

곽무한이 돈을 만들 수 있는 방법을 알고 있기 때문이다.

"휴우…… 정 그렇다면 어쩔 수 없군. 좋아! 조금 이른 것 같지만, 한번 해봐!"

곽무한은 마지못한 표정으로 고개를 끄덕였다. 그러자 수하들이 '와!' 하며 환호성을 터뜨렸다.

도대체 곽무한이 뭘 해보라고 했기에 저처럼 난리들일까?

해답은 간단했다.

곽무한이 해보라고 한 건 이제껏 수하들이 줄기차게 요구해 왔던 상단 운용이었다. 모르는 사람이 들으면 '애개, 겨우?' 하며 코웃음 칠지 몰라도 수룡채들에게 있어 상단 운용의 의미는 실로 중차대했다. 이제껏 숨죽여 왔던 어둠의 세월을 벗고 당당하게 세상으로 나간다는 의미였다. 그러니 감격이 남다를 수밖에 없었다.

"사실, 너무 오래 참았지……."

곽무한은 환호하는 수하들을 보며 혼잣말을 중얼거렸다. 수하들은 그 말을 듣고 눈시울을 붉혔다. 그중에서도 특히 이탁이 더했다.

이탁은 그 아름답고 행복했던, 그리고 그 슬프고 참담했던 세월들이 주마등처럼 스쳐 가는 것을 느꼈다. 그 격정을 이기지 못해 이탁은 불쑥 곽무한에게 요청을 했다.

“총채주, 부탁이 있습니다!”

“……?”

의아해하는 곽무한을 보며 이탁은 끓어오르는 목소리로 말했다.

“저희들은 장강에 수룡채의 깃발을 달고 싶습니다.”

그 말과 함께 활활 타오르는 이탁의 눈빛.

곽무한은 잠시 침묵했다.

‘장강이라…….’

장강을 떠올리자 가장 먼저 사해어옹의 목소리가 들려왔다.

“장강은 민초들의 것이다. 강은 흘러야 강이거늘 어찌하여 장강을 도모하는 자들이 이리도 많단 말이냐?”

아직도 귀에 쟁쟁한 사부의 음성.

곽무한은 씁쓸한 표정으로 혼잣말을 중얼거렸다.

‘사부, 수하들이 저렇게 바라고 있는데 어떻게 할까요?’

곽무한은 이미 어린 시절부터 뺏고 빼앗기는 수적 세계에 익숙하다. 그러다 보니 사내대장부로 태어나 한 번쯤 장강을 도모해 보는 것도 나쁘진 않다고 생각해 왔다.

하지만 지금은 아니었다.

말이 쉬워 장강이지, 굽이굽이 만 육천 리 길, 그 장구한 물길마다 얼마나 많은 세력들과 얼마나 많은 고수들이 숨어 있을 것인가?

곽무한은 잠시 수하들을 둘러봤다.

모두들 잔뜩 숨을 죽인 채 자신을 쳐다보고 있다.

“장강이라, 장강……. 그래, 곰곰이 생각해 보니 나 역시 장강을 가지고 싶은 마음이 있군. 하지만 말이야……."

곽무한은 천천히 말꼬리를 늘어뜨리며 추단과 곽패를 봤다.

사천무림맹에 의해 한쪽 팔과 얼굴 반을 잃어버려야 했던 곽패와 한쪽 눈과 내공을 잃어버려야 했던 추단.

곽무한은 그 두 사람이 겪었던 마음의 고통을 잊을 수가 없었다.

"나는 장강을 움켜쥐기 전에 먼저 해결해야 할 일이 있다고 생각해. 사천무림맹 말이야. 난 그들에게 받은 것 이상으로 돌려줄 생각이야."

그 말이 떨어지는 순간, 추단과 곽패의 어깨가 흠칫 떨렸다.

두 사람은 한동안 곽무한을 쳐다보다가 더듬더듬 말했다.

"총채주, 저희들은… 괜찮습니다. 총채주를 다시 만난 것만으로도 저희들의 원은 다 풀렸습니다. 그러니 이젠 사소한 원한 따위는 잊어버리고 총채주께서 원하시는 대로 할 생각입니다."

의외였다. 두 사람에게서 나온 대답은 예상과 전혀 딴판이었다.

예전부터 추단 하면 독기고, 독기 하면 추단 아니던가?

자신이 말려도 복수를 하자며 길길이 날뛰어야 할 놈이 왜 저리 성인군자 같은 말을 한단 말인가?

그리고 곽패 저놈은 또 뭔가?

태생부터가 단순무식하여 한 번 고집 부리기 시작하면 자신조차 어쩌지 못하는 놈인데, 왜 저리 헤헤거리고 있단 말인가?

그리고 저놈들 장단에 발맞추기라도 하듯 아무 말 없이 눈치만 살피고 있는 나머지 놈들은 또 뭐란 말인가?

곰곰이 생각해 봤지만 도무지 답을 알 수가 없어 곽무한은 모두에게 물어봤다.

"도대체 왜들 그래? 왜 그런 표정들이냐구? 모두들 사천무림맹을 잊어버리기라도 한 거야?"

그때 추단이 더듬거리며 대답했다.

"저어… 총채주, 솔직히 말씀드려서 사천무림맹에 대한 원한을 잊어버린 건 아닙니다. 그러나 빈집털이가 무슨 의미가 있겠습니까? 어차피 놈들도 다 장강에 모여 있다고 하니 이참에 장강으로 가 우리의 힘을 보여주고 싶습니다. 그게 오히려 더 통쾌한 복수가 아닐까 싶습니다."

곽무한은 추단의 말을 듣고 뒤통수를 한 대 얻어맞은 기분이었다.

"아이고, 머리야."

곽무한은 한동안 추단을 노려보다가 불쑥 모두에게 물었다.

"다들 같은 생각이겠지?"

"옙!"

약속이나 한 듯 한목소리로 대답하는 수하들.

'맙소사! 이놈들이 오늘따라 왜 이러나 했더니…….'

곽무한은 그제야 수하들의 속내를 알아차렸다.

이놈들이 웅풍산장을 무너뜨리고 사천당가와 겨루다 보니, 그리고 사천 물길을 모두 장악하다 보니 그새 눈들이 높아진 것이다.

사실 점창이나 청성, 아미파 등은 같은 구대문파에 속해 있다고는 하지만 소림이나 무당, 화산파 등에 비하자면 그 격이 낮다고 알려져 있다. 그러다 보니 사천의 패주(覇主)라 불리는 당가를 무릎 꿇린 수하들로서는 사천무림맹 따위에게 꿀릴 이유가 전혀 없다고 생각한 모양이었다. 그런 판에 사천무림맹의 전력 대부분이 장강에 가 있다고 하니, 지금 그들을 쳐봐야 괜히 빈집털이 하는 꼴밖에 되지 않아 자존심이 상한다는 논리였다.

곽무한은 수하들의 그런 단순무식한 결론에 머리가 지끈거려 왔다.

'끙, 미치겠군! 도대체 이놈들이 구대문파를 어떻게 보고?'

그 생각을 하다가 와락! 이탁을 노려봤다.

"너지? 네가 이놈들을 꼬드겼지?"

이탁은 긍정도 부정도 아닌 애매한 웃음을 흘렸다.

곽무한은 그런 이탁을 보고 어이가 없어 고개를 절레절레 내저었다.

"그래, 좋아. 장강을 통일하는 것도 좋고 천하를 호령하는 것도 좋아. 하지만 모두들 잊고 있는 게 있는데, 지금 우리가 가장 먼저 해야 할 일은 장강을 장악하는 게 아니라 흩어져 있는 수채들을 하나로 모으는 거야. 그게 우선되어야 장강을 통일하든 천하를 도모하든 할 수 있어."

곽무한이 의자 깊숙이 몸을 묻으며 무거운 목소리로 말하자 수하들이 시무룩한 표정으로 고개를 숙인다. 그 모습을 보고 웃음이 났지만 곽무한은 계속 말을 이어나갔다.

"그래, 모두들 내게 뭘 바라는지 알고 있어. 장강을 통일하든 천하를 통일하든 세상을 당당하게 살고 싶다는 것! 그래, 그 때문에 우리가 함께 있고 그 때문에 이런 이야기를 하는 거야. 그 꿈을 꿈으로 그치지 않고 현실로 만들기 위해 가장 먼저 해야 할 일이 뭐라고 생각해? 먼저 우리 텃밭부터 공고히 하는 거잖아. 다들 겪어봤듯이 세상이 얼마나 무서워? 그리고 힘이 없으면 어떤 취급을 받게 돼? 그래서야. 난 쉽게 허물어질 성을 쌓고 싶은 생각은 없어. 우리가 쌓는 성은 그 누구도 무너뜨리지 못할 금성철벽이 되어야 해! 그러기 위해 우선 우리 자신부터 다져야 돼! 그래야 그때처럼 비참한 몰골로 쫓겨 다니지 않고, 웃으면서 내일을 준비할 수 있잖아. 안 그래?"

말하다 보니 열변이 되고 말았다. 그만큼 곽무한 스스로도 한이 맺힌 이야기였다.

'그때 조금만 더 현명했더라면…… 조금만 더 힘이 있었더라면 그렇게 비참하게 당하진 않았을 것이다.'

잔뜩 굳어 있는 곽무한을 보고 뭔가를 느낀 것일까? 곽패가 슬그머니 자리를 뜨더니 술통을 들고 왔다.

"이런! 낮술은 아래위도 몰라본다던데?"

곽무한이 웃자 이탁이 령주들을 내보냈다. 그리고 그때부터 조촐한 술자리가 시작됐다.

술자리에선 많은 이야기가 오갔다.

수채의 운영에 대한 이야기도 나왔고, 예전에 잃어버린 인맥들에 대한 이야기도 나왔다. 또 수하들 중에 어느 놈이 뛰어나다느니, 또 어느 놈이 가장 골칫거리라느니 하는 이야기들도 나왔다.

그러나 아무도 과거 이야기를 하지 않았다. 아무도 미래 이야기도 하지 않았다. 오로지 현재의 일만 이야기만 하며 권커니잣거니 잔을 기울였다.

그렇게 모두 술이 얼큰히 되어 취기가 감돌 무렵, 회의실 문이 열리며 수하 한 놈이 쭈뼛거리며 들어왔다.

"저, 아가씨께서……."

그 말과 함께 녀석은 사라지고 그 자리를 설아가 메웠다.

"음? 어쩐 일이시오?"

곽무한의 물음에 설아는 잔뜩 기어들어 가는 음성으로 말했다.

"죄, 죄송해요. 전 회의가 끝난 줄 알고……."

"하하하. 회의는 이미 예전에 끝났소. 우리끼리 간단하게 한잔하고 있는 중이오.”

곽무한이 웃자 설아는 그제야 안도한 표정을 지었다.

“저어, 어머님께서 오늘 저녁은 안채에 와서 드시라고…….”

“아! 알겠소.”

“그럼…….”

설아는 대답을 듣자마자 얼굴을 감싸며 후다닥 달아났다.

추단과 곽패는 그 모습을 보고 곽무한에게 농을 건넸다.

“아아! 꽃다운 여인의 애타는 초대라! 부럽소, 총채주.”

“아아! 나는 언제쯤 저런 여인을 만나보려나?”

두 사람의 농지거리에 곽무한이 얼굴을 붉혔다.

“이, 이놈들이 무슨 헛소리를 지껄이는 거야? 여기서 더 지껄이는 놈은 금사강으로 보내 버린다?”

그 말이 떨어지기 무섭게 입을 다무는 두 사람.

곽무한은 짐짓 눈알을 부라리며 그들을 노려보다가 웃으며 회의실을 떠났다.

제91장
사랑 만들기

통통통.

지글지글.

경쾌한 칼 소리와 기름 튀는 소리.

곽무한은 향긋한 음식 냄새를 맡으며 안채로 향했다.

방문을 열자마자 가장 먼저 눈에 들어온 건 설아 치맛자락을 붙잡고 있는 보옥이였다. 녀석은 까치발을 해가며 설아에게 연신 음식을 달라고 칭얼거리고 있었는데, 그런 보옥이 옆에는 기대 어린 눈빛으로 침을 꿀떡꿀떡 삼키고 있는 청랑이 있었다.

곽무한은 그 둘을 보며 잠시 미소를 짓다가 성큼성큼 주방으로 향했다. 그리고는,

"이 녀석이 요즘 들어 왜 집 안에만 틀어박혀 있는 거야?"

하며 청랑을 발로 뻥 차버렸다. 그러자 청랑이 낑낑거리며 엄살을

피웠고, 그 모습을 본 보옥이가 눈물이 글썽하여 자신을 쳐다본다.

'이런! 요 녀석들이 언제부터 이렇게 가까워졌지?

그러면서 생각해 보니 두 녀석 사이는 언젠가부터 충성스러운 애완견과 개구진 주인 사이로 변해 있었다.

자신이 청랑을 보옥이에게 붙인 이유는 보호자가 되어달라는 의미였다. 그런데 보호는커녕 오히려 애완견 신세로 전락해 버리다니?

"에라, 이 녀석아! 흡혈청랑이라는 네 이름이 부끄럽다!"

곽무한은 청랑의 이마를 쿵! 쥐어박아 버렸다. 그러자 보옥이가 왕! 하며 조막만한 손으로 달려든다.

"나빠! 아빠, 나빠!"

보송보송한 주먹으로 가슴을 콩콩 두드리는 보옥이. 그 모습이 어찌나 귀엽던지 곽무한은 껄껄 웃음을 터뜨리며 보옥이를 안아 올렸다.

"하하하. 이 녀석, 감히 아빠를 폭행해?"

곽무한이 웃으며 보옥이를 머리 위로 치켜들자, 녀석은 언제 그랬냐는 듯 양손을 활짝 벌리며 까르르 웃음을 터뜨린다.

"녀석, 아직 좀 더 커야겠다."

자신에게 안기자마자 좀 전의 일을 까맣게 잊어버리는 보옥이를 보고 곽무한이 놀리듯 말했다. 그러자 녀석은 그게 무슨 말인지도 모르고 혀 짧은 목소리로 따라 한다.

"녀쩍, 아직 좀 더 커야게따."

"하하하! 그래, 넌 아직 좀 더 커야 해. 푸하하하!"

곽무한은 보옥이에게 쪽 소리 나게 입을 맞춰준 뒤 당군혜에게 다가가 너스레를 떨었다.

"아니, 오늘 누구 생일이에요? 웬 진수성찬입니까?"

그러면서 슬쩍 설아를 보니 설아가 자신을 곁눈질하다가 후다닥 고개를 숙여 버린다.

곽무한은 그 모습을 보고 기분이 좋아 모처럼 말을 건넸다.

"채 소저, 도대체 저놈들은 언제까지 곁에 둘 생각……."

곽무한은 말하다 말고 아차! 하는 표정으로 입을 다물었다.

방금 곽무한이 말한 '저놈들'이란 안채 구석에 앉아 있는 독강시들.

'어이쿠! 이 분위기에서 독강시 이야기가 웬 말이냐?'

아니나 다를까, 귓전으로 원망 어린 목소리가 들려왔다.

"저분들, 함께 지내다 보니 보옥이가 정이 들었나 봐요. 그래서…….'

가늘고 여린 설아의 음성이 곽무한의 귀엔 천둥소리같이 들렸다.

"그, 그랬구려. 미안하오. 난 그저……."

"아니에요. 제가 미리 말씀드렸어야 하는데……."

그렇게 분위기가 어색하게 흘러갈 무렵, 당군혜가 음식 접시를 들고와 분위기를 자연스럽게 바꿨다.

"아유, 이렇게 한자리에 앉아보는 게 도대체 얼마 만이냐? 오늘은 남 눈치 보지 말고 우리끼리 마음껏 식사를 즐기자꾸나."

그러고 보니 수룡채로 온 이후 가족 식사를 제대로 해본 적이 없다.

곽무한은 괜히 미안한 기분이 들어 고개를 푹 숙였다.

"죄송합니다. 제가 요즘 수하들 때문에 신경이 곤두서서……."

"호오! 그랬니? 난 또 네가 이 어미를 완전히 잊어버린 줄 알았지."

당군혜는 곽무한의 변명을 재치있게 받아넘기고는 설아를 불렀다.

"아가야, 뭐 하고 있니? 그만하면 됐으니 어서 와서 자리에 앉으렴. 보옥아, 너도 이리 와. 할머니랑 저녁 먹자!"

당군혜가 부르자 보옥이가 '와아!' 소리를 지르며 달려왔고, 뒤이어 설아가 왔는데, 식탁 앞에 이르자 설아의 얼굴이 빨개져 버렸다.

식탁에 있는 의자는 달랑 네 개.

당군혜가 맞은편에 앉아 있고, 보옥이가 당군혜 옆에 앉아 있으니 자신이 앉을 자리라곤 곽무한 옆 자리뿐.

설아는 민망한 표정으로 눈 둘 곳을 몰라 했다. 곽무한 역시 마찬가지였다.

당군혜는 그런 두 사람을 보며 속으로 배를 잡았다. 그러나 행여 웃는 기색을 내비쳤다가는 산통이 다 깨져 버리고 만다.

당군혜는 두 사람에게 차를 권하며 자리에서 일어났다.

"잠시만 이야기하고 있거라. 내가 요리를 가져오마."

"어머니, 제가……."

설아가 함께 일어나려 했지만 당군혜는 손을 내저었다.

"아니, 됐다. 내가 마지막 간을 보겠다고 하지 않더냐? 그리고 넌 저 녀석에게 따로 할 말이 있다면서?"

그 말과 함께 당군혜가 주방으로 향하자 곽무한은 가슴이 덜컥 내려앉았다.

'도대체 무슨 이야기기에 어머니가 자리까지 피해주시는 걸까?'

머릿속으로 온갖 상상이 떠올랐다. 하지만 막상 이야기가 시작되자 곽무한은 그만 허탈해지고 말았다.

"저기… 약왕당 문제 말인데요……."

남자들만의 영원한 착각.

그럴 리 없다고 생각하면서도 곽무한은 혹시나 설아가 사랑 고백이라도 하려는 게 아닐까 하는 막연한 상상을 하고 있었다.

약왕당 이야기가 시작되자 예의 그 수줍음은 어디다 던져 버렸는지 또박또박 자기 의견을 이야기해 나가는 설아.

"……그래서 진료 기록을 비치해 두면 이전의 병력(病歷)을 한눈에 알아볼 수 있고, 또 각자의 체질에 맞는 처방을 할 수 있게 돼요. 그리고 무엇보다도 계획적인 진료가 가능하니……."

이야기를 듣는 내내 곽무한은 멍한 표정만 짓고 있었다.

설아가 신의라는 사실은 진작부터 알고 있었지만, 수하들에게 자기보다 더한 애정을 갖고 있을 줄은 몰랐다.

설아가 내놓은 의견에는 자신도 생각하지 못했던 수하들에 대한 배려가 잔뜩 들어가 있었다. 그러니 곽무한은 그저 고개만 끄덕일 수밖에 없었다.

잠시 후, 두 사람의 이야기가 마무리되어 갈 쯤 요리가 나왔다.

"와아아!"

당군혜가 두 손 가득 요리 접시를 들고 오자 곽무한의 입이 함지박만하게 벌어졌다.

"아아!"

보옥이 입도 마찬가지였다.

당군혜와 설아가 정성껏 준비한 요리들.

그야말로 눈이 핑핑 돌아갈 정도였다.

간단히 그 면면만 소개하자면, 일품웅장(一品熊掌)이라 불리는 최고급 곰 발바닥 요리에 향랄초해(香辣炒蟹)라 불리는 매운 게 볶음 요리, 백과소계(白果燒鷄)라 불리는 어린 닭 요리에 간편우육사(干編牛肉絲)라 불리는 소 등심 요리, 그리고 보옥이가 제일 좋아하는 머리핀 모양의 돼지갈비, 원롱옥잠(原籠玉簪) 등이 있었다.

음식이라면 가뜩이나 환장하는 곽무한과 보옥이.

"먹자!"

"먹자!"

두 사람은 서로를 보며 합창하듯 소리쳤다. 그리고는 희색만면한 표정으로 음식을 집었는데, 곽무한은 곰 발바닥 요리인 일품웅장부터, 보옥이는 양손에 가득 차는 원롱옥잠을 집어 들었다. 그리고 그때부터 부자간의 치열한 음식 다툼이 시작됐다.

"아유, 정말 복스럽게도 먹는구나. 아가야, 우리도 먹자꾸나."

"네, 어머니."

그러나 당군혜와 설아는 아귀다툼하듯 먹어치우는 곽무한과 보옥이 때문에 정신없이 웃음을 터뜨리느라 젓가락질도 제대로 못했다.

"아유, 그렇게 먹다간 체하겠다. 옆에 술도 있으니 좀 마시면서 먹으렴."

허겁지겁 먹어대는 곽무한을 보고 당군혜가 걱정스런 표정을 짓자 옆에 있던 설아가 수줍게 술을 따라준다.

아직 부끄러워 대화도 제대로 못 나누는 사이지만 그녀에게 잔을 받으니 곽무한은 마음이 편안해지는 기분이었다.

'그렇군. 우리는 오래전부터 알고 있던 사이였지. 그래서 이런 편안한 기분이 드는 거야.'

그런 생각을 하며 곽무한이 기분 좋게 술을 마시려는 찰나,

"엄마, 나도. 나도."

하며 앙증맞게 보옥이가 끼어들었다. 그 모습이 어찌나 귀여웠던지 당군혜가 웃으며 술을 따랐다.

"호호호. 너도 사내란 말이지? 오냐, 이놈. 어디 한번 죽어봐라."

말은 그렇게 하면서도 달랑 한 방울만 따라주자 보옥이가 제 잔과 아빠 잔을 비교하며 울상을 짓는다.

"하머니, 더 줘요, 아빠만큼, 아빠만큼."

"욘석아, 마셔나 보고 이야기해."

"그래, 마셔보고 이야기해야지."

당군혜가 눈을 부라리고 곽무한까지 맞장구를 치자 녀석이 울먹울 먹 설아를 본다.

곽무한은 속으로 웃음을 터뜨리며 녀석에게 잔을 내밀었다.

"술은 원래 잔을 부딪치고 난 뒤에 마시는 거란다. 자, 아빠랑 건 배."

그제야 보옥이의 표정이 환해졌다. 그러나 잔을 부딪치고 얼마 안 가 보옥이의 울음소리가 터져 나왔다.

"으앙! 하머니, 써. 너무 써. 우왕!"

곽무한 등은 그런 보옥이를 보고 또 한 번 폭소를 터뜨렸다.

그렇게 정겨운 식사 시간.

정신없이 음식을 먹어치우던 곽무한의 손길이 언젠가부터 느려지기 시작했다.

"왜? 벌써 배부르니?"

당군혜가 묻자 곽무한은 고개를 내저었다.

"아뇨, 그게 아니라……."

곽무한은 음식을 먹는 내내 행복했다. 이때까지는 아무렇게나 끼니 를 때우다가 오늘 저녁, 가족과 함께 음식을 먹으니 가슴 울컥한 행복 이 느껴졌다. 그러다 보니 갑자기 수하들이 생각난 것이다.

당군혜는 그런 마음을 금방 알아차렸다.

“괜찮다. 매일 이러는 것도 아니고 오늘 하룬데 어떠냐? 그리고 이왕 먹는 음식, 맛있고 좋은 걸 먹는 게 백번 낫다.”

그러고 보니 옛날에도 그랬다.

어린 시절, 거의 매일 풀죽과 소면으로 끼니를 때우다가도 한 번씩 엄마는 진수성찬을 차리곤 했다.

곽무한은 그 생각을 떠올리며 희미하게 웃었다.

“엄마가 하는 건 뭐든지 다 맛있어요. 옛날에도 풀죽, 무 밥, 소면, 만두 등등 다 맛있었어요.”

곽무한의 찬사에 당군혜는 눈웃음을 지었다.

“음식이란 게 그렇다. 조금만 바지런을 떨고 신경을 쓰면 같은 재료라도 맛이 확연히 달라진단다. 그게 바로 살림살이의 지혜지.”

그러면서 당군혜는 장난스럽게 말을 이었다.

“어떤 사내들은 음식을 가려 먹는다고 하던데, 난 그런 사람들이 제일 싫다. 세상 남정네들이 다 그러면 여자들은 무슨 낙으로 산다니?”

“호호. 일리있는 말씀이에요.”

설아가 맞장구를 치자 당군혜는 신이 난 듯 계속 말을 이었다.

“경지에 다다른 고승들을 보렴. 그분들이 무슨 음식을 가리더냐? 그게 다 마음의 굴레에서 벗어나셨기 때문이야.”

“아니, 거기서 고승들이 왜 나와요?”

곽무한이 웃자 당군혜가 눈을 빛낸다.

“보니깐 우리 아들은 수하들을 굉장히 많이 거느리고 있던데, 엄만 그 사람들이 바로 이 음식과 같다고 본다.”

“예?”

뭔가 이야기가 엉뚱하게 전개된다.

"여기 양파를 보거라. 볼품도 없고 향도 맵지만 본 재료와 함께 섞이면 단맛이 난단다. 저 파도 마찬가지. 끓일수록 깊은 맛을 내고 몸에도 좋지. 저놈들은 네 수하들 중에 쓴소리 잘하고 알아주는 이 없어도 혼자 노력하는 사람들이다. 여기 있는 고춧가루도 마찬가지. 이놈들이 안 들어가는 음식은 거의 없다. 음식을 돋보이게 해주고 알싸한 맛을 내주지. 이런 사람들이 진짜지. 정열이 있는 사람들. 다른 것도 마찬가지란다. 설탕은 단맛을 내고 소금은 짠맛을 내고, 다 각자의 역할이 있지. 그러나 이들은 모두 양념일 뿐이야. 주재료는 따로 있지. 그들이 바로 기둥 같은 사람들이란다."

당군혜는 잠시 말을 끊고 곽무한을 쳐다봤다.

"무한이 넌 이런 사람들을 다 휘하에 두고 있으니, 그들 모두를 잘 잘 조화시켜서 멋진 요리로 탈바꿈시켜 보려무나. 알겠니?"

얼렁뚱땅 요리 이야기를 빗대 자신에게 뭔가를 가르쳐 주려는 엄마.

곽무한은 그 마음에 감사하면서도 일부러 말꼬리를 잡았다.

"어유, 그 이야기를 하시려고 고승 이야기까지 꺼내신 거예요? 그럼 고승은 뭐고 요리를 먹는 사람은 누구예요?"

곽무한의 반격에 당군혜는 미소로 얼버무렸다.

"글쎄? 고승이야 흐르는 세월에 빗대면 되겠고, 요리를 먹는 사람은 일반 백성들이라고 할까?"

"말도 안 돼요!"

"호호호. 말이 되든 안 되든 내 할 말은 다 했으니 나머지는 네가 알아서 해석하렴."

"참나……."

곽무한은 도저히 못 당하겠다는 듯 어깨를 으쓱이며 잔을 들었다.

그러나 어느새 다 마셨는지 텅 비어 있는 잔.

그 모습을 보고 설아가 급히 잔을 채워준다.

"저, 여기."

그러나 서두른 탓인지 술잔이 넘쳐 버렸다.

"어머?"

설아가 당황한 표정으로 탁자를 훔치는 순간, 곽무한도 같이 탁자를 닦아나갔다. 그 바람에 두 사람의 손이 살짝 스치게 됐고, 두 사람의 얼굴이 동시에 붉어졌다.

그 모습을 보고 기회다 싶었던지 당군혜가 불쑥 말을 꺼냈다.

"그런데, 너희 둘은 도대체 언제까지 그러고 있을 참이냐?"

"예……?"

곽무한이 멍하니 묻자 당군혜가 살짝 언성을 높였다.

"도대체 너희 둘은 언제 결혼할 생각이냔 말이다."

"캑, 콜록, 콜록!"

곽무한은 사레를 토했고, 설아는 뺨을 붉히며 고개를 숙인다.

그런 두 사람을 보며 당군혜는 정색한 표정으로 말했다.

"너무 갑작스런 이야기라 놀란 모양이구나. 하지만 이왕 꺼낸 말이니 마저 이야기를 하마. 여기 보옥이도 있지만, 너희 둘은 이미 남이 아니다. 그동안 지내온 시간도 시간이지만, 남들 보기에도 이미 부부 사이나 마찬가지다. 그러니 내 속 좀 그만 태우고 하루빨리 날짜를 잡도록 해라. 그게 내 유일한 소원이다!"

그 말에 곽무한은 한동안 얼떨떨한 표정을 짓고 있다가 슬그머니 설아를 훔쳐봤다. 그녀 생각이 어떤가 알아보기 위해서였다.

그러나 무슨 생각을 하는지 가만히 고개만 숙이고 있는 설아.

곽무한은 가슴이 덜컥 내려앉는 기분이었다.

자신의 종신대사에 관한 이야기가 흘러나옴에도 가타부타 말이 없는 그녀.

설아 딴엔 예상에 없던 혼례 이야기라 부끄러워서 그러고 있는 것인데, 이 답답하고 미련한 곽무한은 그걸 제멋대로 해석해 버렸다.

'그래. 아무리 생각해도 이 방법은 아냐. 그녀는 혼사에 대해 아무런 생각조차 없는데 괜히 엄마가 나서서 입장을 난처하게 만들고 있어……'

물론 설아와의 혼례는 꿈에서조차 바라 마지않는 일이다. 하지만 언감생심, 지상의 두꺼비가 어찌 감히 하늘의 기러기를 탐낼 것인가?

나름대로 생각을 정리한 곽무한은 분위기를 바꾸기 위해 얼른 화제를 돌렸다.

"하하. 혼례 문제는… 에, 또… 수하들의 복수 문제도 있고, 또 얼마 전에 물길을 확장하는 바람에 일도 바빠질 것 같고… 아무튼 그 문제는 나중에 다시 이야기하기로 하고, 우선은 안 그래도 오늘쯤 해서 두 분께 드릴 말씀이 있었습니다. 그게 뭐냐면……"

그러면서 슬쩍 설아를 훔쳐보니 아무런 표정의 변화가 없다.

곽무한은 내심 찔끔한 기분이 들었지만 내친김이라 싶어 하던 이야기를 마무리했다.

"내일부터 숙수를 고용하기로 했습니다. 그러니 앞으로는 좀 더 늦잠을 주무셔도 될 것 같습니다. 하, 하, 하."

어색하게 울려 퍼지는 곽무한의 웃음소리.

당군혜는 어이가 없었다.

‘아이고, 이 웬쑤덩어리야! 기껏 멍석을 깔아주고 거기다가 밥상까지 차려줬더니, 어째 그것 하나 못 받아먹고 오히려 상을 뒤엎어 버리냐?’

속에서 열불이 치밀었지만 여기서 더 윽박질렀다가는 오히려 역효과만 날 것 같아 당군혜는 달싹이는 입술을 겨우 달랬다.

그런데 바로 그때,

“저어, 그럼 앞으로 하루 한 끼 정도는 꼭 안채에서 식사를…….”

갑자기 설아에게서 모기 울음소리만한 목소리가 흘러나왔다.

‘호오? 저 아이가?’

당군혜는 감탄 어린 눈빛으로 설아를 봤다. 하지만 뒤이어 들려온 곽무한의 대답에 그만 아연실색하고 말았다.

“아, 예. 가능하다면… 아, 아니, 그게 아니라 시간이 나면 꼭…….”

‘하느님 맙소사!’

아무리 무심한 녀석이라도 정도가 있지, 여자의 자존심을 어찌 저리 깔아뭉개 버린단 말인가?

‘내 저 녀석을 그냥…….’

당군혜는 분통이 터져 소매를 둥둥 말아 걷었다. 그리고는 곽무한을 향해 고함을 지르려다가 스르르 손을 내리고 말았다. 설아의 표정이 예사롭지 않아서였다.

하얗게 질린 얼굴로 입술만 바르르 떨고 있는 설아.

뭔가 일이 터질 것 같은 분위기였다.

곽무한은 그런 설아를 보고 눈을 질끈 감고 말았다.

‘맙소사! 이런 실수를 하다니?’

사실 자신의 대답은 설아의 자존심을 깔아뭉개기 위한 게 아니었다.

느닷없는 부탁에 놀라 입에서 나오는 대로 한 대답에 불과했다.

하지만 그러나저러나 결과는 마찬가지. 차라리 안 하느니만 못한 대답이 되고 말았다.

설아의 눈빛은 급격히 흐려졌다.

'가능하면… 시간이 나면…….'

자신이 그 정도 의미밖에 되지 않나 싶어 설아는 왈칵 눈물이 났다.

'나는 그대를 위해 밥도 해주고 싶고 빨래도 해주고 싶은데, 그대는… 그대는…….'

설아는 이를 악물며 쏟아지는 눈물을 참았다.

'설아야, 울지 마. 그래도 지금은 행복하잖아. 그래도 지금은 함께 있잖아. 네가 그토록 바라왔던 것, 그와 함께 있단 말이야…….'

그러나 그때는 그때고 지금은 뭔가 그 이상의 것을 바라고 있다.

혼자만의 해바라기는 더 이상 하고 싶지가 않다.

당군혜는 시시각각 변해가는 설아의 표정을 보고 있다가 천천히 고개를 돌렸다. 그리고는 보옥이를 끌어안으며 짐짓 호들갑을 떨었다.

"어이구, 내 새끼. 다 먹었어?"

"네, 할머니. 다 먹어쪄요."

"그럼 할미랑 아저씨들이 '얍! 얍!' 하는 거 구경하러 갈까?"

"와아! 가요. 하머니, 어서 가요!"

역시 천진난만한 보옥이였다.

엄마와 아빠 사이의 분위기가 이상하게 돌아가고 있어 저 혼자 주눅이 들어 시무룩하게 있다가 당군혜가 꼬드기니 금방 환호성을 터뜨리며 자리에서 일어난다.

잠시 후, 방 안에는 고요한 침묵이 흘렀다.

곽무한은 어색한 표정으로 설아를 훔쳐보고 있었고, 설아는 고개를 푹 숙인 채 입술을 깨물고 있다.

그러다가 언제부턴가 설아의 손이 움직이기 시작했다.

스윽…….

천천히 술병을 잡아가는 작고 귀여운 손.

그 손이 잔을 향해 기울어지자 곽무한은 눈을 휘둥그레 떴다.

"아, 아니? 소저……."

하지만 곽무한의 부름에도 아랑곳 않고 잔을 기울이는 설아.

'이런!'

갑자기 설아가 술을 마시기 시작하자 곽무한은 엉덩이를 들썩이며 불안해했다. 왠지 분위기가 심상치 않게 돌아가는 것 같아서였다.

한 잔, 두 잔, 석 잔…….

잔이 비워질 때마다 점점 붉게 변해가는 설아의 얼굴.

"소, 소저, 이제 그만……."

급기야 곽무한은 안절부절못한 표정으로 만류했지만, 설아는 손을 멈추지 않았다.

꼴깍, 꼴깍.

그렇게 얼마나 지났을까?

땡그랑!

작은 소음과 함께 오량주(五粮酒) 한 병이 바닥을 굴렀다. 도수가 무려 육십 도에 달하는 독한 술이었다. 하지만 설아는 여전히 손을 멈추지 않았다.

한 병, 두 병.

병이 비워질 때마다 급격히 흐려져 가는 설아의 눈빛.

'아파… 마음이 너무너무 아파……. 이젠 감추지 않을 거야. 더 이상 참지 않을 거야!'

그때부터 설아의 술주정이 시작됐다.

설아의 술주정은 잔을 떨어뜨리면서부터였다.

아직도 술잔을 들고 있는 것으로 착각하는 설아, 허공에 멈춰 있는 손을 곽무한 쪽으로 향하며 빨갛게 달아오른 얼굴로 뭔가를 말하려 애썼다.

"당신은 말이야… 당신은 말이야……."

그러나 너무 취한 때문인지 뒷말을 잇지 못하는 설아.

곽무한은 그 모습을 보고 웃음을 참느라 애를 먹었다.

벌써 두 번째 대하는 설아의 취한 모습.

볼 때마다 귀엽고 예뻤다. 거기다가 오늘은 재미있기까지 하니, 곽무한은 과연 뭘 말하려고 하는 것일까 궁금해하며 설아의 입술만 주시했다.

그때 설아가 다시 입을 열었다.

"당신은 말이야, 아~주! 아주아주 나쁜 놈이야."

"캑!"

순간적으로 사레가 들렸다.

설아의 술주정은 계속되었다.

"당신은 말이야, 닭다리에 멍게에 해삼에 돼지 오줌보 같은 사람이야! 아니, 그보다 더 나쁜 사람이야!"

그 말과 함께 설아가 자리에서 벌떡 일어났다. 그러나 제 몸을 가누지 못해 순간적으로 비틀거렸다.

"어어? 소, 소저?"

곽무한은 엉겁결에 설아를 부축했다. 그러나 워낙 급하게 잡다 보니 설아의 가슴에 손이 닿고 말았다.

뭉클.

'아차! 실수!'

곽무한이 황급히 사과를 했다.

"죄, 죄송하오, 소저……."

하지만,

"바보!"

그 소리와 함께 갑자기 무릎 쪽에서 화끈한 통증이 느껴졌다.

"어이쿠!"

곽무한은 순간적으로 무릎을 움켜쥐었다. 하지만 그 바람에 의지할 곳을 잃은 설아, 와르르 쏟아지는 음식과 함께 엉덩방아를 찧고 말았다.

"아야얏!"

"어이쿠, 소저. 미, 미안하오."

곽무한은 놀란 표정으로 다시 설아를 붙잡았다. 하지만 설아는 곽무한의 손을 뿌리치며 예의 그 꼬부라진 음성으로 말했다.

"나는 말이에요… 다시는, 다시는 당신을 사랑하지 않을 거예요."

그 말과 함께 설아가 비틀비틀 일어나더니 문 쪽으로 걸어갔다.

"소저! 지금 이 시간에 어디 가시려고?"

곽무한이 당황한 목소리로 부르자 설아가 비틀거리는 걸음을, 그러나 귀엽고도 우스꽝스런 걸음을 멈췄다. 그리고는 획! 등을 돌리더니 손가락으로 곽무한을 가리켰다.

"나, 나 말이오?"

곽무한이 어리둥절한 표정으로 자기 자신을 가리키자 설아가 고개를 끄덕였다. 뒤이어 설아는 꼬부라진 음성으로 말했다.

"어이, 어이! 이 먹다 버린 멍게, 쉬어빠진 해삼아! 난 다시는 당신을 사랑 안 할 거야! 알아? 사랑 안 할 거라구! 정말 안 할 거야!"

목소리 끝에는 울음기가 배어 있었다. 그리고 그 말이 끝난 뒤 문짝이 쾅 소리를 내며 닫혔다.

"……?"

곽무한은 한동안 문짝을 쳐다봤다. 그리고는 천천히 허리를 숙여 바닥을 뒹굴고 있는 빈 술병을 집어 들었다.

"꿈이 아니고… 현실이었나?"

곽무한은 지금 이 순간이 마치 꿈속의 한 장면처럼 느껴졌다.

그 눈물 그렁한 얼굴, 그 울먹이던 목소리.

그리고 그 고백 아닌 고백.

곽무한의 얼굴에 희미한 미소가 어렸다.

"눈 깜짝할 사이에 세 병이라……."

곽무한은 잠시 입을 벌리고 술병을 탈탈 털어봤다.

한 방울도 나오지 않았다.

"정말 다 마셔 버렸군……."

곽무한은 입맛을 쩝쩝 다시며 자리에 앉았다.

도르르. 도르르.

곽무한은 빈 술병을 굴리며 생각에 잠겼다.

울먹이던 그녀의 음성이 귓가에 아른거렸다.

"풋, 푸흐흐하하! 먹다 버린 멍게, 쉬어빠진 해삼이라. 푸하하하하!"

곽무한은 피식 실소를 흘리다가 어느 순간 커다랗게 웃음을 터뜨렸다. 그리고 어느 순간, 웃음을 뚝 멈췄다.

"내가… 정말 나쁜 놈이었군……."

곽무한은 천천히 술병을 세웠다. 그리고는 바닥에 떨어진 음식 접시를 하나둘 치우면서 혼잣말로 중얼거렸다.

"그새… 몸이 많이 약해진 모양이군……."

자신이 아는 설아의 내공이라면 웬만해선 술이 취하지 않는다.

"술이 너무 독했었나……."

곽무한은 잠시 빈 술병을 쳐다보다가 천천히 방 안을 둘러봤다.

그녀가 사라진 텅 빈 공간.

"그동안…… 내가 바보였었군……."

곽무한은 그제야 후회가 됐다. 설아가 없는 빈 공간을 보고서야 그동안 자기 감정에 솔직하지 못했던 자신이 후회가 된 것이다.

"하지만 지금도 늦진 않았겠지?"

곽무한은 방문을 활짝 열고 밖으로 나갔다.

휘이잉.

밤바람이 뺨을 스쳐 왔다.

별들은 환한 빛으로 자신을 반겨왔다.

하지만 곽무한은 감상에 빠져 있을 여유가 없었다. 수채 주변을 아무리 찾아봐도 설아가 보이지 않았기 때문이다.

곽무한은 슬슬 조급해졌다. 그녀가 정말 이대로 떠나 버린 게 아닌가 하는 두려움이 가슴 가득 번져 왔다.

찌르르, 찌르르.

어느덧 밤이 깊어 풀벌레 소리만 요란한 시각.

곽무한이 한 번 더 늑대 굴을 뒤질 때였다.

디리링.

들릴락 말락 아련한 소리.

'비파음?'

틀림없었다. 그 언젠가 들었던 비파음이 분명했다.

곽무한은 그 소리에 이끌려 홀린 듯이 걸어갔다.

'아!'

늑대 굴이 내려다보이는 까마득한 절벽 위.

그 위에서 폭포 쪽을 내려다보며 비파를 타고 있는 설아가 보였다.

그 모습을 보자 불현듯 과거의 영상이 떠올랐다.

달빛 흐리던 밤. 우연히 마주친 철면노호.

그에 놀라 스스로를 단련하려고 폭포를 찾던 날.

그날 들려온 그 꿈결 같은 비파음.

그리고 그때 마주친 그 신비로운 눈동자!

'그래, 그때부터였어! 그녀는 이미 그때부터 나를 지켜보고 있었던 거야.'

돌이켜 보면 아득한 추억이었다.

눈물과 고통뿐이던 나날들.

그녀의 도움이 있었기에 오늘의 자신이 있다.

파팟!

곽무한은 지면을 박찼다.

절벽 위에 오르자 설아의 모습이 한눈에 들어왔다.

절벽 끝에 앉아 환한 달빛을 맞으며 비파를 타고 있는 그녀.
그녀는 자신이 온 줄도 모르고 무아지경에 빠져 있었다.

물은 푸르고 모래는 맑고
양쪽 강 안에는 이끼뿐인데
스물다섯 현 비파를 달밤에 타니
애절한 마음 견디지 못해 그를 그리네.

애달픈 선율. 애달픈 목소리.
그 소리가 곽무한의 마음을 뒤흔들어 놓았다.
곽무한은 한동안 비파 소리에 젖어 있다가 천천히 품속을 뒤졌다.
'눈 내리는 그림… 설문환……'
곽무한은 예전에 설아가 준 팔찌를 꺼내 들었다. 그리고는 어디서 그런 용기가 났는지 성큼성큼 설아에게 다가가 그녀를 부드럽게 끌어 안았다. 그러자 비파 소리가 멈췄고, 뒤이어 설아의 어깨가 가늘게 떨리기 시작했다.
곽무한은 천천히 설아의 손을 잡았다. 설아는 뭔가에 홀리기라도 한 듯 가만히 앉아 있었다. 곽무한은 설아의 손을 부드럽게 어루만지다가 그녀에게 팔찌를 쥐어주었다.
"이, 이건?"
설아의 눈망울이 크게 흔들렸다. 뒤이어 그녀의 눈에 눈물이 고이기 시작했다.
눈 내리는 그림.
그때 그 팔찌.

“잊지… 않고 있었군요.”

설아가 떨리는 목소리로 묻자 곽무한은 고개를 끄덕였다.

“그걸 어찌 잊을 수 있겠소…….”

두 사람은 잠시 말을 잊었다.

그때처럼 시간이 멎고 공간이 멎었다.

보이는 것이라곤 온통 상대의 눈빛뿐.

그렇게 서로를 보며 석상처럼 서 있던 두 사람 중, 곽무한이 먼저 입을 열었다.

“부족한 사람이라도 괜찮다면… 먹다 버린 멍게, 쉬어빠진 해삼 같은 사람이라도 괜찮다면…… 날 받아주겠소?”

“풋!”

설아가 입을 가리며 웃었다. 뒤이어 뭔가를 대답하려고 입술을 달싹이는 순간,

“흡?”

뜨겁고 거친 입술이 설아를 덮쳤다.

‘아아…….’

설아는 갑자기 정신이 아득해지는 느낌이었다. 눈앞에 수만 개의 별이 반짝이고 온몸에 힘이 빠져나갔다. 뒤이어 전신으로 기이한 열기가 번져 왔다.

어디서 비롯된 열기일까?

심장이 급하게 뛰기 시작했다.

뭘 기대하는 걸까?

뭘 두려워하는 걸까?

설아의 속눈썹이 파르르 떨렸다. 그리고 어느 순간, 설아의 눈망울

이 크게 흔들렸다.

스르륵.

뭔가 뜨겁고 물컹한 것이 입술을 비집고 들어오려 하고 있었다.

뜨거우면서도 감미로운 느낌.

'하아……'

설아는 자기도 모르게 입술을 열었다.

입 안 가득 번져 오는 열기.

"아아……"

설아는 자기도 모르게 가는 신음을 흘렸다.

그때부터 곽무한의 혀가 입 안을 헤집기 시작했다. 그러고도 성에 차지 않는지 설아의 혀를 뜨겁게 옭아맸다.

'따뜻해… 그리고 부드러워……'

서서히 흥분이 밀려왔다.

온몸이 찌르르하고 가슴이 터질 듯이 두근거리고.

그러던 어느 순간, 전신 세포가 화들짝 놀라 올올이 곤두섰다.

"하아……"

그의 혀가 어느새 귓바퀴를 간질이고 있다. 그 때문인지 소름 끼치는 흥분이 전신으로 번져 온다. 뒤이어 그가 귓불을 깨물자 찡한 현기증과 함께 천지가 빙빙 돌았다. 온몸에 소름이 돋고 미칠 듯한 갈증이 일어났다. 그 갈증은 그의 손이 움직이면서부터 점점 심해졌다.

그의 손은 무례하기 짝이 없었다.

한 손은 허리에서부터 슬금슬금 위로 올라왔고, 다른 한 손은 엉덩이에서부터 시작해 점점 아래로 내려가더니 전신을 용광로 속으로 집어넣고 만다.

‘하아, 뜨거워. 뜨거워서 미칠 것 같아.’

그러나 그는 잔인했다.

그의 손도 잔인했지만 그의 입술은 더 더욱 잔인했다.

“하으으음…….”

어디를 어떻게 했을까?

설아의 몸이 한순간 크게 휘었다. 뒤이어 설아에게서 야릇한 콧소리가 흘러나오며 그녀의 양손이 곽무한의 머리카락을 움켜쥐었다.

‘아아, 미치겠어!’

가슴에 불이 났다.

하얗고 봉긋한 가슴.

그 가슴 끝에 있는 분홍빛 돌기가 활활 타오르기 시작했다. 하지만 잔인한 입술은 그 분홍빛을 그냥 두지 않았다.

덥석!

야릇한 거부감은 순간의 저항에 불과했다.

전신으로 극도의 쾌감이 몰려왔다.

“하아아악!”

설아는 목이 말랐다. 너무너무 목이 말랐다.

그러나 그는 사정을 봐주지 않았다.

쾌득!

‘하아아… 아… 파…….’

설아의 눈빛은 어느새 몽롱하게 풀려갔다.

그러나 곽무한은 집요했다. 계속 분홍빛 주변을 탐닉했다.

“하아아. 하으음…….”

드디어 설아의 콧소리가 높아지기 시작했다. 그와 더불어 설아의 눈빛 역시 촉촉하게 젖어가기 시작했다.

그때부터 곽무한의 손이 바쁘게 움직였다. 그리고 어느 순간, 설아의 허벅지가 움찔거렸다. 뒤이어 설아의 허리가 활처럼 크게 휘었다.

"아아아……."

달뜬 신음을 들어서일까? 곽무한의 손에 점점 힘이 들어갔다.

스르르.

사정없이 움직이는 무법자의 손.

그 손에 무성한 수림이 으스러졌다. 뒤이어 거친 손길이 계곡으로 향했다. 하지만,

"그만!"

빽 소리와 함께 설아가 곽무한을 밀쳤다.

처녀 특유의 수치심이 발동한 것이었다.

"미, 미안하오……."

곽무한은 얼굴을 붉히며 눈 둘 곳을 몰라 했다. 그런 곽무한의 귀에 모기 울음만한 목소리가 들려왔다.

"나빠요……."

다행이었다.

예상보다는 화가 덜 난 것 같았다.

곽무한은 슬그머니 설아를 훔쳐봤다.

설아가 새치름하게 자신을 쏘아보고 있었다. 하지만 그 눈빛은 묘한 빛으로 떨고 있었다. 사내의 가슴을 불타게 만드는 그런 눈빛이었다.

"채 소저……."

곽무한은 떨리는 목소리로 다시 설아를 안으려고 했다.

그러나 이번에는 호락호락하지 않았다.

"싫어요! 엉큼해!"

빽 고함을 지르며 설아는 양손으로 얼굴을 감싸고 후다닥 절벽 아래로 달아나 버렸다.

"이런?!"

마치 닭 쫓던 개가 지붕 쳐다보는 심정이랄까? 곽무한은 한동안 허탈한 표정으로 절벽 아래를 쳐다봤다.

다음날.

곽무한의 머리맡에 화난 그림이 그려진 과일 바구니가 놓여 있었다.

제92장
약속

그날 이후 곽무한은 많이 달라졌다.

설아를 대할 때도 그랬고, 수하들을 대할 때도 그랬고 입가에 미소가 가실 날이 없었다. 그 이유는 설아와 눈 마주치는 횟수가 늘어나고 함께 있는 시간 역시 늘어난 때문인데, 수하들은 그런 두 사람을 보며 질투의 눈길을 보냈다. 그리고 최근에 보여준 두 사람의 행동은 수하들의 질투를 받아 마땅했다.

곽무한은 아무리 바빠도 아침 수련만은 거르는 법이 없었다.

새벽 일찍 일어나 수룡채 주변을 둘러보며 하루를 시작하는 곽무한은, 곧장 폭포 쪽으로 향해 쏟아지는 폭포를 맞으며 명상에 잠긴다.

뒤이어 정신을 집중해 느릿느릿 권(拳), 장(掌), 지(指), 각법(脚法)을 펼친 후, 물속에 뛰어들어 수중에서 공중제비를 돈다. 그렇게 기본 수련을 마친 후, 기를 이용해 강물을 솟아오르게 만들고는 그 위에 가부좌를 틀고 앉는다.

강물 위에서의 운기조식이 끝나고 나면 언제 왔는지 설아가 강변에서 기다리고 있다가 곽무한에게 수건을 건네준다. 그러니 그 꼴을 보고 어느 누가 시샘하지 않을 것인가?

"닭살도 저런 닭살이 없어."

굳이 곽패의 투덜거림이 아니더라도, 아침 수련에 이은 오전 수련 역시 수하들의 닭살을 돋게 하기엔 충분했다.

이전까지만 해도 수하들의 훈련을 감독하던 곽무한.

최근 들어서는 상단 운영 문제와 정보망 확충 문제로 더 더욱 바쁜 와중에서도 오전 수련을 시작했는데, 문제는 곽무한이 수련하는 근처에는 꼭 설아가 턱을 괴고 앉아 곽무한을 쳐다보고 있다는 사실이었다.

뿐인가? 곽무한이 수련하다 말고 설아를 부르기라도 하면 두 사람은 뭐가 그리 좋은지 연신 미소를 지으며 손짓 발짓까지 동원해 도란도란 이야기를 나눈다. 물론 두 사람은 권법의 묘리에 대해 토론하는 중이라고 항변하지만, 보는 사람 눈에야 어디 그런가? 꼭 중인환시에 밀어를 속삭이는 것같이 보이지 않겠는가 말이다.

물론 그렇다고 해서 두 사람이 매일같이 노닥거리는 모습만 보였는 건 아니다.

곽무한이나 설아나 둘 다 정신없이 바쁜 사람들이다 보니 그렇게 다정한 모습을 연출하는 것은 기껏해야 사흘에 한 번 꼴이었다.

그러나 대부분이 노총각 아니면 홀아비인 수하들이 보기엔 그 사흘이란 간격도 채 삼 각(刻)조차 안 되어 보이는 짧은 순간에 불과했다.

아무튼 그런 수하들의 질투심을 무마하기 위해서일까? 며칠 전부터 곽무한은 수하들을 직접 지도하기 시작했다.

곽무한은 예전부터 무공을 함부로 가르쳐 주지 않았다. 수하들의 기본 성품과 자질, 그리고 체격과 기호 등을 봐가며 그에 맞게 가르쳤다. 따라서 수룡채의 공통 병기는 아미자와 분수자, 그리고 중간 크기의 도였지만, 각자의 무공과 체격에 맞춰 병장기를 따로 지급하기도 했다.

예컨대 힘 좋고 하체 짧은 사람에게는 도끼, 왜소하지만 날렵한 사람에게는 창이나 비도, 다리가 길고 감각이 좋은 사람에게는 채찍이나 구절편 등을 지급했다.

그리고 수룡채의 기본공은 권법과 도법이었다.

둘 다 곽무한이 체계적으로 배운 것이어서 가르치기에 적당했기 때문인데, 도법에는 큰 문제가 없었지만 권법에는 약간의 문제가 있었다.

곽무한이 배운 권법 자체가 워낙 격하고 거칠다 보니 성격이 유약하거나 체구가 왜소한 수하들에겐 잘 맞지 않았던 것이다. 그게 곽무한의 최고 고민거리였는데, 그 문제는 설아가 수련장을 방문함으로 인해 말끔히 해결되었다.

그날따라 설아는 무척 바빴다.

약왕당 확대로 인해 일손이 풍부해지자 이참에 상단 운용에 조금이라도 도움이 될까 하여 일반 백성들이 가장 많이 찾으면서도 만들기가 쉽지 않은 단약을 제조하고 있었다. 그런데 그때 집에서 무슨 말썽을 부렸는지 보옥이가 엉엉 울면서 찾아왔다. 그 바람에 설아는 하던 일을 잠시 미루고 보옥이를 달래주기 위해 연무장을 찾았다.

설아는 보옥이와 함께 수련 장면을 구경하고 있었다.

활력이 넘치고 투지가 넘치는 수룡채들의 수련 장면.

하지만 언젠가부터 설아의 시선이 한쪽으로 고정되기 시작했다.

수련장 뒤쪽에서 앞사람을 따라 하려고 끙끙거리는 사람들.

설아는 고개를 갸웃거렸다.

'가르칠 사람이 모자라서일까, 아니면 노력하는 자세가 부족해서일까?'

정확한 이유는 모르겠지만, 설아는 왠지 그들이 소외당하고 있다는 느낌이 들었다. 왜냐하면 앞줄에 있는 사람들과 달리 그들에게는 자세를 교정해 주는 사람이 없었기 때문이다.

설아는 안타까운 눈빛으로 곽무한을 쳐다봤다. 그러나 경계를 서거나 다른 임무를 맡고 있는 사람들을 제외하고도 무려 칠백 명에 달하는 인원이다. 그러니 곽무한이나 추단 등의 눈길이 미치려면 아직 한참을 기다려야 했다.

"보옥아, 엄마가 저 아저씨들과 이야기 좀 나누고 올 테니 잠깐만 놀고 있어."

설아는 안타까운 마음에 수련장으로 향했다. 그리고 맨 뒷줄에 있는 사람들 중에서 가장 왜소한 사내에게 다가갔다.

그는 엉거주춤한 자세로 용조수(龍爪手)를 펼치고 있었는데, 그가 오므리고 있는 손가락에는 전혀 힘이 들어가 있지 않았다.

설아는 웃으며 그에게 말을 건넸다.

"저어… 혹시 한 치의 중요함을 아세요?"

"네, 넷?"

갑작스런 설아의 등장에 놀랐는지, 그는 황송함과 계면쩍음, 그리고 의아함이 뒤섞인 묘한 표정으로 반문을 해왔다.

"손가락 하나 차이가 생사를 가늠한다는 권가(拳家)의 이야기 말이에요."

설아가 재차 말을 건네자 사내는 머리를 벅벅 긁었다.

"저어… 처음 들어보는 소린데요……."

설아는 사내를 보며 빙긋 웃었다. 그리고는 찬찬히 설명을 시작했다.

"흔히들 무가에서는 한 치가 길면 그만큼 유리하고 한 치가 짧으면 그만큼 더 불리하다고 해요. 그 이유가 뭔지 아세요?"

사내는 자신없는 표정으로 고개를 가로저었다.

설아는 빙그레 웃으며 말했다.

"가만히 한번 생각해 보세요. 어느 날 내가 생사대적을 만나 최후의 공격을 해요. 상대 역시 마찬가지예요. 둘 다 최후의 공격을 펼쳤기에 더 이상 나아갈 수도 없고 물러설 수도 없어요. 그런데 안타깝게도 내 주먹은 상대의 급소 앞에서 멈췄어요. 상대 역시 마찬가지예요. 그때 만약 내가 손가락을 강하게 떨칠 수 있다면?"

"아!"

사내는 그제야 탄성을 내질렀다.

설아는 고개를 끄덕이며 재차 말을 이었다.

"바로 그거예요. 내 손이나 무기가 상대보다 한 치가 더 길면 바로 그 한 치 차이로 인해 생사가 갈릴 수 있단 말이죠. 그런 이유로 각 문파에서는 권법이나 검법을 가르칠 때 지법과 조법도 함께 가르쳐요. 또 그 비슷한 이유로 전신을 단련시키기도 하구요. 실낱같은 차이로 인해 생사가 갈리는 곳, 그곳이 바로 강호니까요."

"가, 감사합니다. 아가씨! 소인, 그 말씀을 평생 잊지 않겠습니다."

사내가 감격한 표정으로 연신 고개를 숙이자 설아는 당황한 표정으로 자리를 뜨려 했다. 그런데 사내 옆에 있던 자들이 우르르 몰려들어 이구동성으로 소리쳤다.

"아가씨! 조금만 더, 조금만 더 알려주십시오!"

어느새 주변에는 사내들로 가득하다. 또한 앞줄에 있던 사람들까지 호기심 어린 눈빛으로 고개를 돌리고 있다.

설아는 난감한 표정으로 곽무한을 쳐다봤다. 마침 곽무한도 무슨 소란인가 싶어 고개를 돌리는 중이었다.

곽무한은 붉게 달아오른 설아의 얼굴과 그 주변에서 연신 고개를 조아리고 있는 수하들을 보고 사정을 짐작했다.

곽무한은 설아에게 한쪽 눈을 깜빡여 보인 뒤 짐짓 호통을 쳤다.

"감히 어떤 놈이 수련 중에 한눈을 판단 말인가?"

그 말이 떨어지자마자 사내들은 자라목이 되어 얼른 제자리로 돌아갔다.

곽무한은 수하들을 보며 잠시 실소를 흘리다가 설아에게 전음을 보냈다.

"자! 대충 해결했으니 나머지는 그대가 알아서 하시오."

그 말과 함께 곽무한은 다시 수하들의 자세를 고쳐 준다. 그 행동이 뜻하는 바는 자신이 뭘 하든 눈감아주겠다는 이야기.

설아는 고마운 눈빛으로 곽무한을 쳐다보고는 맨 뒷줄에 있는 몇 사람을 불러내 한쪽으로 모았다.

"무공을 보다 빠르고 쉽게 배우려면 먼저 자신의 근골(筋骨)부터 다스려야 해요."

그 말과 함께 설아는 자세를 바르게 하는 법과 올바른 호흡법, 그리고 권, 장, 지의 수련을 위한 기본 신체 단련법을 가르쳤다.

설명이 끝나자 누군가가 물었다.

"그럼 이렇게 수련을 다 하고 난 다음에는 뭘 해야 합니까?"

설아는 빙그레 웃으며 대답했다.

"그건 기본 수련을 다 마치고 난 다음에 알아도 늦지 않답니다. 미리 알고 있으면 그만큼 마음이 조급해져 오히려 장애가 될 수 있어요. 그러니 순차적으로 단계를 밟아나가시면……."

그러나 사내들은 조급했다.

"아가씨! 그래도… 간단한 언급만이라도 해주십시오. 그래야 마음의 준비를 할 수 있지 않겠습니까? 예?"

거듭되는 요청에 설아는 다시 한 번 곽무한을 쳐다봤다.

이번에도 역시 고개를 끄덕여 주는 곽무한. 그에 용기를 얻은 설아는 신중한 목소리로 말했다.

"먼저는 호흡이고, 다음은 투로(套路)고, 이후엔 발경(發勁)이에요."

"아!"

"발경 이후엔 탈각이고, 탈각의 한계는 마음에 있어요. 그리고 그 이상의 경지, 절대자의 경지는 비움 이후에 오는 초월이에요."

의외로 상상을 초월하는 경지까지 이야기하는 설아.

모두의 눈이 휘둥그레졌다.

곽무한 역시 마찬가지였다.

다른 건 몰라도 초극경(超克境)까지, 즉 연정화기, 연기화신을 넘어 연신환허(鍊神還虛)의 경지까지 논한다 함은 거기까지 가봤다는 말.

그러니 곽무한이 놀랄 만했다.

그런 곽무한의 마음을 대변해 주듯 한 놈이 물었다.

"도대체 탈각은 무슨 소리고 초월은 또 뭡니까?"

그 물음에 설아는 입을 가리며 웃었다.

"다 마음에서 일어나는 일이에요. 그러니 말로 설명할 수 없음을 용서하세요. 그러나 굳이 그 요체만 말씀드리면 마음이 있는 곳에 도가 있고 도가 있는 곳에 희열과 적막이 있다는 뜻이에요."

모두 알 듯 말 듯한 표정으로 고개만 갸웃거린다. 그러자 이번에는 곽무한이 물었다.

"방금 탈각 이후엔 비움이라고 했는데, 그 비움에도 단계가 있겠지? 그럼 비움 이후에 오는 초월이란 어떤 의미요?"

그게 곽무한의 현재 고민이었다.

이미 오기조원을 넘어 삼화취정의 중간 단계에 다다라 있는 곽무한.

진정한 비움이 뭔지 최근 들어 알 듯 말 듯하기에 물어본 것이다.

곽무한의 물음에 설아는 애매하게 웃기만 했다.

곽무한이 재차 채근을 하자 설아는 쓸쓸한 목소리로 대답했다.

"그건… 사람이 도달할 게 못 된답니다."

그 말과 함께 설아는 뒷말을 삼켰다.

'마음속에서 세상이, 정(情)이 사라지거든요. 그건 너무 외롭고 쓸쓸한 경지… 그러니 세상을 초월한 신이 되기보다는 일상에서 울고 웃는 지금의 삶이 훨씬 나아요.'

설아는 한동안 울적한 표정을 짓고 있다가 금세 표정을 바꿨다.

"자! 그럼 제가 알려 드린 대로 자세를 한번 취해보세요. 제가 조금 봐드릴게요."

그 말에 환호성을 지르는 사내들.

설아는 웃는 얼굴로 그들의 자세를 봐줬다.

곽무한은 그 광경을 보고 입술을 삐죽였다. 설아가 자상한 표정으로 수하들을 돌봐주자 까닭 모를 질투심을 느낀 것이다.

"어머, 그게 아니고요……."

물론 수하들을 가르쳐 주는 건 좋다.

그러나 손은 왜 잡아주고 허리는 또 왜 보듬어주느냔 말이다.

결국 질투심을 이기지 못한 곽무한은 설아에게 다가갔다.

"앞으로는……."

곽무한은 잠깐 망설이는 기색을 보이다가 이내 표정을 굳혔다.

"앞으로는 일일이 손을 잡아주지 말고 말로 설명해 주시오."

그 말만 던지고는 휙 돌아서는 곽무한.

수하들은 우거지상으로 곽무한을 쳐다봤고, 설아는 한동안 멍한 표정을 짓다가 뒤늦게 배를 잡았다.

과연 남자의 질투는 무서웠다.

천하의 곽무한이 수하들을 상대로 질투심을 느낄 줄이야.

그러나 설아는 마치 천하를 다 얻은 듯한 기분이었다.

아무튼 그날 이후, 설아는 짬짬이 권법을 가르치게 됐다.

수룡채는 최근 들어 바쁘게 돌아갔다.

그 이유는 수채의 자금난을 해결하기 위한 상단 운영과 수채의 내일을 준비하기 위한 정보망 확충 때문이었는데, 그 일로 인해 이탁이 매일같이 출타하다시피 해 엉뚱하게도 곽무한이 채의 운영 전반을 떠맡게 됐다. 원래 대외적인 업무는 곽무한이 처리하고 이탁이 안살림을 돌봐야 했으나 곽무한 스스로가 나서기 싫어하는 성격인데다가 상대가 마음에 들지 않으면 협상이고 뭐고 판을 뒤엎어 버리기에 이탁이 그를 대신하게 된 것이다.

물론 그 근원을 좀 더 파고들어 가자면 설아와 잠시라도 떨어져 있기 싫은 곽무한의 속내가 작용하기도 했다. 하지만 그 대가로 곽무한은 눈코 뜰 새 없이 바쁜 시간을 보내야 했다. 채의 운영도 신경 써야 하고 수하들의 수련도 신경 써야 했기 때문이다.

그나마 설아가 도와주고 추단과 이탁 등이 자기 몫 이상을 해주고 있어 별 무리 없이 운영되고는 있었지만, 설아와 함께 있는 시간이 줄어들게 된 곽무한으로서는 이런 상황이 기분 좋을 리 없다.

그런데 그런 곽무한을 더욱 기분 나쁘게 만드는 사람이 있었으니.

"허허허. 그동안 잘 있었느냐?"

너털웃음과 함께 배꼽 어림까지 내려오는 긴 수염을 쓰다듬으며 인사를 건네는 노인, 당무운이었다.

곽무한은 당무운을 보자 가뜩이나 좋지 않던 기분이 더 나빠졌다. 그래서인지 건네는 인사도 냉랭하기만 했다.

"원로에 어인 걸음이십니까?"

그러나 당무운은 곽무한의 표정이 어떻게 변하든 아무런 신경도 쓰지 않았다. 그의 관심은 오로지 보옥이뿐.

"허허허. 보옥아, 할아비가 왔다!"

당무운은 곽무한과 인사를 나누기 바쁘게 제 집 안방에 들어가는 사람처럼 안채로 들어가 큰 소리로 보옥이를 찾았다.

곽무한은 그런 당무운이 마음에 들지 않았지만 보옥이나 설아, 당군혜 등은 아니었다. 그들은 모두 당무운을 반겼다. 그중에서도 특히 보옥이가 더했다.

"하뿌지! 당과 주세요. 보옥이 당과 먹고 싶어요!"

녀석은 영악하게도 당가에서 먹은 과자 맛을 잊지 못하고 있었다.

물론 산전수전 다 겪은 당무운이 그걸 잊고 왔을 리가 없다.

"허허허. 우리 보옥이, 알고 보니 할아비를 반긴 게 아니라 바로 이 놈을 기다렸구나!"

당무운은 자기 옷자락을 뒤지느라 바쁜 보옥이에게 마치 요술을 부리듯 짜잔! 당과를 꺼내 보였다. 그러자 보옥이가 꺅꺅 환호성을 지르며 깡충깡충 뛰어다녔다.

당무운은 그런 보옥이를 흐뭇한 눈빛으로 바라보다가 당과를 건넸다.

"허허허. 욘석, 어디 보자. 우리 보옥이, 그동안 얼마나 컸누?"

당무운이 자세를 낮추며 묻자 보옥이는 손을 제 머리 훨씬 위쪽으로 올리며 가당찮게 큰소리를 친다.

"이만큼, 이~만큼!"

"허허허. 그래, 그래. 우리 보옥이, 정말 많이 컸구나."

당무운은 귀여워 죽겠다는 표정으로 보옥이를 끌어안았다. 그리고는 뺨을 부비는 한편으로 내공을 이용해 보옥이의 몸 이곳저곳을 살폈다.

곽무한은 그 모습을 보고 눈썹을 곤두세웠다.

"아니, 지금 무슨……."

그 순간, 당군혜가 끼어들어 당무운에게 말을 건넨다.

"조부님, 식사는 어떻게 하셨어요?"

당무운은 그제야 보옥이에게서 손을 뗐다.

"허허허. 보옥이와 같이 먹으려고 일부러 건너뛰었단다."

“어머! 식사를 건너뛰시다니요? 지금 시각이 얼만데… 잠시만 기다리세요. 제가 얼른 식사를 차려 올릴게요.”

당군혜가 주방으로 달려가려 하자 당무운이 손을 내저었다.

“아니다. 이왕 온 김에 예서 며칠 묵고 갈 생각이니 서두를 것 없다.”

그 말에 당군혜와 설아가 반색을 했다.

“어머? 정말이세요? 아유, 잘 생각하셨어요. 이참에 푹 쉬시다 가세요.”

“그래요. 이곳이 얼마나 공기도 좋고 경치도 좋은데요.”

“허허허. 그래, 그러자꾸나.”

당군혜와 설아의 환대에 당무운은 연신 즐거운 표정이었다. 하지만 곽무한은 눈살을 찌푸리며 노골적으로 못마땅한 표정을 지었다.

‘으음, 분명히 싫다고 경고했는데도…….’

곽무한은 당무운이 왜 갑자기 찾아왔는지 그 이유를 짐작하고 있었다.

‘보나마나 보옥이를 독중지체로 만들기 위해서겠지? 그나마 보옥이가 어리기에 망정이지.’

귀룡혈의 효능을 극대화해 독중지체로 만들기 위해서는 당가의 독문심법이 필요할 것이다. 하지만 이제 겨우 두 돌 지난 아이가 무슨 재주로 내공심법을 깨닫겠는가?

곽무한은 보옥이가 아직 어리다는 사실에 안도하며, 다음부터는 당무운이 오기 전에 보옥이를 꽁꽁 숨겨둘 작정이었다.

그러나 과연 보옥이가 당가의 독문심법을 못 알아들을까?

피는 못 속인다고, 곽무한은 집중력 하나만큼은 그 누구에게도 뒤지지 않는 편이었는데, 과연 보옥이는 어떨까? 혹시 당과로 꼬드기고 신기한 물건으로 꼬드기면 기를 쓰며 외우려고 덤벼들지 않을까?

아무튼 당무운은 처음에 이야기한 대로 며칠 머물다 갔다.

물론 떠나기 전에 곽무한을 찾아와 보옥이가 열여덟 살이 되면 꼭 당가로 보내달라며 재삼재사 부탁을 했다. 그러나 곽무한에게 보기 좋게 거절당한 뒤 축 늘어진 어깨로 쓸쓸히 떠나갔다.

보옥이는 그런 당무운을 눈물로 전송했다.

'하뿌지, 안녕…….'

보옥이는 당무운과 헤어지는 게 너무 아쉬웠다. 당무운이 머무는 동안 신기하고 재미있는 걸 너무 많이 배웠기 때문이다.

지금도 눈을 감으면 뱃속에서 시원한 느낌이 들고, 또 잠깐이라도 용을 쓰면 기이한 힘이 몸 밖으로 뿜어진다. 거기다가 긴 수염 할아버지, 당무운이 말하길 자기가 가르쳐 준 대로만 하면 언젠가는 하늘을 날 수 있다고 했다. 그러면서 직접 하늘을 날아 보이기까지 했다.

보옥이는 그게 너무 신기했다. 예전에 하늘을 날아보려다가 오히려 백아 발밑에 깔려 혼쭐이 난 기억 때문인지는 몰라도, 보옥이는 당무운을 전송하면서 자기도 얼른 하늘을 날 수 있게 되기를 소원했다.

보옥이가 당무운에게 내공심법을 배웠다는 건 당군혜와 설아도 알고 있었다. 하지만 두 사람은 곽무한이 당가를 얼마나 싫어하는지 알고 있었기에 그런 사실을 모른 척했다. 아니, 오히려 보옥이가 더 많은 것을 배울 수 있도록 일부러 곽무한의 주의를 돌리기도 했다.

두 사람이 그렇게까지 하게 된 이유는 다름 아닌 보옥이의 재능 때문이었다.

당무운이 보옥이를 가르치던 첫날까지만 해도 두 사람은 그저 당무운이 보옥이를 데리고 장난치는 줄로만 생각했다.

그런데, 세상에! 둘이서 쑥덕거린 지 얼마 되지도 않아 보옥이의 전신에서 시커먼 독기가 나왔다 들어갔다 하는 게 아닌가?

이제껏 천하에 둘도 없는 말썽꾸러기로만 알았던 보옥이가, 거기다가 제 아비를 쏙 빼닮아 천하에 둘도 없는 고집쟁이로만 알았던 보옥이가 저토록 뛰어난 재능을 갖고 있을 줄이야?

그때부터 두 사람은 보옥이의 열성적인 후원자가 되었고, 그 바람에 곽무한은 아무것도 모르는 바보가 되고 말았다.

아무튼, 당무운이 떠난 뒤부터 당가에선 갑자기 선물을 보내오기 시작했다. 선물은 모두 보옥이 앞으로 왔는데, 그로 인해 곽무한과 가족들 사이에 미묘한 갈등이 생겼다.

그 이유는 당가에서 선물이 올 때마다 곽무한이 죽은 수하들을 떠올리며 당장 갖다 버리라고 고함을 질렀기 때문인데, 곽무한이 그렇게 고함을 지르면 보옥이는 선물 꾸러미를 안고 닭똥 같은 눈물만 뚝뚝 흘렸고, 설아는 그런 보옥이를 끌어안고 곽무한에게 애원하는 표정을 지어 보였다. 그러면 당군혜는 애한테 오는 선물을 가지고 왜 그러냐며 곽무한을 나무랐다.

일이 그렇게까지 커지면 곽무한은 밖으로 나가 애꿎은 폭포를 상대로 울화를 터뜨렸다. 그 바람에 당가에서 선물이 오는 날은 가족들 모두가 곽무한의 눈치를 살피며 전전긍긍하는 날이 되고 말았다.

설아는 이런 상황이 너무 안타까웠다.

물론 곽무한의 심정은 백번 이해하고도 남았다.

당가로 인해 잃어버려야 했던 지난 세월과 그 한 서린 사연들.

그런데 그 원한의 대상이 하필이면 자신과 혈연관계에 있는 당가여서 더 더욱 예민하게 나오는 건지도 몰랐다.

'하지만 다른 분들 생각도 그럴까?'

물론 직접 들어본 적은 없지만, 설아가 보기에 곽무한만큼은 아닌 것 같았다.

이미 세월이 흐른 때문이기도 하지만, 그보다는 강호 오대세가 중의 하나인 당가를 자신들이 굴복시켰다고 생각하기에, 또 그래서 과거의 원한을 벌써 갚았다고 생각하기에 모두들 당가에서 선물을 보내오든 말든 둔감하게 넘어가는 것 같았다. 그렇지 않다면 벌써 그들의 표정부터가 달랐으리라.

'그럼 이 상황을 어떻게 풀어나가야 할까?'

설아가 이 문제에 집착하는 이유가 있었다.

그중에서 가장 큰 이유는 바로 당군혜 때문이었다.

모르긴 몰라도, 지금 상황에서 가장 마음 아픈 사람은 곽무한이 아니라 당군혜일 것이다.

당가에 대한 원과 한이 아무리 깊어도 어찌 천륜만 하겠는가?

'아마 어머니는 당가에서 선물이 올 때마다 그이와 가문 사이에서 홀로 가슴앓이를 하고 계실 거야…….'

설아가 당군혜의 심정을 짐작하게 된 이유가 있었다.

들기로, 과거 수룡채의 혈사에는 사천무림맹도 관련되어 있다고 했다.

사천무림맹에는 자신의 사문인 아미파도 속해 있다.

만약 곽무한이 사천무림맹을 치면서 자기 사문까지 손대려 한다면?

'안 돼! 있을 수 없는 일이야!'

아미파에는 자신을 친언니처럼 따르는 어린 사질들이 있다. 그리고 자신이 가장 힘들었을 때 옆에서 돌봐준 사부와 사자들이 있다.

만약 곽무한이 이런 사정을 감안해 주지 않고 아미파를 치려 한다면 설아는 그 괴로움을 도저히 감당할 자신이 없었다. 그런 이유로 설아는 당군혜의 심정을 그 누구보다도 잘 이해할 수 있었다.

설아가 곽부한과 당가의 갈등에 대해 신경 쓰는 마지막 이유는 보옥이 때문이었다.

상황이야 어찌 됐든 보옥이는 이미 당가와 무관하려야 무관할 수 없는 사이다. 혈연도 혈연이지만, 벌써 당가의 보물이라는 귀룡혈을 흡수하지 않았던가?

그런 인연이 겹쳤는데도 과거의 악연으로 인해 보옥이와 당가 사이를 억지로 떼어낼 필요가 없다는 생각이 들었다. 거기다가 보옥이는 아직 어린아이에 불과하다. 그 나이 또래라면 누구나 장난감에 환장하기 마련인데, 굳이 보옥이의 마음에 상처까지 입히면서 화를 낼 필요는 없다고 생각했다.

'그럼 이 문제를 어떻게 해결해야 할까?'

설아는 밤새 고민하다가 깜빡 잠이 들었다.

설아는 꿈에 그림 같은 들판을 봤다. 그리고 그 들판을 웃으며 뛰어다니는 곽무한과 자신을 봤다.

하늘에는 오색 무지개가 떠 있고 그 위로 따스한 태양이 자신들을 감싸주고 있다.

둘이서 손을 잡고 얼마나 달렸을까? 갑자기 곽무한이 돌아서며 부드러운 미소로 자신을 끌어안는다.

‘아······.’

따뜻하고 부드러운, 그러면서도 기이한 열기를 담고 있는 그의 눈빛.

그 눈빛에 온몸이 녹아내리는 기분이어서 설아는 숨조차 제대로 쉴 수 없었다.

‘아아······.’

갑자기 하늘이 빙글 돌았다.

콧속으로 향긋한 풀 냄새가 스며들었다.

그가 자신을 눕히며 입을 맞춰온 것이다.

설아는 너무 부끄러워 살짝 눈을 감았다.

그때 어디선가 정겨운 웃음소리가 들려왔다.

깜짝 놀라 고개를 돌려보니 반가운 얼굴들이 다 모여 있다.

저 하늘 위에는 할아버지가 웃으며 손을 흔들고 있고, 그 아래에는 산왕이 금왕 아줌마를 태운 채 꼬리를 흔들고 있다. 그 뒤에는 용왕 아저씨가 부러운 눈빛으로 혀를 날름거리고 있고, 그 위로 백아가 신나게 날아다니고 있다.

설아는 수줍음도 잊은 채 그들에게 환한 미소를 보냈다.

그런데 바로 그때, 시뻘건 눈동자가 나타났다. 그 눈동자는 온 하늘을 가득 채우며 자신을 노려보고 있었다.

“아악!”

설아는 비명을 지르며 잠에서 깨어났다.

‘그 눈빛······.’

설아는 왠지 소름이 돋아 한동안 잠을 못 이루고 있다가 무슨 생각이 들었는지 눈을 반짝였다.

'그래! 바로 그거야!'

다음날 아침.

설아는 잠에서 깨어나자마자 절벽 위로 달려갔다.

절벽에 오르니 벌써부터 수련에 열중하고 있는 곽무한이 보였다.

설아는 잠시 턱을 괴고 곽무한을 지켜보다가 자리에서 일어났다.

어느새 수련을 마친 곽무한이 좌우를 둘러보고 있었기 때문이다.

"여기예요!"

손짓으로 부르자 곽무한이 올라왔다.

설아는 곽무한에게 다정한 미소를 지어 보인 뒤, 허공을 향해 기이한 목소리를 냈다.

"아이아이아!"

맑고 청아한, 그러면서도 묘한 공명을 일으키는 설아의 목소리를 듣고 아득한 창공에서 백아가 날아왔다.

끼루룩!

"안녕, 백아. 오랜만이지?"

설아는 함박웃음으로 백아를 껴안은 뒤, 멍하게 서 있는 곽무한에게 눈을 찡긋해 보였다.

"우리, 바람 쐬러 가요."

설아가 생각하기에 지금 곽무한에게 가장 필요한 것은 휴식이었다.

곽무한은 도무지 휴식이라곤 모르는 사람이었다.

당가와의 격전이 끝난 뒤 곽무한이 가장 먼저 한 일은 휴식이 아니라 훈련이었다. 추단 등이 돌아온 뒤에도 곽무한은 휴식 대신 연일 회의를 주재했다. 그 뒤로 상단 운영과 정보망 가동에 들어가면서 곽무한의 하루는 정신없이 돌아갔다. 거기다가 무슨 이유에선지 수하들의 수련까지 직접 챙기기 시작해, 곽무한의 하루는 언제 해가 뜨고 언제 해가 지는지도 모를 만큼 정신없이 돌아갔다. 그런 상황에서 당무운이 찾아왔으니 곽무한의 신경이 예민해질 수밖에 없다는 생각이 들었다.

'여기서 더 무리했다가는 몸에 이상이 생길지도 몰라.'

물론 내공이 출신입화경(出神入火境)에 다다른 곽무한이니 큰 탈이야 나겠냐마는, 아무래도 출신이 의원이다 보니 곽무한의 건강이 염려될 수밖에 없는 설아였다.

'하루쯤 만사를 잊고 휴식을 취하면 기분이 좀 나아지실 거야.'

설아가 백아를 부른 이유는 바로 그 때문이었다.

설아는 곽무한의 기분 전환을 위해 예전에 자신이 살던 모옥을 보여주고 싶었다. 그리고 자신을 따르는 아가들도 보여주고 싶었고, 또 그곳에 가서 곽무한에게 다짐받고 싶은 것과 허락받고 싶은 것이 있었다.

휘이잉!

백아가 일으키는 부드러운 바람과 코끝을 간질여 오는 설아의 머리카락을 보면서 곽무한은 묘한 기분에 빠져들었다.

머리 위에는 따사로운 태양이 빛나고 눈 아래로는 스쳐 가는 뭉게구름 사이로 아스라한 산하가 보인다. 그리고 품 안에는 사랑하는 여인이 자신에게 등을 기대어 앉아 있다.

'후후. 이런 걸 보고 신선놀음이라고 하는 것일까?'

곽무한은 속으로 중얼거리며 슬쩍 설아를 끌어안았다.

손끝으로 전해지는 묘한 탄력.

'호오! 기분 죽이는데?'

그때부터 곽무한의 손이 슬금슬금 움직이기 시작했다.

"어맛!"

어느 순간 설아에게서 뾰족한 신음성이 흘러나오고, 뒤이어 울상이 된 설아가 조그만 목소리로 말했다.

"이잉, 간지러워요."

그 말과 함께 허리를 비트는 설아.

하지만 좁은 백아의 등 위에서 몸을 피해봐야 거기서 거기.

견디다 못한 설아는 곽무한을 돌아보며 애원을 했다.

"간지럽다니까요. 제발 그만……."

하지만 곽무한은 능글맞았다. 이때까지는 가슴을 공략하다가 이제는 과감하게 아래쪽으로 손을 이동한다.

결국 설아는 귀밑을 발갛게 물들이며 하소연을 했다.

"아이참! 백아가, 백아가 흉을 본단 말이에요."

아아! 이 얼마나 귀여운 여인인가?

기껏 한다는 소리가 백아가 흉을 본다니?

"푸하하하하!"

곽무한은 어찌나 우스웠던지 배를 잡고 한참을 웃었다. 그 때문에 눈 아래로 몇 개의 산이 지나고 몇 개의 강이 지나갔는지도 몰랐다.

그렇게 정신없이 웃고 있을 때 문득 설아가 안도한 표정으로 말했다.

"휴… 이제 다 왔어요!"

"음? 벌써?"

곽무한은 아쉬운 표정으로 설아가 가리키는 쪽을 쳐다봤다.

저 건너편에 하얀 울타리가 쳐져 있는 낮은 언덕.

그 위에 키 작은 나무들과 어울린 자그마한 모옥이 보였다.

"저기가 제가 살던 곳이에요."

그 말과 함께 설아는 얼른 아래로 뛰어내렸다.

"이런."

품 안을 빠져나가는 설아를 보며 곽무한은 잠시 아쉬운 표정을 짓다가 이내 백아의 등을 벗어났다. 그리고는 설아를 뒤따라 신법을 전개해 나가는데,

크와앙!

쩌렁쩌렁한 포효성과 함께 눈앞에 뭔가가 불쑥 나타났다. 고개를 들어보니 엄청난 크기의 백호가 자신을 향해 살기를 내뿜고 있었다.

"어쭈? 이놈 보게?"

곽무한은 차가운 눈빛으로 백호를 노려봤다. 그리고는 주먹으로 백호의 머리를 가격하려는 찰나,

"산왕! 멈춰!"

귓전으로 설아의 음성이 들려왔다.

곽무한이 서서히 주먹을 풀자 설아는 산왕에게 곽무한을 소개했다.

"산왕! 인사해. 음… 음… 알지? 내 털북숭이……."

그 말과 함께 설아가 입을 가리며 웃는다.

"털북숭이? 그게 무슨 소리지?"

곽무한이 고개를 갸웃했지만 설아는 '비밀이에요'라는 표정으로 가볍게 등을 돌려 버린다. 그리고는 등을 돌린 채 또다시 킥킥거린다.

설아가 왜 자꾸 웃는지 그 이유를 알 수 없었던 곽무한은 고개를 돌려 산왕을 쳐다봤다.

"산왕이라고? 반갑다."

곽무한 딴엔 별생각없이 건넨 인사였는데, 녀석 입장에서는 아닌 모양이었다. 녀석은 슬그머니 설아의 눈치를 살피다가 온순하게 발을 내밀었다.

'하? 이젠 백호까지 수하로 부려?'

아직 설아의 능력을 제대로 알지 못하는 곽무한이다.

조금 전에는 전설에서나 나온다는 금관백학을 애마처럼 다루더니, 이제는 영물 중의 영물이라는 백호까지 자기 집 강아지처럼 부린다. 도저히 이해할 수 없는 능력이라 곽무한은 새삼스런 눈길로 설아를 봤다.

'그런데 가만! 산왕이라고?'

왠지 기억 속에 아련한 이름이다.

'그러고 보니 생김새도……'

곽무한은 그제야 산왕을 알아봤다.

"아! 바로 너였구나!"

과거, 청랑과 사투를 벌일 때 불꽃같은 눈으로 자기를 구해준 녀석.

그땐 정말 무서웠는데 지금은 한주먹 거리도 안 되어 보인다.

'세월이 벌써 이만큼 흘렀나?'

곽무한은 아련한 눈길로 하늘을 봤다.

뭉게뭉게 떠가는 구름과 파아란 하늘.

이제껏 저 하늘을 보며 얼마나 울고 얼마나 괴로워했던가?

그러나 이젠 모두가 아련한 추억일 뿐이다.

'이런 기분… 정말 오랜만이군.'

그렇게 곽무한이 상념에 잠겨 있을 때 설아가 다가왔다.

"가요! 저와 함께 가볼 곳이 있어요."

그 말과 설아가 팔짱을 껴온다.

팔을 통해 느껴지는 봉긋한 감촉.

곽무한은 어찌나 기분이 좋던지 쪽! 소리나게 설아의 뺨을 훔쳤다.

"어머?"

설아는 느닷없는 기습에 놀라 후다닥 팔을 뺐다. 그리고는 눈썹을 깔며 엄숙한 목소리로 말했다.

"으음… 허락없이 하는 건 나빠요."

그 표정이 어찌나 귀엽던지 곽무한은 배를 잡고 웃었다.

"이잉! 남은 심각한데 왜 자꾸 웃어요?"

설아는 샐쭉한 표정으로 곽무한의 옆구리를 꼬집은 뒤 그를 모옥 뒤쪽으로 안내했다.

모옥 뒤에는 채 노인의 무덤이 있었다.

설아는 곽무한이 보는 앞에서 무덤에 절을 했다.

할아버지를 떠올리니 만감이 교차하는지 설아는 무덤 앞에서 한참을 울었다. 그리고는 눈물을 훔치며 일어나 곽무한을 돌아봤다.

"인사드리세요. 우리 할아버지예요."

"아!"

눈물 범벅이 된 설아의 말에 곽무한은 옷차림을 단정히 한 뒤 정성 껏 절을 했다.

설아는 그런 곽무한을 보며 속으로 중얼거렸다.

'할아버지, 보고 계시죠? 드디어 그이와 함께 왔어요. 너무 늦게 왔다고 나무라지 마시고 인사를 받아주세요.'

곽무한이 몸을 일으키는 걸 보며 설아는 천천히 눈물을 거뒀다. 그리고는 곽무한을 올려다보며 기대 어린 목소리로 말했다.

“할아버지 앞에서 약속해 줘요. 앞으로 나 아닌 다른 여자에게는 절대 눈을 돌리지 않겠다고…….”

곽무한은 그 말을 듣고 순간적으로 멍한 표정을 지었다.

아아! 이 얼마나 순진한 아가씨인가?

설마 이 아가씨는 남자들의 그런 약속이 정말로 지켜질 수 있을 것이라고 생각하는 걸까?

곽무한은 눈물 그렁한 설아를 보며 천천히 고개를 끄덕였다.

“약속하겠소.”

그 순간 설아는 가슴이 벅차오르는지 한동안 말을 잇지 못하다가 와락! 곽무한에게 안겨들었다.

“와앙! 고마워요, 정말 고마워요.”

그 말과 함께 어깨를 들썩이는 설아.

곽무한은 왠지 가슴이 찡해오는 느낌이었다.

마치 상처 입은 아기 사슴이 어미 품을 찾듯 자기 품에 안겨 울고 있는 설아.

곽무한은 천천히 설아의 등을 다독여 주며 마음속으로 중얼거렸다.

‘알겠소. 그게 소원이라면 평생 그렇게 하리다…….’

그렇게 얼마나 안고 있었을까?

갑자기 설아가 품속을 빠져나갔다.

“또 하나 약속해 줄 게 있어요.”

곽무한은 빙그레 웃으며 고개를 끄덕였다.

설아는 발갛게 상기된 얼굴로, 그리고 잔뜩 기어들어 가는 목소리로 소곤거리듯 말했다.

“저어, 있잖아요. 제가요… 만약 아기를 가지게 되면 그 아기에게

채씨 성을 쓸 수 있도록 허락해 주세요."

곽무한은 그 말을 듣고 또 한 번 멍한 표정을 지었다.

도대체 이 아가씨는 아기를 갖는다는 게 무슨 의미인지 알고나 하는 소릴까?

곽무한은 치밀어 오르는 웃음을 억지로 참으며 물끄러미 설아를 봤다.

"이잉! 왜 그렇게 봐요? 남은 심각해 죽겠는데!"

그 말과 함께 목덜미를 붉히는 설아.

곽무한은 더 이상 참지 못하고 그만 폭소를 터뜨리고 말았다.

"푸하하하! 알겠소. 약속하고 자시고 할 것도 없소."

곽무한은 그쯤은 아무것도 아니라는 듯 고개를 끄덕였다. 그리고는 음흉한 표정으로 와락! 설아를 덮쳤다.

"당신 말대로 할 테니, 우리, 지금부터 아기를 만듭시다."

그 말과 함께 불쑥! 가슴속을 파고드는 곽무한의 손길.

"까아악!"

설아는 혼비백산해 곽무한을 떠밀었고, 곽무한은 그런 설아를 보며 파안대소를 터뜨렸다.

"하하하하하."

곽무한의 웃음소리가 길게 울려 퍼지는 가운데 설아는 연신 곽무한을 흘겨봤다.

사랑하는 사람과 함께 있으면 저절로 기분이 좋아지는 것일까?

곽무한은 오늘 하루, 무척 기분이 좋았다.

무슨 할 말이 그리 많은지 자기 옆에 달라붙어 하루 종일 재잘거리는 설아.

"쟤는 나무를 잘 타고요, 쟤는 장난이 심해요. 그리고 쟤는요……."

종달새가 아침을 노래하듯 원숭이와 사슴 등을 자기에게 소개하며 하루 종일 들떠 있는 설아.

그렇게 신나게 재잘거리던 설아가 갑자기 무슨 생각을 떠올렸는지 팔랑! 등을 돌리며 귀엣말을 건네온다.

"우리요, 앞으로 행복하게 살아요. 나쁜 일이 있으면 얼른 잊어버리고, 좋은 일이 있으면 오래도록 간직하고. 그렇게 웃으면서 밝게 살아요. 그래야 건강하게 오래오래 산대요."

그 말과 함께 품 안으로 쏙 안겨오는 설아.

그 모습을 보고 감동하지 않을 사내가 어디 있겠는가?

"하하하. 알겠소. 앞으로는 웃으며 지내도록 노력하겠소."

곽무한이 웃으며 고개를 끄덕이자 그에 용기를 얻었는지 주저주저한 표정으로 한마디를 더 보탠다.

"저… 앞으로 당신을 가가(哥哥)라고 부를래요. 그래도 되죠?"

사실 가가라는 말은 함부로 쓸 수 있는 말이 아니었다.

아주 가까운 친척지간이거나 장래를 약속한 연인 사이에서만 쓸 수 있는 호칭이었다.

하지만 그런 이유 때문에 오히려 설아는 곽무한을 가가라고 부르고 싶었다. 남들 앞에서 그를 가가라고 부른다면 왠지 더 행복할 것 같아서였다.

곽무한은 설아의 요청을 거절하지 않았다. 곽무한이 아무리 둔한 사내라지만, 설아가 자신에게 가가라고 부르겠다는 말이 무슨 의미인지 잘 알고 있었다.

‘앞으로 평생 나만 믿고 의지하겠다는 뜻…….’

그 생각을 하자 곽무한은 괜히 가슴이 뜨거워졌다. 그래서 설아를 안고 격렬하게 입을 맞췄다.

“우웁! 이런 엉터리! 틈만 나면 엉뚱한 짓을… 우움…….”

설아는 도리질을 치며 몇 번 곽무한의 가슴을 두드리다가 도저히 못 당하겠다는 듯 결국 저항을 포기하고 말았다.

그렇게 서로를 마주 안은 채 행복을 만끽하는 두 사람.

그러나 원래 세상일이란 좋은 일이 있으면 나쁜 일도 함께 오는 법.

설아와의 달콤한 여행을 마치고 수채로 돌아온 곽무한은 난데없는 방문객으로 인해 표정을 딱딱하게 굳힐 수밖에 없었다.

제93장
방문객

해질 무렵, 수룡채 외곽에서 비상 신호가 울렸다.

삐익! 삐이익!

그동안 평온했던 일상을 마구 뒤흔들어 버리기라도 하듯 날카롭게 울려 퍼지는 소리였다.

그 소리에 방금 훈련을 마친 뒤 나른한 휴식을 취하고 있던 수룡채들이 일제히 자리에서 일어났다. 하지만 뒤이은 그들의 반응은 일반인의 예상을 훨씬 벗어났다.

"오옷! 침입자?"

"아싸! 드디어 뭔가 벌어지는구나!"

모두들 긴장하기는커녕, 뭔가 재미있는 일을 기대하는 사람처럼 저마다 한마디씩 지껄이며 눈을 빛내고 있었다.

그런 눈빛은 추단 역시 마찬가지였다.

"호호호. 간만에 손 좀 풀어보겠구나!"

사천 정벌이 끝난 뒤, 근 한 달 동안 훈련밖에 없어 가뜩이나 손이 근질거리던 참이다. 그런데 때맞춰 비상 신호가 울리다니?

추단은 잔뜩 흥분하여 신호에 귀를 기울였다. 그리고는 이내 어깨를 축 늘어뜨리며 한숨을 내쉬었다.

"제길, 별것 아니었군."

오늘따라 곽무한도 없고 이탁도 없는지라 신명난 싸움을 기대하고 있었는데 고작 한 명이라니?

"하지만!"

어쨌든 침입자는 침입자다.

그것도 신호의 간격으로 미뤄 보통 침입자가 아니다.

추단은 얼른 숙소로 가 일월쌍환을 챙겨왔다.

그런데 숙소에서 나와 보니 벌써 곽패가 저만치 달려나가고 있는 게 아닌가?

"앗? 저 자식이?"

도대체 얼마 만에 보는 침입잔데.

추단은 외눈을 번뜩이며 고함을 질렀다.

"모두 뭣들 하는 거야? 어서 배를 띄워!"

추단의 고함 소리에 수하들이 우르르 배를 띄웠다.

*   *   *

해질녘, 수룡채 외곽 경계망.

사방이 온통 갈대와 수초 밭인 질척한 강변에 한 봉두난발의 노인이 벼락처럼 움직이고 있었다.

노인은 다 헤어진 누더기에 술 호로를 차고 있었는데, 그가 한 번 손을 쓸 때마다 대여섯 명의 수룡채가 우르르 쓰러지고 있었다. 그러나 노인은 뭐가 그리 불만인지 연신 볼멘소리를 중얼거리고 있었다.

"아이고, 주먹이야. 도대체 뭐 이런 놈들이 다 있어?"

상황은 노인이 푸념을 터뜨릴 만도 했다.

아무리 차고 때리고 내동댕이쳐도 오히려 독기를 뿜으며 달려드는 사내들. 거기다가 저들은 마치 자신을 다 잡아놓은 사냥감 대하듯 한다.

"아이고, 내가 벌써 이만큼 늙은 건가?"

자신이 누구던가?

스스로는 환상대협(幻想大俠), 남들은 호호신타(好好紳駝)라 부르는 대(大) 개방의 태상방주 신분이 아니던가? 그런데 고작 수적패들에게 사냥감 취급을 당하다니?

"이게 다 말년에 친구를 잘못 만난 탓이야. 아이고, 주먹이야. 아이고, 허리야."

노인은 그렇게 투덜거리면서도 연신 주먹을 휘둘렀다.

그의 주먹이 번쩍일 때마다 또다시 십여 명의 수룡채들이 쓰러지고 있었다.

하지만 상황은 점점 악화되고 있었다.

앞으로 나아갈수록 막아서는 사내들의 수가 점점 많아지고 있었고, 귓전으로는 요란한 호각 소리와 함께 신호탄 터지는 소리가 들려오고 있었다.

"끙! 이럴 줄 알았다면 진작 그놈들 말을 듣는 건데……."

호호신타는 이곳으로 오기 전, 길잡이 삼아 데려온 인근 수적들의
말을 떠올리며 뒤늦게 후회를 했다.

"아이고, 노화자(老化子) 어르신. 여기서부터는 때려 죽여도 더 못 갑니
다. 이곳에는 저희들과 비교조차 안 되는 무시무시한 호걸들이 살고 계십니
다요. 그러니 노화자께서도 웬만하면 생각을 놀이키시실······."

그들은 그렇게 주절거리며 사색이 되어 일제히 줄행랑을 쳤다.
그땐 같은 수적들끼리 왜 그리 겁을 내나 했는데, 막상 부딪쳐 보니
그럴 만도 했다. 이들을 상대하려면 웬만한 고수들을 동원하지 않고는
힘들 것 같았다.
우선 지형으로만 봐도 저 좁고 가파른 절벽 길과 어두컴컴한 동굴을
지나, 눈앞을 가로막는 이십여 장의 급류를 뛰어넘어 이곳 강변으로 와
야 했다.
또 이곳으로 왔다고 해서 한숨 돌릴 수 있는 형편도 아니었다.
지금 눈앞을 막아서고 있는, 그리고 주변에 매복하고 있는 저들과
또 한 번 악전고투를 치러야 했다. 게다가 저들의 무위나 투지를 보니
장난이 아니다. 펼치는 무공마다 격식이 갖춰져 있고, 옆에서 동료들
이 나가떨어져도 눈 하나 깜짝하지 않는다.
예전에 보고받기로는 단순한 수적패에 불과하다고 들었는데, 이게
무슨 삼류 수적패란 말인가? 웬만한 강호세가보다 낫지 않은가?
'끙! 도대체 이놈들이 언제 이만큼 컸단 말인가?'
호호신타는 고개를 설레설레 흔들며 고민에 빠졌다.
과연 이들을 상대로 본신실력을 다 발휘해야 할지, 아니면 이대로

궁지에 몰려 망신을 당해야 할지…….

그러나 고민은 오래가지 않았다.

"이 늙은이야! 나랑 한번 겨뤄보자!"

갑자기 등 뒤에서 엄청난 고함 소리가 들려오더니,

부와앙!

으스스한 살기와 함께 뭔가가 획! 머리카락을 스치고 지나갔다.

"이런?"

퍼뜩 정신을 차리고 보니 웬 코끼리만한 덩치가 도끼 자루를 돌리며 실실 웃고 있다.

뿐인가?

"이봐, 영감. 그쪽이 아냐. 그쪽은 애송이에 불과하니 우선 이 몸과 겨뤄보자구."

그 소리와 함께 이번에는 빛살 같은 뭔가가 날아와 허리 어림을 스치고 지나간다.

안력을 돌워 목소리의 주인공을 찾으니 저쪽에서 애꾸눈의 삐쩍 마른 사내가 웃고 있다.

'이런, 곤란하게 됐군.'

저들이 내뿜는 기파는 눈앞의 이들과 비할 바가 아니다. 따라서 저들을 상대로 이전처럼 싸웠다가는 망신당하기 십상이다.

'할 수 없군. 협조를 구하러 온 처지니 살수를 쓸 수도 없고, 그렇다고 내 체면에 망신당할 수도 없으니…….'

호호신타는 달려드는 두 사람에게 장력을 한 번 뿌린 뒤 천천히 뒤로 물러섰다.

"에효… 이제 그만 하자. 사실 이 어르신께서는 네놈들과 싸우려고 온 게 아니다. 이 몸은 천하에 이름 높은 환상대협이라는 사람으로, 네 놈들 채주에게 볼일이 있어서 왔다. 그러니 채주에게 일러 귀한 손님이 오셨으니 얼른 이 몸을 영접하라고 해라!"

물론 돌아온 반응은 싸늘하기만 했다.

"뭐? 영접? 이 꼴뚜기 같은 영감이 어디서 감히!"

"흐흐흐, 환상대협이라고? 완전히 꿈나라를 거닐고 계시는군."

노골적인 비아냥에 호호신타는 얼굴을 붉혔다.

'에구, 에구. 이놈의 입방정. 또 말이 헛나왔군.'

호호신타는 잠시 계면쩍은 표정을 짓다가 목청을 가다듬고 다시 말했다.

"휴… 보아하니 네놈들이 견문이 짧아 이 몸을 못 알아보는 모양인데, 그래. 속 넓은 내가 이해하고 다시 한 번 말해주마. 이 몸은 네놈들의 채주에게 사부 소리를 듣는 사해어옹(四海漁翁) 육 늙은이에게 형님 소리를 듣는 분이시다. 그러니 그만 길을 트고 날 안내하렷다!"

그러나 이번에도 여전한 입방정에 여전한 반응들이다. 아니, 이번에는 이전보다 더한 살기가 날아들었다. 바로 머리 위에서…….

끼루룩!

귓전을 파고드는 낯선 울음소리.

뒤이어 전신을 압박해 오는 섬뜩한 살기.

호호신타는 급히 허공으로 시선을 돌렸다.

그리고 다음 순간,

"맙소사! 저게 뭐야?"

호호신타는 그만 제자리에서 굳어버리고 말았다.

이제껏 전설로만 알고 있던 금관백학이 집채만한 날개를 펄럭이며 자기 쪽으로 날아오고 있지 않은가?

그 믿기지 않는 장면을 보고 호호신타는 입을 쩍 벌렸다.

수룡채들 역시 마찬가지였다.

모두들 경이에 찬 눈빛으로 금관백학을 쳐다보고 있었다.

강변에는 잠시 침묵이 흘렀다.

그리고 침묵은 그리 오래가진 않았다. 금관백학을 보고 넋을 잃고 있던 사람들 중 호호신타가 가장 먼저 정신을 차린 때문이었다.

호호신타는 다른 곳도 아닌 개방의 태상방주다.

잠깐의 시간이 흐르자 그는 오래전에 들은 금관백학 이야기를 떠올릴 수 있었다.

'그렇군! 틀림없이 그 금관백학이로군. 그렇다면 백의신녀가 이곳에?'

그 생각을 하며 안력을 모아보니 과연 백의의 소녀가 보였다.

백의신녀 채설아.

듣기로는 아미제일인이라고 들었다. 하지만 그 호칭은 무공 때문이 아니라 그녀의 맑고 고운 성품 때문이라고 들었다.

그런데 이 느낌은 뭔가?

저 위에서 자신을 내려다보고 있는 그녀의 눈빛.

뭐랄까?

담담하면서도 투명한, 그러면서도 자신을 꿰뚫어 보는 듯한 눈빛.

'저런 눈빛은 궁극에 달한 무인이나 득도한 고승들에게서만 볼 수 있는 눈빛인데…….'

호호신타는 잠시 고개를 갸웃거리다가 곧 시선을 돌렸다.

우선은 설아에 대한 궁금증보다 자기 가슴을 짓누르고 있는 살기의 주인공을 찾아야 했기 때문이다.

호호신타는 곧 곽무한을 발견할 수 있었다.

설아 뒤에 앉아 차가운 눈빛으로 자신을 노려보고 있는 곽무한.

"으음……."

호호신타는 곽무한을 보자마자 나직한 신음성을 흘렸다.

그와 눈이 마주치는 순간, 동공이 파열되는 것 같은 엄청난 충격을 느낀 때문이었다.

'으으… 그 늙은이 말이 사실이었구나! 저런 엄청난 기도라니!'

사실 호호신타는 이곳으로 올 때까지만 해도 별다른 기대 없이, 그저 막역지우인 사해어옹의 제자 자랑을 들어준다는 심정으로, 또 물에 빠진 사람이 지푸라기라도 잡아본다는 심정으로 왔다.

그런데 곽무한을 실제로 대하고 보니 이건 예상을 훨씬 뛰어넘는 엄청난 고수가 아닌가? 자신을 눈빛만으로도 제압해 오는 놈이라니?

'그래! 저런 놈이라면… 저런 놈이 도와준다면!'

그렇게 호호신타가 상념에 잠겨 있을 때,

"총채주를 뵈오!"

귓전으로 우렁찬 고함 소리가 들려왔다.

'아뿔싸!'

그 소리에 퍼뜩 정신을 차려보니,

쐐애애액!

어느새 그가 자신을 덮쳐 오고 있었다.

"이놈아! 잠깐만, 잠깐만 기다려어어어!"

강변에는 호호신타의 비명 소리가 애절하게 울려 퍼졌다.

*　　　　*　　　　*

콰아아… 쿠쿠쿠쿠!

거침없이 쏟아지는 물살.

하얗게 일어나는 포말.

그 거센 용틀임 속에 한 사내가 앉아 있었다.

사내는 쏟아지는 폭포를 그대로 맞으며 생각에 잠겨 있었는데, 멀리서 보기에는 사내가 일부러 폭포를 끌어내리고 있는 듯 보였다.

탄탄한 근육을 드러낸 채 생각에 잠겨 있는 사내.

그는 다름 아닌 곽무한이었다.

곽무한은 쏟아지는 물줄기를 맞으며 고민에 빠져 있었다.

얼마 전, 호호신타가 전해준 이야기 때문이었다.

"양자호에서 벌어진 근 한 달간의 혈전은 결국 정파연합의 패배로 끝났다네. 그래서 정파연합에서는 놈들을 막기 위해 동정호를 이차 저지선으로 택했다네. 그로 인해 동정호에는 숱한 군웅들이 모여들고 있고, 또 그런 분위기에 편승해 동정용왕이 장강수채 대회합을 열기로 했네. 이번 기회를 통해 자신이 장강의 절대자라는 것을 대내외에 알리고자 하는 것이지……."

그가 무슨 의도로 동정용왕 이야기까지 꺼냈는지는 모르겠지만 곽무한은 호호신타의 이야기에 별 관심을 나타내지 않았다. 그러자 그가 약간 실망하는 기색으로 서찰을 내밀었다.

사부가 보낸 서찰이었다.

내용은 이전과 마찬가지였다.

민초들을 위해 장강으로 와달라는.

내용은 같았지만 어조는 예전보다 더욱 강력해졌다.

흑룡방의 발호로 무고한 양민들이 휩쓸리고 있다며 만사 젖혀놓고 무조건 와달라고 했다.

콰아아… 쿠쿠쿠!

폭포 소리가 여전히 귀를 울리고 있다.

그 소리가 꿈결처럼 아득하게 들릴 무렵, 머리 속에 아득한 과거의 목소리가 들려왔다. 가슴 저 깊은 곳에 숨어 있던 피 끓는 목소리였다.

"아들아, 남자는 자기가 옳다고 믿는 일에 최선을 다해야 한다. 그리고 남자가 몸을 떨치면 산천초목이 떨어야 한다."

돌아가시기 전, 자기 손을 붙잡고 슬픈 눈빛으로 말하던 아버지의 목소리였다.

곽무한은 그 말을 떠올리며 속으로 중얼거렸다.

'당신 말씀처럼 사내가 몸을 떨치면 산천초목이 벌벌 떨어야 하는데, 전 아직 준비가 덜 되어 있습니다. 그런데도 자꾸 상황이 나를 이끌려고 하니 고민이 되는군요……'

그랬다.

스스로는 원치 않는데 자꾸 상황이 자신을 이끌려 하고 있다.

곽무한은 그게 싫었다.

이제껏 당하기만 한 세월.

이제는 스스로 결정하고 싶었다. 인생을 지배하면서 살고 싶었다.

그런데 또다시 상황이 자신을 이끌려 하고 있다.

이런 방식은 정말 마음에 들지 않는다.

호호신타는 폭포 속에 앉아 있는 곽무한을 보며 생각에 잠겼다.

'저놈은 다르다……'

그랬다.

저놈은 달랐다.

이제껏 자신이 봐왔던 그 어떤 사내들과도 달랐다.

놈은 솔직했다. 너무 솔직해서 한 번 결정하면 태산이 무너져도 돌이키지 않을 놈이었다. 너무 솔직해서 한 번 믿으면 누가 뭐래도 끝까지 믿을 놈이었다.

그래서 오히려 불안했다.

저런 놈일수록 아니다 싶으면 죽어도 고집 부릴 놈이었다.

호호신타는 곽무한이 자신의 부탁을, 제 사부의 부탁을 거절할까 봐 두려웠다.

사실, 호호신타가 곽무한에게 이렇게까지 매달릴 필요는 없었다.

중원 천지를 돌아다니다 보면 곽무한보다 더 강하면서도 마음이 여린 그런 사내가 존재할지도 몰랐다. 그러나 지금 상황에서는 그 어떤 사내라 할지라도 곽무한 이상으로 눈에 차는 사람은 없었다.

그 이유는 본의 아니게, 보다 정확히 말하자면 곽무한에게 당한 내상 때문에 며칠 동안 수룡채에 머물면서 보게 된 수룡채들의 훈련 때문이었다.

수룡채의 훈련은 언제나 실전을 방불케 한다.

바로 눈앞에서 뼈가 부러지고 바로 코앞에서 피가 튀어 오르는데도 모두가 사력을 다해 훈련에 임한다.

그 모습을 보노라면 누구나 놀라움과 경악을 금치 못한다.

호호신타 역시 마찬가지였다.

그는 수룡채들의 훈련 모습을 보며 무릎을 쳤다.

"그래! 바로 이거야! 이것 때문에 우리가 졌어!"

자신들에겐 이들과 같은 투지가 없었다. 그리고 이들과 같은 독기가 없었다.

모두들 명문이랍시고 손을 망설이고 체면을 따졌다.

명숙(名宿)들은 고수들만 찾아다녔고 제자들은 살육이 두려워 손을 망설였다. 모두들 평생 보고 듣고 배운 게 인의와 도덕, 체면 따위였으니 실전에서도 그 습관이 배어나왔다.

그래서 밀렸고 그래서 졌다.

과감해야 할 때 과감하지 못했고, 독해야 할 때 독하지 못했기에 자신들이 졌다. 그래서 여기까지 온 것이다.

호호신타는 수룡채들의 훈련 모습을 보고 비로소 자신들의 패인을 깨달았다.

'그래! 우리에게 필요한 게 바로 이런 것들이야!'

그런 이유로 호호신타는 곽무한을 포기할 수 없었다.

하지만 그런 생각을 아는지 모르는지, 곽무한은 오늘도 생각에 잠겨 있었다.

곽무한에게 있어 인생이란 놈은 참으로 묘했다.

발버둥 치면 칠수록 원하지 않는 상황으로 밀어 넣고야 만다.

그날도 그랬다.

그날은 부슬부슬 비가 내리는 날이었다.

내리는 비 때문인지, 아니면 마음이 심란한 때문인지 곽무한은 그날 따라 수하들에게 휴식을 명했다. 그 바람에 각 숙소마다 떠들썩한 술자리가 벌어졌고, 분위기가 그렇게 흐르자 곽무한 역시 수하들을 찾아다니며 술잔을 기울이고 있었다,

그런데 그날 저녁.

비에 취하고 술에 취한 곽무한이 설아의 허벅지를 베개 삼아 나른한 휴식을 취하고 있을 때, 그리고 그 옆에서 당군혜가 바느질을 하고 있고 보옥이가 청랑과 함께 이방저방 뛰어다니고 있을 때, 갑자기 경계를 맡고 있던 령주 급 수하가 찾아와 귀엣말을 건넸다.

"저어, 총채주. 수초 밭에 진드기가 발생했습니다."

그 말을 듣자마자 곽무한은 자리에서 일어났다.

'아니, 그 노인네가 또?'

방금 수하가 말한 '진드기' 는 다름 아닌 당무운이었다. 예전에 당무운이 나타나면 미리 알려달라며 정한 음어(陰語)였다.

'젠장! 이 빗속에 보옥이를 어디로 보낸다?'

곽무한이 인상을 잔뜩 찌푸리며 고민하고 있을 때였다.

성채 쪽에서 요란한 소음이 들려오나 싶더니, 촌각도 지나지 않아 당무운이 안채 문을 부수며 들이닥쳤다.

"아니, 지금……."

곽무한은 그 모습을 보고 소리를 지르려다가 파랗게 질려 있는 당무운을 보고 입을 다물고 말았다.

어찌나 급히 달려왔는지 빗물에 젖은 그의 몰골은 둘째치고라도 저 떨리는 손가락과 충혈된 눈빛을 보니 분명 무슨 일이 터진 것 같았다.

곽무한은 당군혜를 놀라지 않게 하기 위해 당무운을 회의실로 안내

하려고 했다.

하지만 당무운은 그런 곽무한의 손을 뿌리치며 바닥에 털썩 주저앉았다. 그리고는 당군혜를 보며 통곡하듯 말했다.

"혜아야! 명이가… 네 아비가… 그놈들에게……."

그 말과 함께 당무운이 눈물을 줄줄 흘리기 시작했다.

당군혜는 그 말을 듣자마자 사지를 바르르 떨며 말 한마디 하지 못하고 풀썩! 고꾸라지고 말았다.

"엄마!"

"어머니!"

"할머니!"

세 사람의 목소리가 동시에 나왔지만 행동은 설아가 가장 빨랐다.

설아는 번개같이 움직여 당군혜를 부축하고는 혼혈을 짚음과 동시에 침을 놓았다.

그제야 겨우 한시름을 돌린 곽무한은 당무운을 향해 휙 고개를 돌렸다.

"도대체 어르신께선 생각이 있는 분이오, 없는 분이오? 가뜩이나 몸도 약하신 분께 어찌 앞도 뒤도 없는 그런 말씀을 하시오?"

그 말과 함께 곽무한의 눈빛이 무섭게 이글거렸다.

당무운은 그 눈빛을 보고 아차! 싶었다.

가만히 생각해 보니 주책도 이런 주책이 없다.

'휴… 늙으면 애가 된다더니…….'

하지만 부끄러운 건 부끄러운 거고, 비통한 건 비통한 것이다.

혼절한 당군혜를 보자 당무운은 참았던 눈물을 다시 쏟아냈다.

곽무한은 그 모습을 보고 한결 누그러진 음성으로 물었다.

"도대체 무슨 말입니까? 외조부께서 어찌 되셨단 말입니까?"

"휴우……."

당무운은 땅이 꺼져라 한숨부터 내쉬었다. 그리고는 곽무한을 보며 애원하듯 말했다.

"이야기를 하자면 무척 사연이 길단다. 어디 조용한 곳이 없겠느냐?"

그 말에 곽무한은 눈썹을 부르르 떨었다.

'당신은 진작 이렇게 나와야 했소!'

곽무한은 그 말을 억지로 집어삼키며 당무운을 회의실로 인도했다.

다음날.

수룡채의 분위기는 잔뜩 가라앉아 있었다. 아침부터 회의실에 틀어박혀 두문불출하고 있는 곽무한 때문이었다. 그로 인해 수룡채들은 훈련에 전념하지 못하고 힐끔힐끔 회의실을 쳐다봤다.

그런 분위기 때문인지 오후 무렵, 추단과 이탁 등이 회의실을 찾았다.

그러나 문이 굳게 잠겨 있어 세 사람은 어쩔 수 없이 돌아서야 했다.

모두 무슨 일인가 하여 속이 바짝바짝 타 들어갈 무렵, 의외로 호호신타를 통해 이번 일의 전말이 알려졌다.

호호신타는 곽무한과 모종의 상의를 거쳤는지, 추단과 이탁 등을 불러 전날 당무운이 알려준 당가 소식을 전했다.

당군혜의 부친이자 전대 당가의 가주인 당장명이 정파연합의 퇴로를 확보해 주기 위해 흑룡방의 이목을 끌다가 수하들과 함께 행방불명이 되고 말았다는 소식과 그로 인해 당가에서 정예고수들을 급파했고,

또 호호신타 자신도 보다 정확한 소식을 알아보기 위해 개방에 전서구를 보냈다는 이야기였다.

그 이야기를 들은 이탁 등은 조용히 고개를 끄덕였다. 모두들 곽무한의 심정을 헤아리며 안타까워하는 가운데 이탁은 기대 어린 눈빛으로 회의실을 쳐다봤다.

'과연 옛말은 하나도 그른 게 없구나. 용이 승천하기 위해서는 천둥 번개와 함께 비바람이 몰아쳐야 한다더니, 드디어 때가 오는 것인가?'

이탁은 이번 기회에 수룡채가 화려한 비상을 하길 원했다. 그러자면 장강으로 출정하라는 지시가 떨어져야 하는데, 곽무한은 종내 결심을 하지 못하는 듯했다.

하루, 이틀, 사흘…….

곽무한의 칩거는 계속됐다.

곽무한의 칩거가 길어지면 길어질수록 당무운의 가슴은 바짝바짝 타 들어갔다.

자신이 이곳에 온 이유가 무엇이던가? 곽무한에게 도움을 요청하기 위해서가 아니던가?

흑룡방은 현재 장강을 마구 휘젓고 있는 집단이다. 따라서 육로라면 몰라도 수로에서는 그들을 찾을 방법이 없다. 또 찾았다 하더라도 그들을 뒤쫓을 방법이 없다. 그 때문에 이곳으로 달려온 것이다.

그러나 지은 죄가 있다 보니 당무운은 차마 그런 내색을 못하고 속만 끙끙 앓고 있었다.

호호신타는 그런 당무운을 보며 괜히 웃음이 났다.

'쯧쯧. 독마괴의 당무운 하면 천하가 알아주는 양반인데, 어째 이곳에서는 말단 수하만도 못한 대접을 받으시나.'

그런 생각을 하자 문득 엉뚱한 생각이 떠올랐다.

'그러고 보니 당금 강호에서 저놈보다 더 화려한 신분을 가진 놈은 열 손가락도 되지 않겠군……'

그랬다.

따지고 보면 외가는 당가요, 그의 아들은 당가의 차차기 가주로 내정되어 있다. 사부는 강호에서 명망 높은 십대고수 중의 하나이고, 아내 될 여인은 구대문파의 하나인 아미파에서 신주단지 모시듯 하는 본산제자다.

뿐인가?

그 자신은 아직 모르고 있겠지만, 곽무한 스스로만 해도 당금의 장강 유력 채주들 중 세 손가락 안에 드는 거물이다. 그러니 현 강호에서 이보다 더 화려한 신분을 가진 자가 과연 몇이나 되겠는가?

그렇게 생각하고 나니 곽무한이 점점 새롭게 보이는 호호신타다.

"젠장! 요 며칠 함께 지내서 그런가? 이젠 녀석의 과격한 성격조차 괜히 멋있게 느껴지는군……"

호호신타는 그렇게 중얼거리며 방(幇)에서 보내올 전서구를 기다렸다.

당군혜는 자꾸 눈물이 났다.

아무리 참으려고 해도 소용이 없었다.

자신이 울면 아들이 걱정한다고 몇 번이고 스스로를 다스려 봤지만 어디서 어떤 일을 당하고 있을지 모를 부친을 생각하니 자다가도 눈물이 나서 견딜 수가 없었던 것이다.

기력도 가누지 못하고 누워만 있은 지 벌써 사흘.

다행히 오늘은 정신이 맑았다. 왠지 자리를 털고 금방 일어날 수 있을 것 같았다.

당군혜는 천천히 몸을 일으켜봤다.

약간씩 몸을 움직일 수 있었다.

'다 저 아이들 덕분이야……'

자신을 간호하다가 한쪽 구석에 쓰러져 자고 있는 설아와 밤이 이슥할 쯤 찾아와 자신에게 내공을 불어넣어 주다가 새벽녘이 되면 또다시 떠나가는 아들.

오늘은 그 아들이 방문을 나서는 모습까지 또렷이 볼 수 있었다.

정신이 맑고 몸을 일으킬 수 있어서일까?

당군혜는 오늘, 머릿속으로 하루 종일 생각해 왔던 일을 해보기로 했다.

'혜아야, 할 수 있어. 분명히 할 수 있을 거야. 저번에도 네 몸을 날려 보옥이를 구했잖아. 그러니 이번에도 할 수 있을 거야……'

지금 당군혜는 예전에 증조할머니가 전해준 내공을 떠올리고 있었다.

그 내공 때문에 보옥이를 안고 당장욱의 독장을 맞아도 무사할 수 있었다. 그러니 이번에는 그 내공으로 부친을 구할 수 있을지도 모른다.

그런데 어떻게?

물론 방법은 모른다. 그리고 말도 안 되는 일이라는 것도 알고 있다.

하지만 부친의 생사가 불명인데 어찌 누워만 있을 것인가?

'어떻게든 노력해 봐야 해.'

당군혜는 천천히 방문을 나섰다.

밖에는 서늘한 새벽바람이 불고 있었지만 당군혜의 눈엔 희망이 가득했다.

당군혜는 잠시 새벽바람을 음미하다가 안채 뒤쪽으로 향했다.

설아는 곽무한이 싸움터로 나서는 게 싫었다.

아무리 칼 끝 위에 사는 인생이 강호인의 삶이라지만, 그의 손에 피를 묻힌다는 사실이 싫었고, 또 그와 떨어져 있어야 한다는 사실이 싫었다.

'하지만……'

이번에는 어쩔 수 없다.

대의명분뿐만 아니라 혈연이 걸린 일이다.

거기다가 어머니의 저 애처로운 몸짓을 보라…….

설아는 방문이 열리는 소리를 듣고 퍼뜩 잠에서 깼다.

급히 고개를 돌려보니 당군혜가 보이지 않았다.

설아는 깜짝 놀라 밖으로 뛰어나갔다.

귓전으로 무슨 소리가 들려왔다.

파공음이라기엔 너무 약하고 바람 소리라기엔 너무 크고.

'무슨 소리지?'

설아는 조심조심 후원으로 향했다. 그리고 곧 그 자리에 얼어붙은 듯 서 있을 수밖에 없었다.

소리의 근원은 당군혜였다.

당군혜가 어색한 동작으로 몸을 움직이고 있었다. 어디서 구했는지 목도 하나를 손에 쥔 채 이리저리 휘두르기도 하고 작은 나뭇가지를 소매로 떨쳐 내기도 했다.

설아는 가만히 당군혜를 지켜봤다.

한참을 보다 보니 와락 눈물이 났다.

‘아아… 죄송해요, 어머니. 제가 너무 무심했어요…….’

병약한 몸임에도 불구하고 부친을 위해 발버둥을 치고 있는 당군혜.

안 될 줄 알면서도, 불가능하다는 걸 알면서도 얼마나 답답했으면…….

‘차라리, 차라리 저에게 말을 하시지요.’

그러나 그게 부모 마음이라는 걸 안다. 당신 자신은 아파서 죽을지 언정 자식들에겐 손톱만큼의 마음고생도 시키고 싶지 않은…….

설아는 한동안 오열하다가 조용히 등을 돌렸다.

‘어머니는 저렇게 몸부림치고 계시는데, 당신은 도대체 무얼 망설이고 계시나요?’

설아는 결심을 자꾸 미루고 있는 곽무한을 찾아가 직접 설득해 보기로 했다.

설아가 완전히 사라질 때까지도 후원의 바람 소리는 그칠 줄을 몰랐다.

그리고 한참 지난 뒤,

“천지신명이시여, 제발! 제발…….”

울먹이는 목소리와 함께 바람 소리가 서서히 탈진해 갔다.

회의실은 텅 비어 있었다.

문은 여전히 잠겨 있은 상태지만 느낌으로 알 수 있었다.

‘어디로 간 걸까?’

설아는 혹시나 싶어 늑대 굴을 찾아가 봤다.

없었다.

절벽 위에 가봤다.

거기에도 없었다.

폭포에도 없고, 강변에도 없고, 성벽 위에도 없었다.

'그렇다면……?'

순간적으로 한 곳이 떠올랐다.

'그곳만은 정말 가기 싫은데…….'

설아는 한참 망설이다가 신형을 날렸다. 수왕모 할머니가 잠들어 계신 노란 절벽 쪽이었다.

햇빛 한 점 들어오지 않는 깊은 물속.

거센 물보라가 소용돌이를 일으키고 있는 작은 동굴. 그러나 안으로 들어갈수록 점점 넓어지는 동굴 안에 곽무한이 가부좌를 틀고 앉아 있었다.

휘류류룡, 콰아아아아!

차마 안으로 들어오지 못하고 동굴 바깥에서 거센 소용돌이를 일으키고 있는 물살.

그 물살을 보며 곽무한은 명상에 잠겨 있었다.

무엇을 생각하는지 한 치의 미동조차 없이 물살만 바라보고 있던 곽무한이 어느 순간 손을 무릎 쪽으로 가져갔다.

징!

오랜만에 주인의 손이 닿아서일까?

무릎 위에 놓여 있던 혈뢰도가 묘한 기음을 터뜨리며 감응을 해왔다.

"녀석… 이젠 좀 얌전해졌나 싶더니……."

곽무한은 혈뢰도를 어루만지며 피식 실소를 흘렸다.

그동안 너무 많은 피를 묻힌 것 같아 일부러 이곳에 놓아두었던 것인데, 자기 손이 닿자마자 다시 요동을 친다. 자꾸 움직여 달라며 자신을 재촉하고 있다.

"그래. 오랜만에 한번 놀아보자꾸나."

그 말과 함께 곽무한의 신형이 번쩍 사라졌다.

콰아아아!

햇빛 한 점 들어오지 않는 강물.

그 강물 속에서 찬란한 광채가 피어났다.

휘류류류류룡!

콰아아아아!

광채가 일렁일 때마다 강물 속에서 수백 개의 소용돌이가 생겨났고, 그 소용돌이가 서로 뒤엉킬 때마다 하얀 물거품이 치솟았다. 그리고 그렇게 서로 뒤엉켜 가던 소용돌이가 광채의 움직임을 따라 점점 하나로 뭉쳐지더니 어느 순간, 수면을 뚫고 아득한 허공으로 치솟았다.

콰아아아아아!

마치 바다에서 일어나 하늘로 치솟는 용오름 현상처럼, 하늘에서 생겨나 바다로 내리꽂히는 뇌전처럼, 거대한 소용돌이가 하늘과 강을 하나로 이으며 거대한 물줄기를 형성했다. 그리고 어느 순간, 광채가 다시 사라지자 물살은 언제 그랬냐는 듯 강물 위로 떨어져 내리기 시작했다.

쿠콰콰콰콰콰!

물보라가 수면으로 떨어져 내리는 소리는 요란하기 짝이 없었다.

그 소리가 양쪽 절벽을 울리며 멀리멀리 메아리를 쳤다.

곽무한은 다시 가부좌를 틀고 앉았다.

분명 강물 속에서 한바탕 도를 휘저었으니 온몸이 젖어 있어야 함에도 불구하고 곽무한의 전신은 언제 강물 속으로 뛰어들었냐는 듯 멀쩡하기만 했다. 그리고 곽무한의 호흡 역시 거짓말처럼 평온했다.

그렇게 조용히 명상에 잠겨 있던 곽무한. 문득 긴 한숨을 내쉬며 혼잣말처럼 중얼거렸다.

"어떻소? 당신이 보기엔……."

그 말이 끝나는 순간 설아의 신형이 모습을 드러냈다.

설아는 조용히 곽무한의 등을 끌어안았다.

설아는 이제야 알 것 같았다, 곽무한의 진짜 고민이 무엇이었는지.

곽무한은 지금 두려워하고 있었다.

그 자신이 과연 천추제일영웅이라 불리던 벽라대제만큼의 무위를 지니고 있는지 두려워하고 있었다.

이유는 간단했다.

다시 집으로 돌아오기 위해서였고, 수하들의 목숨을 지켜주기 위해서였다.

그 심정을 비로소 알게 되자 설아는 왈칵 눈물이 났다.

'바보같이… 바보같이…….'

그랬다.

이런 게 바로 남자의 마음이었다.

그 자신은 아무리 힘들어도 겉으로는 절대 내색을 않는. 그리고 그

짐을 혼자서 짊어지고 가려는…….

　"괜찮았어요. 정말 멋있었어요……."

　이곳에 오기 전까지만 해도, 아니, 이곳에서 곽무한을 보기 전까지만 해도 그렇게 오기 싫은 장소였는데, 촌각이라도 더 있고 싶지 않은 곳이었는데.

　설아에게 이곳은 기억하기조차 싫은 장소였다.

　이곳에서 그녀를 만났고 이곳에서 그와 헤어져야 했다.

　'그랬는데… 그런 생각뿐이었는데…….'

　그의 고민을 알고 나니, 그의 심정을 알고 나니 자신이 너무 바보 같아 보였다. 그는 이렇게 큰 남자였는데, 그는 이렇게 스스로 모든 것을 짊어지려는 남자였는데 자신은 고작 과거의 영상에 매달려 있었다니…….

　"……!"

　문득 그의 손이 느껴진다.

　큼지막하고 두툼한 그의 손.

　그 손이 자기 손을 가볍게 두들긴다.

　안심하라는 듯…….

　걱정 말라는 듯…….

　"와앙! 나도 갈 거예요. 나도 따라갈 거라구요!"

　설아는 그렇게 소리치며 곽무한의 어깨에 고개를 파묻었다.

제94장
강호로

강호로

수룡채에는 아연 활기가 감돌았다.

드디어 내일, 장강으로 출정한다는 명이 떨어진 것이다.

수룡채들은 그 소식을 듣고 저마다 신이 난 얼굴로 병장기를 손질하거나 짐을 꾸리는 등 야단법석을 떨고 있었다.

곽무한은 그런 수하들을 보며 설레설레 고개를 내저었다.

이제 곧 피가 튀고 살이 떨어져 나가는 전쟁터로 간다는데도 오히려 환호성을 지르는 수하들이라니?

하지만 기가 죽어 있는 것보다는 낫다고 생각했는지 곽무한은 별다른 말 없이 수하들을 쳐다보고 있었다.

그때 호호신타가 다가왔다.

"다들 활기가 있어 보여 좋군."

그 말과 함께 호호신타가 슬쩍 미소를 건넸다.

호호신타 딴엔 곽무한과 함께 장강으로 가게 되어 나름대로 신이 난 것이었는데, 곽무한은 아무런 대답 없이 수하들만 쳐다보고 있었다.

그 모습을 보고 머쓱했던지 호호신타가 품속에서 서찰을 꺼냈다.

"옛다! 나도 아직 안 본 거다."

서찰에는 당장명의 최후 종적이 적혀 있었다.

며칠 전에 알아봐 달라고 부탁한 것인데, 벌써 답장이 온 모양이었다.

곽무한은 신중한 눈길로 서찰을 읽어 내려가다가 어느 대목에 이르러 눈썹을 꿈틀거렸다.

"왜 그러나?"

곽무한은 대답 대신 서찰을 넘겨줬다.

호호신타는 의아한 표정으로 서찰을 읽어 내려가다가 곽무한과 마찬가지로 어느 대목에 이르러 눈썹을 꿈틀거렸다.

"으음… 이건 숫제 섶을 지고 불 속으로 뛰어든 격이군."

개방에서 조사한 생사협 당장명의 최후 종적이 바로 그 짝이었다.

서찰에 의하면, 당장명은 한구(漢口) 외곽, 한수(漢水)와 이어지는 강변 쪽에서 실종되었다고 적혀 있었는데, 그 실종 위치가 문제였다.

독은 밀폐된 공간에서 가장 효과적인 반면, 바람 부는 곳이나 습한 곳에서는 제 위력을 발휘하기가 어렵다.

특히 수로 쪽이라면 최악의 장소나 마찬가지인데, 왜 하필 그곳에서 실종되었을까?

답은 하나뿐이다.

적들을 유인하려다가 오히려 사지(死地)로 내몰린 것이다.

'으음… 놈들이 강하긴 했지만 그 정도까진 아니었는데…….'

곽무한이나 호호신타가 눈살을 찌푸린 이유는 바로 여기에 있었다.

이미 강서와 안휘, 산동과 복건 등을 장악하고 장강까지 넘보는 놈들이니, 그들의 무위가 어느 정도인지는 짐작하고도 남는 바다.

그러나 다른 사람도 아닌 당장명을, 그것도 정면으로 싸우는 게 아니니 단순히 유인만 하려고 했던 사람을 사지로 몰아넣다니?

'이건 놈들의 힘이 갑자기 보강됐거나, 아니면 놈들의 수뇌 급 고수가 나타났다는 말이다. 그렇지 않고서는 도저히 납득이 되지 않는 일이다.'

결론이 그에 이르자 호호신타는 가슴속에 묵직한 납덩어리가 들어차는 기분이었다.

'만약 놈들의 세력이 갑자기 늘어났다면? 그리고 놈들 중에 그런 고수 급이 한둘이 아니라면?'

호호신타는 한동안 생각에 잠겨 있다가 갑자기 서찰을 감췄다.

저쪽에서 당무운이 다가오고 있는 걸 본 때문이었다.

"노가주, 일어나셨습니까?"

호호신타는 얼른 당무운에게 포권을 취해 보였다. 평소의 그답지 않은 매우 공손한 태도였으나, 당무운은 그런 호호신타를 본척만척하며 곽무한에게만 미소를 지어 보인다.

"허, 허, 허. 내일 출정한다고 그랬더냐?"

순간, 호호신타의 얼굴이 와락 일그러졌다. 아무리 당무운이 자기보다 윗 배분이라지만 자신을 어찌 이토록 무시한단 말인가?

'끙……'

하지만 호호신타는 감히 그런 기색을 내비칠 수가 없었다.

말이 쉬워 강호십대고수지, 당무운은 강호십대고수 중에서도 독에 관한 한 타의 추종을 불허한다는 독절이다.

다른 십대고수들도 은근히 그에게 한 수 양보하는 처진데 자신이 어찌 그에게 불만을 표시할 수 있단 말인가?

그러나 호호신타는 가끔 그런 사실을 잊어버릴 때가 많다. 특히 지금처럼 어색한 표정으로 곽무한의 눈치를 살피고 있는 그를 보노라면.

'조심하자, 초몽몽. 이런 때일수록 더 더욱 조심해야 한다. 그렇지 않으면 그 옛날 철담마후 사건 때처럼, 저 늙은이의 독에 당해 죽지도 살지도 못하는 신세가 되고 만다.'

그렇게 호호신타가 과거의 기억 한 토막을 떠올리며 스스로를 다스리고 있을 때 두 사람의 대화가 시작됐다.

곽무한은 짤막짤막 제 할 말만 하고, 당무운은 그런 곽무한의 기색을 살피며 조심스레 말하고 있다.

그 모습을 보고 있자니 호호신타는 괜히 열불이 났다.

'젠장! 나야 도움을 구하러 온 처지니 그렇다 쳐도, 도대체 저 빌어먹을 놈에게 무슨 약점을 잡혔기에 강호 최고의 배분이라는 저 양반조차 저 모양으로 고개를 못 드신단 말인가? 에효… 저 꼴을 보니 앞으로 백 년 내에는 저놈의 성질머리를 고쳐 줄 사람이 없겠구나. 정말 강호의 장래가 걱정된다, 걱정돼.'

그렇게 호호신타가 강호의 장래를 걱정하며 혀를 차고 있을 때 귓전으로 곽무한의 음성이 들려왔다.

"아무튼, 저는 제 방식대로 움직이겠습니다. 그러니 번거롭게 사람들을 붙이실 필요 없습니다."

딱딱 부러지는 곽무한의 말투에 호호신타는 또 한 번 혀를 찼다.

'쯧쯧. 수하들을 붙이시려다가 괜히 망신만 당하시는군.'

곽무한의 목소리는 계속해서 들려왔다.

"그리고 혹시나 해서 말씀드리는데, 어머니께는 아무 말씀도 말아주십시오. 그냥 외조부를 찾아보려고 나갔다더라, 그렇게만 전해주십시오."

호호신타는 그 말에 고개를 끄덕였다.

'그래… 그런 게 바로 효도지.'

혹시라도 이번 장강행이 당장명을 찾기 위해서일 뿐만 아니라 정파연합을 돕기 위해서라고 하면 아마 당군혜는 아들 걱정으로 인해 몸져 누울지도 모른다.

"아! 그리고……."

곽무한이 돌아서는 당무운에게 한마디를 더 보탰다.

"보옥이에겐 아무 짓도 하지 마십시오. 만약 그랬다가는 그날로 난리가 날 줄 아십시오."

그 말을 듣고 호호신타는 그만 아연실색하고 말았다.

'세상에, 독절(毒絶) 앞에서 저런 무식한 협박이라니?'

그러나 그보다 놀라운 사실은 저런 단순무식한 협박이 쉽게 먹혀들어 간다는 점이었다.

"끙… 알겠다. 내 보옥이에겐 손도 대지 않으마."

호호신타는 그 말과 함께 저 멀리 사라져 가는 당무운을 보며 그저 멍한 표정만 짓고 있었다.

그런데 그때 누군가의 다급한 목소리가 그의 정신을 일깨웠다.

"총채주! 급봅니다. 오강에서 급보가 날아들었습니다!"

그 소리에 정신을 차려보니 어느새 추단이 앞에 와 있다.

"급보?"

곽무한의 물음에 추단은 잠시 주저하는 빛을 보였다. 호호신타가 옆에 있어서였다.

"괜찮아. 그냥 이야기해."

허락이 떨어지자 추단은 빠른 속도로 말했다.

"알겠습니다. 방금 오강에서 전해온 소식입니다. 사흘 전부터 오강에 정체불명의 인물들이 나타났답니다. 그래서 어떻게 하면 좋겠냐고 회답을 기다리겠답니다."

"엥? 정체불명의 세력이라니? 그게 무슨 소리야?"

호호신타가 끼어들자 추단이 못마땅한 표정으로 대답했다.

"들으신 그대로요. 정.체.불.명! 말 그대로 정체를 알 수 없는 세력이란 말이오."

"이런, 이런. 내 말은 그 말이 아니잖나?"

"그 말이 아니었소? 그럼 무슨 말이었소?"

추단이 시큰둥하게 묻자 호호신타가 발끈했다.

"이런 무식한 놈이? 네놈이 지금 나랑 말장난 치자는 것이냐? 이 어르신께서 묻는 말은 그들이 어느 쪽 인물인가를 묻는 동시에 그들의 숫자는 얼마나 되고 어디에서 나타나 어느 쪽으로 향하고 있냐는 말이다! 알겠느냐, 이 불학무식한 놈아?"

그 말에 추단이 외눈을 번뜩이며 물었다.

"내가 그걸 왜 당신에게 알려줘야 하오?"

호호신타는 기가 탁 막히는 심정이었다.

"이, 이, 이 존장도 몰라보는 놈! 버르장머리없게시리 감히 뉘 앞에서 말대꾸를……."

호호신타가 소매를 둥둥 걷으며 고함을 지르자 곽무한이 손사래를 쳤다.

"됐다. 원체 호기심이 강한 양반이니 그러려니 하고 편하게 이야기해 봐."

호호신타는 그 말을 듣자 전신에 힘이 쭉 빠지는 심정이었다.

'내가, 이 환상대협 초몽몽님이… 대개방의 태상방주이신 이 어르신께서 고작 호기심 강한 노인네 취급이나 받다니……'

호호신타는 억울한 표정으로 곽무한을 노려봤다. 하지만 곽무한은 그에 상관없이 대화에 열중하고 있었다.

그 모습을 보자 호호신타는 온몸에 연기가 치솟는 기분이었다.

자신은 이렇게 억울해하고 있는데 본척만척 대화를 나누는 놈들이라니?

일이 이쯤 되면 이젠 정체불명의 인물들이 문제가 아니다. 작금의 이 자존심 상한 상황부터 해결해야 한다.

"이놈아! 나 좀 보자!"

급기야 호호신타는 곽무한을 노려보며 고함을 질렀다.

그 모습을 보고 추단이 발끈하려는 순간, 곽무한이 앞을 막아섰다. 그에 용기를 얻은 호호신타는 목에 핏대를 세우며 곽무한을 몰아붙였다.

"이놈아! 이 어르신께서는 백만 개방도가 떠받드는 태상방주님이시다. 네놈이 조금 전에 말한, 이리저리 기웃거리는 호기심 많은 늙은이가 아니란 말이다!"

하지만 그렇게 고함 질러봤자 곽무한은 눈 하나 깜짝하지 않는다.

"그랬소?"

돌아오는 대답이라고는 고작 이 한마디뿐.

호호신타로서는 미치고 환장하고 폴짝폴짝 뛰고 싶은 심정이었다.

"하! 그랬소라니? 그랬소라니! 이 몸이 어떤 분인지 알았다면 네놈이 알아서 대접해 줘야……."

아차, 이건 아니다. 자신은 채신머리없게 대접 따위나 바라는 사람이 아니다.

"험, 험. 방금 한 말은 따지고 들면 그렇다는 이야기고, 이놈아, 제발 내 자존심도 좀 생각해 다오. 네놈 하나만 해도 복장이 터지는 판에, 왜 네놈 수하들까지 나서서 내 말을 씹어 돌리냐? 이렇게 웃고 있으니 내가 그리 만만해 보이냐, 응? 그렇게 보이는 거야?"

그러나 곽무한의 표정은 지금이 어때서라는 표정이다. 그러면서 하는 말이,

"우리는 수적이오. 그리고 이곳은 수채요. 우리 스스로는 수중호걸이라고 부르지만 남들은 수적이라고 손가락질하는 곳이 바로 이곳이란 말이오. 다시 말해, 이곳은 세상의 온갖 흉악한 놈들이, 온갖 소외된 놈들이 모인 곳이오. 이놈들은 모두 제 성질을 이기지 못하는 놈들이고 또 제 한을 풀 길 없는 놈들이오. 이런 놈들에게 대우를 바란다? 틀렸소! 대우를 바라지 말고 가슴으로 말하시오. 그러면 알아먹소. 가슴으로 들으시오. 그러면 인정을 받소. 우리는 상대의 신분이나 체면 따위를 고려하지 않소. 오직 가슴으로 말하고 가슴으로 느끼오. 그리고 가슴으로 통하는 상대만 인정하오. 그게 바로 우리들이오."

호호신타는 말문이 탁 막혀 버렸다. 이제껏 자신이 일종의 우월감을 갖고 이들을 대한 게 사실이었기 때문이다.

생각이 그에 이르자 호호신타는 문득 스스로가 우스워졌다.

뒤돌아보니 자신도 어느새 자신이 그토록 싫어했던 기성세대가 되

어 있다. 현재의 삶에 안주해 명예와 체면 따위를 지키기에 급급한…….

'제기랄! 배에 기름기가 차니 어느새 늙어버렸군.'

호호신타는 갑자기 가슴 한구석이 시려오는 기분이었다.

잃어버린 젊음, 잃어버린 자신감…….

'그땐 정말 세상이 눈 아래로 보였는데…….'

나이가 들면서 삶을 대하는 지혜는 늘어났을망정, 그 대가로 꿈꾸는 젊음과 피 끓는 가슴을 잃어버렸다.

그런 회한 때문일까?

호호신타는 문득 곽무한만큼은 변치 말아줬으면 좋겠다는 생각이 들었다. 그래서 지금처럼 당당한 모습으로 거침없이 세상을 살아가 줬으면 좋겠다는 생각이 들었다.

그런 생각이 들자 호호신타는 문득 곽무한이 과거의 자신인 듯 여겨졌다.

'그래. 과거의 내가 그랬듯이, 지금 이 모습이 바로 저놈이 살아가는 방식이지…….'

생각이 정리되자 섭섭했던 마음이 사라진다. 섭섭했던 마음이 사라지고 나자 한 가지 걱정거리가 떠오른다.

'그런데 저놈, 성질만큼이나 주둥이가 야무진데, 만약 정파 명숙들 앞에서도 이렇게 나오면 어쩌지?'

하지만 천하의 독절 앞에서도 제 할 말 다 하는 놈이다. 그때 일은 그때 가서 걱정하면 된다.

결론이 그에 이르자 좀 전에 나누던 이야기가 생각났다.

"그래, 그건 그렇다 치고, 도대체 어디 놈들이냐? 어떤 놈들일 것 같으냐?"

갑자기 나긋나긋해지는 호호신타의 말에 곽무한은 피식 실소를 흘렸다.

"그걸 어찌 알겠소?"

곽무한이 웃으며 되받자 호호신타가 눈을 빛냈다.

"혹시… 짐작되는 바도 없냐?"

"우린 개방이 아니오."

옳은 대답이다. 이들은 아직 정보 분석에 있어서만큼은 개방을 따르지 못한다. 그리고 사실, 자신이 몰라서 물어본 것도 아니다. 오강 쪽에서 올 놈들은 뻔했다.

'그놈들이다!'

그럴지 모른다고 예상하고 있으면서도 굳이 꺼내기 싫은 이름. 그러면서도 가장 두려워하고 있는 이름, 암흑마교…….

이제껏 십만대산에 웅크리고 있던 그들이 드디어 본격적으로 움직이고 있는 것이다.

"아무래도… 그들이 움직이고 있는 것 같네."

호호신타는 조심스럽게 자기 생각을 이야기했다. 그러나 곽무한의 반응은 담담하기만 했다. 그 모습을 보자 호호신타는 곽무한이 어찌 나올까 고민했던 시간들이 아깝게 느껴졌다.

'그렇군. 이놈이든 저놈이든 싸운다는 사실에는 변함이 없군. 그래! 저게 바로 저놈다운 방식이지. 상대가 누가 됐든 두려워하지 않는다는 것.'

그러나 호호신타는 곽무한이 그렇게 되기까지 얼마나 많은 고통의 세월을 겪었는지 알고나 있을까?

귓전으로 곽무한의 음성이 들려온다.

"추단, 만약의 사태에 대비해 사천 전역에 총동원령을 내려둬. 그리고 파양수채 아이들에게 최단 시간 내에 동정호로 합류하라고 해. 우리는 내일 새벽에 출발한다. 모두 일찍 잠자리에 들라고 해!"

속사포처럼 내려지는 명령.

'놈이 총동원령을 내리는 걸 보니 최악의 가정까지 한 모양이군. 아무래도 당분간은 두 발 뻗고 자기 힘들겠어.'

호호신타는 걱정 어린 눈빛으로 밤하늘을 쳐다보다가 천천히 자리를 떴다.

"휴우… 아무래도 안 되겠어. 도저히 잠이 오질 않아."

설아는 결국 잠자리에서 일어나고 말았다.

내일이면 곽무한이 출정한다고 생각하니 도저히 잠을 이룰 수 없었다.

만약 그가 자기 사문과 부딪치면 어떡하나?

만약 그가 적들과 싸우는 외중에 다치기라도 하면 어떡하나?

만약 그가 수하들을 구한다고 홀로 적진 속에 뛰어들면 어떡하나?

머릿속으로 온갖 생각이 떠올랐다.

"이잉! 내가 가서 도와줘야 하는데……."

그러나 아직 자신의 동행을 허락하지 않고 있는 곽무한이다.

물론 그의 생각을 모르는 바는 아니었다. 만약 자신이 따라가게 되면 어머니와 보옥이를 돌볼 사람이 없어진다.

하지만 머리로는 이해가 돼도 가슴속에서 받아들여지지가 않는다.

그런 생각을 증명하기라도 하듯, 설아의 눈길이 어딘가를 향했다.

저 한쪽 구석에 앉아 자신만 쳐다보고 있는 독강시들.

'저분들이 계시니 어머니와 보옥이는 걱정없어. 문제는 그를 어떻게 설득하는가 하는 것인데…….'

그때 머리 속에서 한 가지 묘안이 떠올랐다.

'그래! 아가들! 맞아, 내가 왜 그 생각을 못했지? 아가들을 핑계로 어머니를 설득하면 돼! 어머니만 설득하면 그도 어쩔 수 없을 거야.'

곽무한이 아무리 천하에 없는 고집쟁이라도 유일한 약점이 있다.

설아는 당군혜를 이용해 우회작전을 펴기로 했다.

설아는 조심스레 당군혜를 불렀다.

"저… 어머니……."

잠시 기다리자 불이 켜지며 방문이 열렸다.

"이 밤중에 어인 일이오?"

예상대로 곽무한이 당군혜 곁을 지키고 있다.

설아는 곽무한의 질문을 가볍게 무시하며, 미소 띤 얼굴로 당군혜 곁에 앉았다.

"아기가 할 말이 있는 모양이구나……."

이럴 때마다 설아는 당군혜가 너무 좋았다. 이미 자기 생각을 예측하기라도 한 듯 환한 미소로 반겨준다.

"어머니께 드릴 말씀이 있어요."

설아는 조용히 자기 생각을 이야기했다.

아가들을 이용하면 생각보다 빨리 당장명을 찾을 수 있을 거라고.

당군혜는 설아가 짐승들과 교감이 가능하다는 말을 듣고 처음에는 깜짝 놀란 표정을 지었다. 하지만 이내 고개를 끄덕였다. 이미 독강시

와 청랑을 제 종 부리듯 하는 걸 본지라 설아의 능력이 어느 정도인지 짐작되었기 때문이다.

"그러니까 네 말은, 나와 보옥이가 당가로 가면 훨씬 더 안전하다는 말이구나. 그렇지?"

"네."

"그래, 그렇게 하자꾸나. 그게 편하겠어."

그 순간, 곽무한이 고개를 저었다.

"안 됩니다. 어머니가 보옥이와 함께 당가로 가시겠다는 건 제가……."

곽무한은 차마 뒷말을 잇지 못해 슬쩍 흘려버렸다. 그러나 당군혜는 그 말을 알아듣기라도 한 듯 눈을 치떴다.

"아들! 너 어미에게 너무 심한 거 아니니? 내가 내 집에 가겠다는데 네가 왜 용납하니 마니 그런 소릴 하는 게냐?"

"어머니? 그, 그게 그런 뜻이 아니고……."

"됐다. 네 심정은 알겠다만 이번 일은 아기 말대로 하는 게 좋을 듯하구나."

"어머니!"

곽무한이 완강히 소리쳤지만 당군혜는 끄떡도 않았다.

"아들! 그렇게 소리만 지르지 말고 너도 한번 생각을 해봐라. 네가 떠나고 나면 내가 무슨 재미로 여기에 있겠니? 다 떠나고 나면 시커먼 숙수들뿐인데, 설마 넌 이 어미가 그런 남정네들과 시시덕거리면서 여기 있길 바라는 게냐?"

"어, 어, 그, 그게 그런 말이 아니잖아요."

"오호라! 그런 말이 아니었어? 난 또 네가 그런 생각으로 이 어미를 이곳에 처박아놓으려는 줄 알았지. 그래, 이 어미가 오해했다. 그럼 너도 이 어미가 여기에 남아 있는 건 반대지?"

"어, 어, 그, 그게……."

"아가야! 결정났다. 아침에 같이 떠날 준비를 해라."

"와! 감사합니다, 어머니."

"어, 어, 어머니?"

역시 곽무한은 당군혜에게 당할 수밖에 없었다. 중요한 순간마다 엉뚱한 말로 본질을 흐려 버리니 무슨 재주로 당할 수 있겠는가?

그렇게 당군혜와 보옥이는 독강시들의 호위를 받으며 당가에서 지내기로 했다. 물론 뒷이야기로 보옥이가 엄마와 헤어지기 싫다며 마구 울어 젖힌 일도 있었지만, 그 일은 당무운의 한마디로 가볍게 해결되었다.

"당가에 가면 빙당호로를 마음껏 먹게 해주마."

과연 보옥이는 엄마보다 먹는 게 더 좋았을까?

다음날 새벽.

아직 동도 트지 않았는데 수룡채들은 벌써부터 강변에 도열했다.

부는 바람에도 눈 하나 깜짝하지 않던 수룡채들.

그러나 설아가 눈처럼 흰 백의를 입고 강변으로 나오는 순간, 그들의 눈동자는 일제히 움직이기 시작했다.

"꿀꺽!"

누구 입에서 나온 소릴까?

그 소리가 흘러나오는 순간, 어디선가 천둥 같은 고함 소리가 터져 나왔다.

"모두 눈알 돌려!"

그 소리를 듣자마자 사내들은 또다시 석상으로 변해 버렸다.

곽무한은 석상들의 시선을 받으며 강변으로 걸어나왔다.

저벅… 저벅…….

마치 옛이야기 속의 주인공처럼, 묵직한 걸음으로 나아오는 곽무한.

이마에는 황금빛 용이 새겨진 짙은 영웅건을 둘렀고, 전신에는 짙은 흑의 차림에 붉은 전포를 걸쳤다. 등 뒤로는 혈뢰도가 황금빛 손잡이를 번쩍이고 있었는데, 그 모두가 한데 어울려 곽무한의 인상을 한층 강렬하게 만들어주고 있었다.

곽무한은 수하들의 시선을 받으며 슬며시 설아를 돌아봤다.

흰색 경장 차림에 비파를 메고 있는 설아.

마치 천상의 선녀가 인세에 하강한 것 같았다.

곽무한은 설아에게 은은한 미소를 지어 보인 후 시선을 뒤로 돌렸다.

저 뒤에서 보옥이를 안고 있는 당군혜와 당무운을 향한 것이다.

곽무한은 당군혜를 향해 살짝 목례를 취해 보인 뒤, 당무운에게 눈짓을 해 보였다. 그러자 당무운이 알았다는 듯 당군혜를 데리고 안채로 사라졌다.

곽무한은 잠시 그 모습을 지켜보다가 천천히 수하들을 돌아봤다.

"모두… 준비됐나?"

그 말이 떨어지기 무섭게 대답이 나왔다.

"옛! 준비됐습니다!"

수룡채들의 고함 소리에 잠자던 새들이 날아올랐다.

"좋아!"

곽무한은 천천히 혈뢰도를 치켜들었다.

"지금부터 우리는 저 잠들어 있는 강을 깨우러 간다. 그 강은 몰아치는 비바람과 작렬하는 태양을 견디며 자기를 알아줄 영웅을 기다려 왔다! 그가 기다리는 영웅은 그 누구보다 가슴 뜨거운 사내다. 이제, 그대들이 그 강의 주인이 되려고 간다. 잊지 마라! 그 강은 천 년의 세월을 이겨왔다. 오늘 우리는 천 년의 세월을 안으러 간다. 모두 옆 사람을 둘러보라. 내 동료들이자 또 다른 나의 분신들이다. 내가 죽으면 네가 가고, 네가 죽으면 내가 간다. 그러니 두려워 마라! 뒤돌아보지도 마라! 우린 천년 영웅이 되고자 장강으로 가는 것이다! 죽음이 두려운 자, 지금 말하라! 아무도 막지 않을 것이다."

뜨거운 연설이었다.

따로 준비한 것도 아닌데 봇물처럼 터져 나온 말이었다.

수룡채들은 숨을 죽였다.

모두 귀로 듣지 않고 마음으로 들어, 몸을 떠는 사람은 있었을망정 떠나는 사람은 아무도 없었다. 모두 천년 영웅이 되고 싶은 모양이었다.

"좋다! 모두가 원하니, 우리는 지금부터 천년 영웅이 되어 장강을 안으러 간다!"

"와아아아아!"

함성은 오래도록 이어졌다. 모두 신들린 사람처럼 목이 쉴 때까지 고함을 질렀다. 이윽고 함성이 그치자 곽무한은 출발 명령을 내렸다.

수룡채들은 일사불란하게 움직였다.

각 조로 나뉘어 배를 띄운 후, 선두가 출발하기를 기다렸다.

곽무한은 선두의 이탁과 따로 밀담을 나눴다.

"오강에서 오는 놈들이 있다니 일단 의창(宜昌)에서 명을 기다려라. 내가 먼저 상황을 살펴본 뒤 신호를 보낼 테니 그때 다시 출발하도록."

밀담이 끝나자 이탁이 가장 먼저 출발했다. 뒤이어 한 척씩 적취협을 떠나기 시작했는데, 꼬리에 꼬리를 물고 강을 헤쳐 나가는 수룡채들의 모습은 실로 장관이었다.

곽무한은 수하들이 거의 다 빠져나가자 천천히 설아에게 다가갔다.

"이제 우리도 출발합시다."

"네."

설아 뒤에는 어느새 백아가 앉아 있었다.

*　　　*　　　*

"어이쿠! 이게 무슨 소리야?"

호호신타는 고함 소리에 놀라 자리에서 벌떡 일어났다. 뒤이어 그는 바지를 틀어쥐며 울상을 지었다.

"끄아아! 결국… 싸버렸어……."

호호신타는 밤새 복통에 시달렸다. 화장실을 아무리 들락거려 봐도 나오는 게 없자, 혹시나 하는 심정으로 생으로 버티다가 새벽녘이 되어서야 겨우 잠자리에 들었다.

그런데 그토록 안 나오던 게 느닷없이 빠져나오고 말다니?

밤새 고생한 게 허사가 되고 말았다.

상황이 이에 이르자 호호신타는 당무운이 증오스러웠다.

"흑흑. 빌어먹을 영감탱이, 도대체 내가 뭔 죄를 지었다고."

호호신타는 앉지도 못하고 서지도 못하는 엉거주춤한 자세로 당무운을 원망했다. 그가 아니라면 이런 일이 벌어질 수 없기 때문이었다.

그리고 사실, 당무운이 손을 쓴 게 맞았다.

낮에 호호신타가 자신을 측은한 눈빛으로 바라보자 그걸 괘씸하게 여기고 있다가 몰래 손을 쓴 것이었다.

덕분에 망신살이 뻗친 호호신타, 곽무한의 연설이 끝나도록, 그리고 수룡채들이 떠나가고 뒤이어 당군혜와 당무운, 그리고 숙수들까지 다 떠나가도록 엉거주춤한 자세를 유지했다. 그걸 말려야 했기 때문이다.

그리고 모두가 떠나 버린 텅 빈 수채.

호호신타는 그제야 강물 속으로 뛰어들었다. 물론 씻어내기 위해서였다.

설아는 어푸어푸 헤엄치는 호호신타를 보며 고개를 갸웃거렸다.

"왠지 안 보인다 했더니 늦잠을 주무셨나 봐요. 함께 타고 가면 안 될까요?"

물론 곽무한은 단호히 고개를 내저었다.

"둘이 타기도 비좁소. 그리고 저 노인네, 지독히도 안 씻는 모양이오. 냄새가 여기까지 나는 걸 보니……."

그 말을 듣자 설아의 표정 역시 묘하게 일그러졌다.

"그러고 보니… 그렇군요. 백아가 싫어할 테니 미안해도 그냥 가요."

그 말을 끝으로 두 사람의 목소리는 더 이상 들려오지 않았다.

＊　　　　＊　　　　＊

호북성 한구(漢口).

가을바람 쌀쌀한 어느 날, 눈 아래로 장강을 굽어보며, 건너편으로 무창을 바라보며 한수(漢水) 어귀에 우뚝 솟은 구산(龜山), 그 산봉우리 위에 거대한 학 한 마리가 나타났다.

적취협을 떠나 이곳으로 날아온 백아였다.

수하들을 먼저 떠나보낸 곽무한과 설아가 당장명의 행방을 알아보기 위해 백아와 함께 이곳 한구로 온 것이었다.

곽무한과 설아는 한구 주변을 돌며 한동안 당장명을 찾았다. 그러나 당장명이 사라졌다는 한수 입구를 포함해 한구 전역을 아무리 뒤져 봐도 별다른 흔적을 찾을 수 없었다.

"아무래도 물길을 이용한 모양이에요. 그렇지 않다면 아가들이 못 찾을 리가 없어요."

설아의 말에 곽무한도 동의를 했다.

두 사람은 어떻게 할까 고민하다가 의창으로 가 수룡채들과 합류하기로 했다.

신호를 받은 백아가 방향을 틀자 두 사람의 몸이 급격히 밀착됐다.

그 순간,

"아야!"

곽무한이 갑자기 신음을 흘렸다.

설아는 난처한 표정으로 고개를 숙였다.

곽무한이 신음을 흘린 이유는 설아가 들고 있던 비파 때문이었다.

솔직히 곽무한은 설아가 비파를 들고 백아를 탈 때부터 불만이었다.

비파를 안고 있으니 손장난을 치기가 쉽지 않아서였다.

"아니, 비파는 왜 가져온 거요?"

뾰루퉁한 곽무한의 물음에 설아는 말없이 미소만 지었다.

설아는 최근 들어 영력이 약해지는 것을 느꼈다.

예전에 곽무한을 찾느라 너무 심력을 소모한 때문이었다.

비파를 가져온 이유는 그래서였다. 비파를 이용해서 아가들을 부르면 그나마 심력의 손실을 줄일 수 있었기에.

하지만 그로 인해 곽무한의 불평 아닌 불평을 들어야 했다.

상황이 이렇다 보니 설아는 미안한 표정으로 대안을 제시했다.

"저어… 그러면 가가가 앞으로 가세요. 제가 비파를 등에 멜게요."

곽무한이 생각해 보니 그도 괜찮을 듯했다.

따스한 손으로 자신을 껴안는 설아. 생각만 해도 흐뭇했다.

"그럽시다."

그런데 두 사람이 막 자리를 바꾸려 할 때였다.

아래쪽에서 은은한 쇳소리가 들려왔다.

"음? 무슨 소리지?"

곽무한이 안력을 모아 아래쪽을 쳐다봤다.

얼핏 보니 저 멀리 동정호가 보이고, 눈 아래로 넓은 호수가 내려다보였는데, 그 호숫가 근처에서 치열한 전투가 벌어지고 있었다.

도대체 누군가 하여 한 번 더 안력을 모으는데, 설아에게서 신음 같은 목소리가 흘러나왔다.

"맙소사! 저들은… 저들은?"

설아의 안색이 하얗게 변해 있었다.

제95장
아미파

채채챙!

쐐애액!

"아악!"

"아아……."

날카로운 칼바람 소리와 빗발치는 암기, 그리고 그 외중에 흘러나오는 애절한 비명 소리.

눈 아래에는 참경이 벌어지고 있었다.

곽무한은 호숫가에서 천천히 눈을 뗐다.

"아는… 사람들이오?"

그러나 사실, 물으나마나 한 질문이었다.

다른 곳도 아닌 사문의 일이다. 어찌 몰라볼 수 있겠는가?

곽무한은 뒤쪽에 앉아 있어 늦게 봤지만 설아는 아니었다. 호숫가에서 격전을 벌이고 있는 무리들 중 일방적으로 몰리고 있는 쪽이 바로 자신의 동문들이다.

"가가……."

설아는 떨리는 목소리로 곽무한을 불렀다.

"……."

곽무한은 대답 대신 침묵을 지켰다.

비록 설아의 눈빛이 도와달라며 애원을 하고 있었지만 다른 곳도 아닌 아미파다. 아직 기억 속에 형제들의 비명이 남아 있는데 어찌 도와줄 수 있겠는가?

그런 표정을 눈치챘을까? 설아가 나직한 목소리로 말했다.

"그럼 잠시만… 기다려 주세요."

그 말과 함께 설아가 훌쩍 아래로 뛰어내렸다.

곽무한은 그 모습을 보고 순간적으로 움찔했다.

눈 아래 피 튀는 전장.

그곳으로 설아가 뛰어들었다.

"아미파라, 아미파……."

곽무한에게서 회한 어린 목소리가 흘러나왔다. 그리고 그때부터 곽무한의 뺨이 씰룩거리기 시작했다.

사랑과 원한. 그 상반된 감정 속에서 갈등하고 있었던 것이다.

그렇게 한참을 망설이던 곽무한은 천천히 시선을 아래쪽으로 향했다.

흑의인들에게 몰리고 있는 아미승들을 향해서였다.

"약하군……."

곽무한은 나직한 목소리로 중얼거렸다.

아미승들의 무위를 보고 하는 말이 아니라 그녀들의 손속을 보고 하는 말이었다.

"그때도 저랬었지……."

그날, 그 참담했던 과거에도 저들은 살수를 망설였었다. 무공이 깊어지다 보니 과거의 일도 어제처럼 선명하게 기억나는 곽무한이었다.

"휴우… 어쩔 수 없겠지?"

곽무한은 진득한 한숨을 내쉬며 백아의 등을 박찼다.

"타아아아압!"

아득한 허공에서 영롱한 기합성이 울려 퍼졌다.

그 소리에 놀라 허공으로 고개를 돌리던 아미승들은 흰옷을 펄럭이며 내려오는 설아를 보고 일제히 반색을 했다.

"아! 사숙이시다!"

"와앙! 사조 할머니!"

위기의 순간, 천수관음의 현신인 양 자기들 곁에 내려서는 설아를 보고 중년의 아미승들은 환호를 했고 어린 아미승들은 눈물을 흘렸다.

"이제 사숙께서 오셨으니 당신들, 각오해야 할 거야!"

꼭 어린 아미승의 앙칼진 목소리가 아니더라도 설아가 등장한 뒤부터 아미승들의 눈에 생기가 피어오르기 시작했다. 그리고 그때부터 반전이 시작되었다.

"모두 뒤로 물러서요!"

설아가 백의를 휘날리며 전장으로 뛰어들자 용기백배한 아미승들은 뒤로 물러서기는커녕 오히려 설아를 따랐다.

물론 그때까지만 해도 전황에 큰 변화는 없었다.

하지만 설아가 본격적으로 손을 쓰기 시작하고, 뒤이어 허공에서 낮고 거친 목소리가 울려 퍼진 뒤부터는 전세가 완전히 역전되어 버렸다.

"당신도 뒤로 물러나시오."

웅웅한 목소리와 함께 지면에 내려선 곽무한은 우선 전황부터 살폈다. 뒤이어 곽무한의 신형이 벼락처럼 움직였다.

"가장 위급한 곳부터!"

그 말이 끝나기 무섭게 곽무한의 신형이 호수 끝자락에 모습을 드러냈다. 어린 여승들이 주로 몰려 있는 곳이었다.

번쩍! 꽈르릉!

두 말이 필요없었다. 혈뢰도가 번쩍이는 순간 흑의인들이 짚단처럼 우르르 쓰러졌다.

"다음은 적의 선봉!"

곽무한의 신형이 또다시 사라지고, 뒤이어 요란한 비명성이 메아리처럼 흘러나왔다.

"으으… 도대체……."

"맙소사! 인간도 아냐……."

흑의인들은 곽무한을 보고 얼이 빠져 버렸다.

그가 번쩍였다 싶은 순간, 마흔 명에 달하는 동료가 시체로 변해 버린 것이다.

흑의인들의 우두머리는 그 모습을 보고 당황했다.

느닷없이 나타나 전세를 단번에 뒤집어 버리는 두 사람이라니?

"으으… 도대체 네 연놈들은 누구냐? 누구기에 감히 흑룡방의 행사에……."

그러나 그는 상대를 잘못 택했다. 감히 곽무한 앞에서 설아를 욕하다니?

번쩍!

"크아악!"

그는 하던 말조차 끝내지 못한 채 단칼에 목이 달아나 버렸다.

흑의인들은 그 모습을 보고 전의를 상실했다.

"으으… 령주께서 일초도 못 버티시다니……."

그러나 곽무한은 그들이 물러날 틈조차 주지 않았다.

번쩍, 쾌애액!

"끄아악!"

"크헉!"

비명이라도 지를 수 있는 사람은 그나마 다행이었다. 대부분 비명조차 지르지 못한 채 쓰러지고 말았다.

급기야 흑의인들은 사색으로 질려갔다. 그들은 곽무한의 공격에 반격할 엄두도 못 내고 하나둘 자리를 이탈하더니, 어느 순간 일제히 등을 돌려 우르르 달아나기 시작했다.

곽무한은 피식 냉소를 흘렸다.

"훗! 실컷 난리 치다가 상황이 불리하니 달아나시겠다?"

곽무한은 놈들을 뒤쫓기 위해 신형을 뽑아 올리며 도를 수평으로 뉘었다. 일도에 놈들의 허리를 양단하려는 의도였다.

그때 귓전으로 설아의 음성이 들려왔다.

"가가, 그만 하셔도 돼요. 도망가는 새는 쫓지 않는 법이래요."

곽무한은 서서히 신형을 멈췄다. 그리고는 잠시 설아를 돌아보다가 호수 쪽으로 걸음을 옮겼다. 아미승들이 설아에게 다가가는 것을 본 때문이었다.

설아는 그런 곽무한을 슬픈 눈으로 바라보다가 누군가의 부름에 고개를 돌렸다.

"사매… 사매가 왔구나."

묘운이었다.

그 옛날, 자신을 다그치기도 하고 위로해 주기도 하며 정을 내던 묘운이 피로에 지친 모습으로, 그러나 환한 미소로 다가오고 있었다.

"사숙, 오랜만에 뵈어요."

묘운 뒤에는 자미 사질도 있었다. 과거, 자신에게 금정면장을 배우고 고마워하던.

설아는 그들을 보며 와락 울음을 터뜨렸다.

"사자, 사질. 어떡해요? 저 아이들이 가엾어서 어떡해요? 흑흑흑."

설아가 울자 그때부터 장내가 울음바다가 됐다.

적게 잡아도 스무 명. 그리고 그 이상의 제자들이 목숨을 잃거나 중상을 입었다. 모두들 난생처음 겪는 흉사였다.

화르르…….

불씨가 하늘로 날아갔다.

청아한 목탁 소리와 함께 망자의 혼을 달래는 독경(讀經) 소리가 울려 퍼졌다. 향도 없고 만장도 없었지만 모두 성의를 다해 진혼(鎭魂) 예식을 거행했다.

잠시 후, 사그라지는 불꽃과 함께 모두의 슬픔이 한풀 가라앉자 설아가 묘운에게 물었다.

"사자, 도대체 어찌 된 일이에요? 전 모두들 동정호에 계신 줄 알았는데……."

그 말에 묘운은 씁쓸한 미소를 지었다.

"사매도 소식을 들었나 보구나. 휴우… 말하자면 사연이 길단다."

묘운이 들려준 사연을 간략하게 추슬러 보자면, 아미파의 본진은 이곳에서 백여 리 정도 떨어진 곳에 있고, 자신들은 계율원 원주인 경혜 사태의 명을 받아 인근 지역을 순찰하고 있던 중이라 했다.

설아는 그 말을 듣고 고개를 갸웃했다.

"적정(賊情)을 살피기 위해 순찰을 돈다는 말은 이해하겠는데, 왜 이 근처에 우리들뿐이지요? 다른 문파는요?"

"그, 그게…….'"

묘운이 난감한 표정을 짓자 자미가 대신 대답했다.

"사숙, 다른 문파는 모두 동정호로 이동했어요. 본 파만 이곳에 남아 있지요. 이게 다 계율원주님의 명 때문이에요."

"네? 계율원주님이 그리 명하셨다구요?"

설아가 의아한 표정을 짓자 묘운이 자미를 나무랐다.

"경망하구나! 비록 우리가 선봉을 맡고 있다지만 이 일은 우리 아닌 그 누구라도 해야 할 일이다. 또 어차피 본 파가 생사협에게 은혜를 입었으니 그의 행방도 알아보는 게 도리가 아니겠느냐? 그러니 원주님을 원망할 필요 없다."

자미는 뭔가 더 말할 듯하다가 입을 다물고 말았다.

설아는 그 모습을 보고 상황을 짐작했다.

'아무래도 계율원주님이 공을 세우고 싶으신 모양이구나. 그렇지 않고는…….'

예전부터 경혜 사태는 질투심이 강했다. 그녀가 설아의 사부인 경진 사태를 질투한다는 건 아미파 내에서도 공공연한 비밀에 속했다.

그녀는 강호십대고수라는 경진 사태의 명성을 시기했다. 그래서 이런 무리한 작전을 자청한 모양이었다. 강호에서 자신의 공로를 인정받기 위해.

그러나 강호를 지키기 위해서라는 대의와 생사협의 은혜에 보답하기 위해서라는 명분이 있기에 딱히 뭐라고 말하기도 애매한 상황이었다.

설아가 조용히 입을 다물고 있자 묘운이 짐짓 쾌활한 표정으로 설아의 어깨를 감싸 안았다.

"그런데 저 사람은 누구니?"

묘운의 질문에 설아는 난처한 표정으로 곽무한을 봤다.

"제 오라버니… 되세요."

아미승들은 처음엔 그 말이 무슨 말인가 하다가 뒤늦게 설아의 표정을 살피고는 '와!' 하며 곽무한을 쳐다봤다.

곽무한이 그 소리를 듣고 정중한 태도로 포권을 보내자 아미승들은 또 한 번 환호성을 터뜨렸다.

"와아!"

"꺄악!"

아미승들의 환호에는 부러움과 탄성이 뒤섞여 있었다.

하지만 묘운은 곽무한을 보고 안색을 흐렸다.

'으음… 저자가……'

묘운뿐만 아니었다. 자(慈) 자 항렬의 아미승 일부가 당황하는 기색을 보였다.

곽무한은 내내 무거운 표정이었다.

설아 역시 마찬가지였다.

두 사람 다 묘운과 자미 등에게서 어색한 분위기를 읽었기 때문이다.

사실 설아는 동문들과 간단한 인사만 나눈 뒤 헤어질 생각이었다.

하지만 묘운이 여기까지 와서 그냥 가는 법이 어디 있냐며, 마침 아미파에 귀한 손님도 와 계시니 사부와 그분께 인사라도 드리고 가라며 강권하는 바람에 어쩔 수 없이 함께 가게 됐다.

그러나 동행한 지 얼마 되지 않아 설아는 동문들의 표정이 이상한 걸 느꼈다. 그래서 괜한 결정을 했다 싶어 내심 후회하고 있는 중이었다.

하지만 어린 사질, 사손들은 그런 분위기도 모르고 재잘거리기에 바빴다.

"사조 할머니, 그동안 어떻게 지내셨어요?"

"저분은 나이가 어떻게 되세요? 사조 할머니와 어떻게 알게 됐어요?"

그녀들은 설아의 지난 행적에 대해서도 관심을 나타냈지만, 곽무한에 대해서 특히 많은 관심을 나타냈다. 그도 그럴 것이, 속가제자라고는 하지만 경진 사태에 의해 본산제자와 마찬가지 대우를 받고 있는 설아다. 더구나 이십대 이하의 제자들에겐 아미제일인이나 마찬가지인 설아다.

그런 설아의 연인이니 어찌 관심이 가지 않을 수 있겠는가?

곽무한은 귓전으로 들려오는 아미승들의 재잘거림을 들으며 가벼운 미소를 지었다.

실로 천진난만한 질문들.

그녀들은 속세의 때가 전혀 묻어 있지 않았다.

곽무한은 어린 아미승들을 쳐다보며 곰곰이 생각에 잠겨 있다가 불쑥 묘운에게 물었다.

"왜 이런 어린 스님들까지 데려오셨습니까?"

말은 부드러우나 그 속에 가시가 숨어 있다는 걸 모를 묘운이 아니다. 묘운은 잠시 당황하는 표정으로 고개를 숙였다가 이내 정색을 하며 차분한 목소리로 대답했다.

"저들에게 경험을 쌓게 해주기 위해서라네."

"…그렇습니까?"

둘의 대화는 금방 끊어졌다. 그 바람에 어린 사질, 사손들도 분위기를 눈치챘는지 하나둘 입을 다물었다.

그렇게 말없이 얼마나 걸었을까?

갑자기 묘운이 저 앞쪽의 노송(老松)이 우거진 곳을 가리켰다.

"다 왔다. 저곳이 바로 본 파가 머무는 곳이다."

그러고 보니 노송 아래쪽에 천막들이 보이고, 천막 위에 아미파라 적힌 깃발이 휘날리고 있었다.

*　　　*　　　*

"아이참, 왜 이리 향이 우러나지 않지?"

자은은 노스님들의 차를 준비하고 있었다.

아미산에 있을 때는 아무리 값싼 차라도 맛과 향이 우러났는데, 지금은 아무리 좋은 차를 끓여도 맛이 나지 않아 속상해하고 있는 중이었다.

"역시 물이 좋아야 해. 그래야 향도 깊고 맛도 깊어."

그렇게 투덜거리며 차를 따르고 있을 때였다.

"까악!"

"와아!"

갑자기 옆 막사에서 숨죽인 환호성이 들려왔다. 자기들 딴엔 노스님들이 들을까 봐 낮게 내지른 환호성이었는데, 바로 옆 막사에 있던 자은이 못 들을 리 없다.

자은은 아직은 호기심 많은 어린 스님.

무슨 일인가 궁금하여 따르던 차를 내버려 두고 옆 막사로 달려갔다.

잠시 후, 자은 역시 팔짝팔짝 뛰며 어린 사질들과 함께 까악, 까악 환호성을 질렀다.

그러나 이상했다.

노스님들이나 몇몇 동문 사자들이 군데군데서 수군거리고 있었다.

'뭘까? 왜지?

그러나 차마 엿듣고 싶진 않았다. 아니, 엿듣고 싶어도 그럴 시간이 없었다. 벌써부터 몇몇 사질들이 막사 입구로 달려간 때문이었다. 모두 입구에서 설아를 기다리겠다며 신이 나서 떠들어대고 있었다.

그 소리를 듣자 자은은 애가 달았다. 그래서 노스님들에게 차를 갖다 바치기 무섭게 쪼르르 막사 입구로 달려갔다.

그렇게 초조한 심정으로 얼마나 기다렸을까?

멀리서 동문 사자들과 사질들의 모습이 보였다.

그리고 또 보였다. 눈처럼 하얀 백의에 은은한 미소를 띠고 있는 설아의 모습.

“흑! 사숙…….”

자은은 설아를 보자마자 눈물이 핑 돌았다.

과거, 설아와 함께 원숭이들을 쫓던 기억과 군고구마를 구워먹던 기억이 한꺼번에 떠올랐다.

그래서일까? 자은은 눈물방울을 단 채 한달음에 설아에게 달려갔다.

“와앙! 사숙, 보고 싶었어요. 정말 보고 싶었어요. 흑흑흑.”

“아, 자은! 자은 사질!”

따뜻했다.

설아 사숙의 품은 여전히 따뜻하고 포근했다.

그런 설아가 좋아 자은은 어리광을 부렸다.

“사숙, 이제 완전히 돌아오신 거죠? 제 말이 맞죠? 네?”

그때 설아가 희미하게 고개를 가로젓는 게 보였다.

자은은 가슴이 쿵 내려앉는 기분이었다.

“사숙…… 왜? 왜?”

자은이 눈물을 글썽이자 설아가 귀엣말을 속삭였다.

“자은 사질… 나는 더 이상 불문에 남아 있을 수 없어. 곧 속세 사람이 될 거거든.”

그 말과 함께 설아가 눈짓으로 곽무한을 가리켰다.

자은은 설아를 따라 곽무한을 훔쳐봤다.

흑의 경장 차림에 흑의 영웅건을 쓰고 있는 멋진 사내.

자은은 그가 누군지 금방 알아봤다.

설아 사숙이 본산을 떠날 때 그토록 그리워했던 사람.

설아 사숙의 영혼에 이미 각인되어 버렸다던 사람…….

“와! 그럼, 그럼 드디어 만나신 거예요? 와! 축하해요, 사숙!”

자은의 고함 소리에 어린 제자들이 일제히 곽무한을 쳐다봤다.

그런데 바로 그때,

"아미타불!"

저 뒤쪽에서 근엄한 불호 소리가 나왔다.

소란성에 노스님들이 나온 것이다.

자은은 노스님들을 보자마자 쪼르르 장문인에게 달려갔다.

"장문스님, 사숙이에요. 설아 사숙께서 오셨어요."

장문인의 승포 자락을 잡고 함박웃음을 웃는 자은.

설아는 옷차림을 단정히 하며 장문인에게 합장을 보냈다.

"설아가 장문인을 뵙습니다."

장문인, 경료 사태는 설아를 보며 쪼글쪼글한 미소를 지었다.

"할할, 설아가 왔구나. 먼 길을 돌아서 이제야 왔구나."

설아는 장문인과 인사를 마친 후 사부에게 인사를 했다.

"사부님, 설아가… 설아가……."

설아는 사부 앞에서 말을 잇지 못했다.

새삼 사부의 은혜와 사부의 마음을 아프게 했던 과거가 생각나 눈물만 글썽거리고 있었다.

경진 사태는 아무것도 묻지 않았다.

"잘 왔다. 정말 잘 왔다……."

경진 사태는 그 말만 되뇌며 설아를 끌어안았다.

그렇게 두 사람이 사제 간의 정을 나누고 있을 때였다.

"저자는 누군가?"

갑자기 사발 깨지는 목소리가 흘러나왔다. 목소리의 주인공은 장문인 경료 사태 뒤에 서 있던 경혜 사태였다.

“아, 그는… 그는……."

설아가 당황해하며 곽무한을 소개하려는 순간, 묘운이 먼저 곽무한을 소개했다.

“이분 시주께서 제자들의 목숨을 구해주셨습니다."

그 순간 아미승들 사이에 아! 하는 탄성이 흘러나왔다.

하지만 경혜 사태는 입가에 비웃음을 띠었다.

“그으래? 저자가 제자들을 도와줬다고?"

이미 곽무한의 정체를 짐작한 듯, 경혜 사태의 목소리엔 바짝 날이 서 있었다. 하지만 경료 사태는 아직 보고를 받지 못한 모양이었다.

“할할. 고마운 시주로고. 그래, 시주는… 어느 방면의 고인이신가?"

정겨운 미소로 사의를 표하던 경료 사태, 그러나 이야기 말미에 이르러 정광을 번뜩였다. 일파의 장문인답게 곽무한의 기도를 한눈에 알아본 것이다.

설아는 장문인의 눈빛을 보고 가슴이 쿵쿵 뛰었다.

아직 곽무한에게 자기 사문을 어떻게 대할지 들어보지 못했기 때문에 그를 어떻게 소개해야 좋을지 난처했던 것이다.

‘아아… 이를 어째? 그를 어떻게 소개해야 자연스러울까?'

그렇게 설아가 고심하고 있을 때, 경혜 사태가 곽무한을 가리키며 소리쳤다.

“장문 사자, 저자는 수적입니다! 예전에 수룡채라는 사악한 집단의 우두머리였지요. 아마 지금도 그럴 겁니다."

경혜 사태의 말이 끝나자 장내가 술렁거렸다.

모두들 불신의 표정으로 곽무한과 설아를 쳐다봤다.

‘아…….'

설아가 내심 탄식할 무렵, 곽무한이 앞으로 나섰다.

"때가 때인지라 잠시 묻어두려 했더니…… 고맙게도 옛 기억을 떠올려 주시는군요."

곽무한은 경혜 사태를 노려보며 잠시 말을 끊었다가 딱딱한 표정으로 경료 사태에게 다시 포권을 보냈다

"정식으로 다시 인사드리겠습니다. 수룡채의 곽무한이라고 합니다."

"아……."

곽무한이 스스로를 밝히자 일부 아미승들의 얼굴이 잿빛으로 변했다.

그녀들은 모두 수룡채의 혈겁에 참여한 사람들로, 저마다 곽무한의 눈길을 피하며 고개를 숙이기에 급급했다. 그로 인해 장내 분위기가 묘하게 흘러갔다.

그런 분위기를 알아차렸는지 경료 사태가 입을 열었다.

"아미타불. 그렇구려, 나이가 들어 기억이 가물가물하긴 하지만, 분명 그 이름이 귀에 익숙하구려. 반갑소이다, 시주."

경료 사태는 희미한 미소를 지으며 곽무한에게 합장을 보냈다.

그러나 곽무한이 두어 걸음 물러나 자신의 인사를 피해 버리자 그때부터 경료 사태의 안색이 무겁게 가라앉았다.

"아미타불. 옛말에 '선한 자는 오지 않고[善者不來], 오는 자는 선하지 않다[來者不善]'라고 하더니, 오늘이 그날인 모양이구려. 그래, 시주께서 옛 원한에도 불구하고 본 파 제자들을 구해주신 이유는?"

그 말과 함께 경료 사태에게서 거미줄 같은 은은한 기운이 뻗어나왔다.

곽무한은 그 기파에 정면으로 맞서며 빙그레 미소를 지었다.

"장문인께서 너무 앞서 나가시는군요. 올 때 비우고 왔거늘 다시 채우길 바라십니까?"

순간 경료 사태의 눈가가 미미하게 떨렸다. 서로 말을 주고받는 와중에 무형의 기운끼리 부딪쳤는데, 의외로 약간의 손해를 본 때문이었다.

"으음… 그렇구려. 비우고 왔구려. 선재로다, 선재, 선재……."

경료 사태는 그 말과 함께 내부의 탁기를 흘려버렸다. 노련한 고수만이 할 수 있는 자연스런 대처였다.

'과연 깊은 산에 고인이 많다더니…….'

곽무한은 은근히 감탄하며 재차 입을 열었다.

"틀렸소이다. 방금 본인이 비우고 왔다는 말은 옛일을 잊었다는 말이 아니라 오늘은 때가 아니라 싶어 차후에 따지겠다는 말이외다."

그 말이 떨어지기 무섭게 여기저기서 호통성이 터져 나왔다.

"무엄하다!"

"감히 여기가 어디라고?"

순간, 곽무한의 눈썹이 꿈틀거렸다.

"지금 여기가 어디냐고 물으셨소? 대답해 드리지. 이곳은 명예에 취해, 공명심에 취해 불법 대신 살검을 휘두르는 곳이라오."

"뭐, 뭣이?"

원로들이 대노한 표정으로 노려봤지만 곽무한은 재차 말을 이었다.

"그게 아니라면! 그게 아니라면 스님들께선 왜 속세의 일에 간섭하시는 것이오? 부처님께서 그대들에게 허락하신 것은 오직 승복 세 벌과 발우(鉢盂:밥그릇) 한 벌, 그리고 바랑 하나가 고작인데, 그런 이유로

구름처럼 물처럼 떠돌며 도를 찾는다 하여 운수납자(雲水納子)라 칭하
시면서 왜 명리를 탐해 세상일에 관여하시냐 이 말이오."

유창하게 이어지는 곽무한의 질타.

원로들의 표정이 잔뜩 일그러졌다.

지금 곽무한이 한 말은 수행의 근본을 되돌아보라는 말.

수행의 근본은 도를 찾아 성불하는 것.

그런데 왜 도를 닦지 않고 검을 휘두르느냐는 말이었다.

그 말에 모두 꿀 먹은 벙어리가 되고 말았다.

분명 반박할 말은 많은데 얼른 생각나는 게 없었다. 그만큼 신랄했
기 때문이다.

'끙! 저 시주는 단순한 수적이 아니로구나.'

모두 그런 생각으로 말을 잃고 있을 때 경혜 사태가 나섰다.

"갈! 이놈이 궤변을 지껄이는구나! 우린 내 한 몸 희생하여 지옥에
가는 한이 있더라도 뭇 중생들을 위해 사마외도들을 척결할……."

그러나 경혜 사태는 말을 끝까지 이어 나가지 못했다. 곽무한이 재
빨리 말을 가로챈 때문이었다.

"그 역시 궤변이 아니오? 기어다니는 개미에게도 불성이 있다 하여
걸음걸이를 조심하시는 분들이 아니시오? 그런데 왜 지옥 운운하며 살
검을 휘두르는 것이오? 듣기로는 경전에서도 '필요한 사람이 눈, 코,
입 등을 요구하면 기쁜 마음으로 베풀라' 라고 했다는데, 왜 양민을 위
한다는 구실로 다른 이들의 목숨을 빼앗으려는 것이오?"

"저, 저, 저놈이?"

경혜 사태는 말을 잇지 못했다. 지금 곽무한이 한 말을 반박하자면
불법의 근본부터 따지고 들어가 장시간 토론을 벌여야 한다. 그런데

수적과 더불어 불법을 논한다? 실로 가소롭고 창피한 일이 아닌가? 그러니 그저 얼굴을 붉힌 채 말을 더듬을 수밖에 없었다.

그때 경료 사태가 나섰다.

"아미타불. 시주의 말을 듣고 보니 과연 우리가 경망되이 행한 일이 많소이다. 그러나 그렇다고 해서 우리가 불존의 가르침을 잊었다고는 생각지 않소이다."

경료 사태는 잠시 말을 끊은 뒤 안광을 빛내며 물었다.

"시주는 지금 이 자리에서 과거의 일을 따질 생각이시오?"

곽무한은 조용히 경료 사태를 쳐다봤다.

'불존의 가르침을 잊지 않았다고? 그래서 당신들의 행사가 정당했다고?'

곽무한은 피식 냉소를 흘렸다.

만약 자신이 과거의 일을 따지겠다면 이들은 어찌 나올 것인가?

곽무한은 차가운 목소리로 대답했다.

"그렇소! 생각을 바꿔 그에 대해 한번 따져 보고 싶소이다!"

그 순간 나직한 탄식성이 들려왔다.

"아……."

설아였다.

상황이 예상과 다르게 흘러가자 설아의 얼굴이 창백하게 굳어졌다.

경료 사태 역시 마찬가지였다. 그녀는 곤혹스런 표정으로 이마를 찌푸리다가 다시 물었다.

"으음… 과거의 일을 따지고 싶다? 좋네, 그대는 어찌 따지고 싶은가? 돌이켜 보면 그대들은 무고한 인명을 괴롭혔지 않은가? 그대는 그런 일들에 대해 거리끼는 바가 없는가?"

곽무한은 코웃음을 쳤다.

"웃기는 소리. 당신들이 언제부터 판관이 됐소? 당신들이 나에 대해 아는 게 뭐가 있다고 무고한 인명을 괴롭혔다느니 말았다느니 하는 것이오? 당신들에겐 불법이 있고 세상엔 황법이 있듯이, 우리 역시 우리만의 법이 있고 규칙이 있소. 즉, 서로 다른 세상에서 살고 있단 말이오. 그런 관점에서 봤을 때 나 자신은 거리끼는 바가 전혀 없소. 또한 나는 당신들처럼 불법을 따르는 사람이 아니오."

"음……."

경료 사태는 잠시 침묵을 지켰다. 곽무한의 이야기에도 나름대로 일리가 있었기 때문이다.

'불법과 황법, 그리고 강호의 법이라…….'

곽무한 말대로 각자 다른 세상이었다.

이 세상은 불법만으로 살 수 있는 곳도 아니고 황법대로만 살 수 있는 곳도 아니었다. 그 모든 것이 얽히고설켜 있어 나름대로의 가치관을 세우고 살아가야 하는 곳이다.

경료 사태는 잠시 생각에 잠겨 있다가 천천히 고개를 들었다.

"그럼… 그대는 과거의 일에 대해 어찌 따지고 싶은가?"

곽무한은 어깨를 펴며 당당한 목소리로 말했다.

"당신들은 집단으로 내 수하들의 목숨을 앗아갔지만, 나는 이 자리에서 그대들과 비무를 벌이겠소. 그것으로 과거의 은원을 매듭짓겠소."

"아!"

설아는 순간적으로 눈물이 핑 돌았다.

이제껏 곽무한이 억울하게 죽어간 수하들 때문에 얼마나 괴로워했는지를 그 누구보다 잘 아는 설아다. 그런데 그 모든 원한을 잊고 비무로 모든 것을 매듭짓겠다니?

'고마워요, 가가. 정말 고마워요……'

설아는 곽무한이 왜 그런 결정을 내렸는지 알고 있었다.

자기 때문이었다. 자기 때문에 그 통절한 원한을 잊기로 한 것이다. 그러니 어찌 감격하지 않을 수 있겠는가?

설아는 감격과 존경이 범벅된 눈길로 곽무한을 쳐다봤다. 그러다가 퍼뜩 든 생각.

'아차!'

자신이 아는 곽무한의 무위는 상상을 초월한다.

만약 그가 독하게 마음먹기라도 하면?

'아아… 아무도 그를 당할 수 없어……'

설령 그렇지 않다 하더라도 그의 손에 동문 사자매들이 줄줄이 나가 떨어진다면 사문의 명예가 땅에 떨어지고 만다.

'그렇다고 사부님 연배가 나설 수도 없고……'

설아가 그렇게 고민하고 있을 때였다.

"흥! 시주의 자존심이 하늘을 찌르는군요. 좋아요. 시주가 비무를 원하신다니 제가 받아주지요."

그 말과 함께 날카로운 파공음이 울렸다.

"아!"

일진 경풍을 일으키며 곽무한을 막아선 사람은 다름 아닌 묘수 선자였다. 과거, 설아를 질투해 비무대회 참여를 계획했던 장문제자.

그녀가 나서자 장내가 술렁거렸다.

일개 수적을 상대로 장문제자가 나서자 격이 맞지 않다고 생각한 것이었다. 특히 그런 생각은 어린 제자들이 더했는데, 그들은 설아의 연인인 곽무한의 안위를 걱정해, 너무 고수가 나왔다며 은근히 입을 삐죽이고 있었다.

그러나 그런 생각들은 비무가 시작되는 순간 흔적없이 사라져 버렸다.

"한 수 배우겠습니다."

"한 수 가르쳐 드리겠소."

"뭣이라? 이런 오만무도한……."

이미 비무가 시작되기 전부터 말싸움에서 지고 들어간 묘수 선자.

뒤이은 눈싸움에서마저 기를 제압당했다.

화르르!

마치 맹수의 눈빛처럼 이글거리는 곽무한의 눈빛.

"아아……."

그 눈빛에 묘수 선자는 오줌을 찔끔 지렸고,

"타하아압!"

뒤이어 터져 나온 무시무시한 기합성에 오금이 녹아버렸다.

그 결과.

부우웅! 콰지직!

"쩨애액!"

비무가 시작된 지 촌각도 되지 않아 처절한 비명 소리가 흘러나왔다.

부르르르……. 털썩!

딱 한 방!

단 한 방에 묘수 선자가 큰대 자로 뻗어버렸다. 그리고 그녀는 앞으로 평생 얼굴을 가리고 다녀야 할지도 몰랐다.

곽무한의 주먹에 얼굴을 정통으로 얻어맞아 콧등이 내려앉고 이빨 전체가 와장창 나가 버린 때문이었다.

"맙소사!"

"저럴 수가?"

아미승들은 경악했다. 다른 사람도 아닌 장문제자를 한 방에 곤죽 내어버리다니?

"묘, 묘수야!"

뒤늦게 원로들이 달려왔다.

다행히 생명에는 지장이 없었지만, 얼굴 전체가 찌그러져 있는 묘수 선자를 보고 원로들은 얼굴을 망가뜨렸다고 화를 내야 할지, 아니면 사정을 봐줘서 고맙다고 해야 할지 몰라 당혹스러워했다.

물론 설아는 고마워했다.

'역시 사정을 봐줬어. 다행이야……'

그렇게 안도의 한숨을 내쉬고 있을 때 곽무한의 음성이 들려왔다.

"다음!"

그 소리에 놀라 고개를 들어보니 그가 이글거리는 눈빛으로 원로들 쪽을 노려보고 있었다.

'휴우… 이를 어째?'

이대로 가면 상황은 불을 보듯 뻔했다.

벌써 자기 사부만 해도 주먹을 쥐었다 폈다 하며 금방이라도 달려 나갈 기세인데, 다른 원로들이야 오죽할까 싶었다.

'아아… 좋은 방법이 없을까?'

그렇게 설아가 고민하고 있을 때, 장문인의 고함 소리가 들려왔다.

"항마복룡진은 앞으로 나서라!"

그 소리에 설아는 가슴이 철렁 내려앉았다.

항마복룡진의 구성원들은 모두 자신이 가르친 사질들이다.

설아는 도저히 그들이 다치는 것을 볼 수 없었다. 그래서 얼른 소맷 자락과 바짓단을 묶었다.

"아니, 갑자기 왜?"

사부가 놀란 눈으로 묻자 설아는 방긋 웃으며 되물었다.

"사부님, 설마 절 파문시킨 건 아니시겠죠?"

"그, 그건 그렇다만……. 아니, 설아야!"

경진 사태가 미처 대답하기도 전에 설아가 장내로 뛰어들었다.

설아가 나서자 장내에 환호성이 터져 나왔다.

"와아아아!"

"사숙! 사숙이시다!"

"꺄악! 사조 할머니. 저 사람을 때려주세요!"

어린 아미승들은 설아를 보며 저마다 들뜬 표정을 지었다.

모두 무얼 기대하는 걸까?

설마 설아가 자신들을 대신해 곽무한을 물리쳐 줄 것이라고 생각하 는 것일까?

곽무한은 설아를 보며 황당하다는 표정을 지었다.

"아니, 그대가 왜?"

설아는 일부러 냉랭한 표정을 지었다.

"잊으셨나요? 이곳이 바로 제 사문이에요."

"끙……."

곽무한의 표정이 순간적으로 일그러졌다.

하지만 그러거나 말거나 설아는 입매를 앙다물며 소리쳤다.

"가가, 조심하세요!"

그 말이 끝나기 무섭게 설아가 공격을 개시했다.

파파파파팡!

일초에 다섯 번.

설아의 현란한 발그림자에 대기가 요란한 비명을 질렀다.

"참나……."

곽무한은 설아의 퇴법을 가볍게 피하며 어깨를 으쓱거렸다. 장난 그만 치고 얼른 돌아가라는 뜻이었다.

그러나,

파파팡!

"욱!"

방심한 사이, 설아가 옆구리를 찍어왔다. 꽤 매서운 주먹이었다.

설아의 공세는 그에 그치지 않았다.

쉬이잇! 빠칵!

매서운 발그림자가 반원을 그리며 턱을 강타해 왔다.

"어이쿠! 정말 이러기요?"

곽무한은 턱을 매만지며 어이없다는 표정을 지었다.

그 순간 요란한 환호성이 또다시 터져 나왔다.

"와아! 사숙, 멋져요!"

"아예 못 일어나도록 힘껏 때려주세요!"

자신이 비틀거리자 어린 아미승들이 신이 난 얼굴로 고래고래 고함을 지른다. 그 소리에 흥이 났는지 설아가 손가락을 까닥거려 보인다.

"참나……."

곽무한이 고개를 절레절레 흔들며 입가에 흐르는 피를 닦는 순간,

파파파팡!

설아의 발그림자가 또다시 날아들었다.

하마터면 이번에는 코피를 쏟을 뻔했다.

"정말 못 말리겠군……."

곽무한은 씁쓸한 표정으로 자세를 잡았다.

"지금부터 사정 봐주지 않을 테니 조심하시오!"

"물론이죠! 가가도 조심하세요!"

그때부터 본격적인 비무가 시작되었다.

"타아압"

"이야압!"

곽무한이 진각을 디디며 주먹을 내지르자 설아가 슬쩍 허리를 틀며 손목으로 반원을 그린다. 그 순간, 곽무한이 지면을 박차며 잇달아 세 번의 발길을 날리자 설아는 공중제비를 돌며 어느새 발꿈치로 어깨를 찍어온다.

"이런!"

곽무한이 빙글 몸을 틀며 팔꿈치로 설아의 허벅지를 가격하면 설아는 재빨리 지면으로 착지해 양발로 가위차기를 해온다.

곽무한이 가볍게 공간을 뛰어넘으며 연달아 주먹을 날리면 그때마다 설아는 묘하게 주먹을 흘뜨리고 마주치고 팔목을 꺾으며 지력을 날려온다.

퍼퍼퍼펑!

콰아아앙!

타타타탁!

곽무한의 권법은 거칠고 격한 반면, 설아의 권법은 부드럽고 음유하다. 그 둘이 한데 어울리자 기기묘묘한 장면들이 만들어지며 눈부신 박투로 변해갔다.

렬경(裂勁)이 나오고 붕경(崩勁)이 나오고 화경(化勁)이 나오고.

두 사람의 손과 발에서 쏟아져 나오는 초식 하나하나가 절예가 아닌 게 없었다. 그 바람에 지면은 땅거죽을 뒤집으며 몸살을 앓았고, 대기는 매서운 바람을 날리며 사방에 경풍을 휘몰아쳤다.

"아……."

"오오!"

아미승들은 어느새 두 사람의 박투에 몰입되어 갔다. 그만큼 두 사람의 대결은 흥미진진했다. 그들이 펼치는 초식마다 절예가 아닌 게 없고, 또 그들이 취하는 사소한 동작 하나에도 권법의 묘리와 정수가 녹아 있었다.

상황이 그에 이르자 몇몇 원로들은 아예 제자들을 불러놓고 곽무한과 설아의 자세들을 가리키며 아미권의 특성에 대해 강의 아닌 강의를 했다.

그렇게 아미승들의 시선을 받으며 비무를 벌이는 두 사람.

그들의 얼굴엔 어느새 행복이 가득했다.

마치 색다른 방법으로 사랑을 나눈달까?

두 사람은 주먹을 뻗고 팔꿈치로 막고 몸과 몸이 부딪치는 매 순간마다 서로의 기를 느끼며 그에 동화되어 갔다.

카카캉!

채채챙!

두 사람의 비무는 어느새 검과 도의 대결까지로 치달았다.

“아! 난피풍검법.”

“저 도법은 뭐야? 무시무시해 보이는데?”

시간이 흐를수록 아미승들의 흥분은 고조되어 갔다. 그리고 언젠가부터 아미승들의 눈에 동경의 빛이 어리기 시작했다.

두 사람이 비무를 통해 서로의 사랑을 재확인하고 있다는 것을 알아차린 때문이었다.

용이 날고 봉이 춤추는 것 같은 두 사람의 비무.

그 둘이 펼치는 용비봉무(龍飛鳳舞)의 사랑에 젊은 여승들의 방심(芳心)이 온통 흔들리고 말았다.

제96장
철담마후가 준 선물

철담마후가 준 선물

막사가 한눈에 내려다보이는 늙은 소나무 가지.

지면을 향해 축 늘어져 있는 그 나뭇가지 위에 두 사람이 앉아 있었다.

한 사람은 호기심 어린 눈빛으로, 다른 한 사람은 샐쭉한 눈빛으로 곽무한과 설아의 비무를 구경하고 있었는데, 그 나뭇가지 아래에는 황소만한 백표 두 마리가 꾸벅꾸벅 졸고 있었다.

백표들의 코 고는 소리가 가느다랗게 흘러나올 쯤,

"저 아이들, 정말 마음에 드는데?"

갑자기 나뭇가지 위에서 맑고 청아한 목소리가 흘러나왔다. 그러자 뾰족한 목소리가 그 뒤를 이었다.

"쳇. 제가 보기엔 가소로워 보이는데요?"

그 소리에 놀랐는지 백표들이 잠에서 깨어나 고개를 두리번거렸다.

"호호호, 얘들이 웬일이래? 벌써 일어났네?"

그 말과 함께 청아한 목소리의 주인공이 나뭇가지 아래로 뛰어내렸다. 그러자 나머지 한 사람도 그 뒤를 따랐다.

어느새 석양이 지는 시각.

석양빛에 비친 두 사람의 정체는 실로 의외였다.

미소 띤 얼굴로 백표들의 갈기를 쓰다듬으며 곽무한과 설아의 비무를 지켜보고 있는 사람은 다름 아닌 당금 강호의 전설, 철담마후였고, 그런 철담마후를 보며 입술을 삐죽이고 있는 사람은 과거 민강채 채주의 딸인 호혜린이었다.

철담마후는 한동안 비무를 지켜보다가 호혜린 쪽으로 고개를 돌렸다.

"린아야, 우리 저곳으로 가보자꾸나. 왠지 저 아이들과 이야기를 나눠보고 싶어."

호혜린은 그 말을 듣고 살짝 인상을 찌푸렸다. 차마 드러내 놓고 이야기할 순 없지만, 자신은 저들 중 한 사람과 악연이 있다.

"사부님, 보아하니 강호초출들 같은데 굳이 만나보실 필요까지 있을까요?"

"웅, 그럴 필요가 있을 것 같아."

그 말과 함께 철담마후가 앞장서서 걷기 시작했다. 그러자 백표들이 그 뒤를 따랐고, 호혜린은 잠시 입술을 깨물고 있다가 마지못한 표정으로 그들을 뒤따랐다.

곽무한과 설아는 무아지경에 빠져 있었다.

처음엔 장난처럼 시작된 비무였지만, 시간이 갈수록 상대를 잊고 나를 잊는 지경에까지 이르렀다. 그러다 보니 곽무한의 도법은 점점 위력을 더하여 어느덧 폭풍멸절세에 접어들고 있었다.

알다시피 폭풍멸절세는 까딱 잘못하면 주변을 온통 초토화시켜 버리는 무시무시한 도세다.

그런데 그 도세를 펼쳐 나가는 순간, 등 뒤에서 거대한 기파가 접근해 오는 게 아닌가?

곽무한은 가슴이 철렁해 얼른 도세를 거둬들였다. 그와 동시에 번개같이 몸을 틀어 설아를 막아서는 한편, 도극을 기파가 다가오고 있는 쪽으로 향했다.

“앗?”

설아는 경악성을 터뜨렸다.

지금 설아의 검세는 곽무한의 도세에 맞춰져 있는 상태다. 거기다가 곽무한의 도세가 점점 강해지고 있어 설아 역시 공력을 높여가고 있던 중이었는데, 갑자기 등을 돌려 버리다니?

설아는 자신의 검이 곽무한의 등을 찔러가는 것을 보며 눈을 질끈 감았다. 그러나 팅! 하는 소리와 함께 손목에 강한 반탄력이 전해져 오는 것을 느끼며 천천히 눈을 떴다.

“휴우⋯⋯.”

알고 보니 곽무한이 어느새 반탄강기를 펼친 모양이었다.

그제야 한숨을 돌린 설아는 곽무한이 무엇 때문에 도를 거뒀나 싶어 곽무한 뒤쪽을 쳐다봤다.

은은한 석양빛을 맞으며 자기들 쪽으로 다가오고 있는 철담마후.

설아는 기이한 느낌이 들었다.

뭐랄까? 마치 친자매를 보는 기분이랄까? 그녀에게서 이유를 알 수 없는 강렬한 친근감을 느꼈다.

'저분의 눈빛 때문인가?'

설아가 의아한 표정으로 고개를 갸웃거릴 때 동문 사자매들의 목소리가 들려왔다.

"아미타불. 마후를 뵈옵니다."

"아!"

설아는 그제야 묘운이 말한 귀한 손님이 누구였는지를 알게 됐다.

곽무한은 철담마후가 누군지는 몰랐지만, 자신을 보며 샐쭉한 표정을 짓고 있는 소녀가 누군지는 금방 알아봤다.

철담마후를 잠시 지켜봐도 별다른 적의가 느껴지지 않자 곽무한은 도를 거두고 호혜린에게 인사를 건넸다.

"음, 오랜만이군……."

좀 더 반가운 표정으로 인사할 수도 있었지만, 그녀와 별달리 좋은 감정을 느끼고 있지 않은 터라 간단한 인사만 건넸다.

"흥. 그래도 알아는 보네?"

곽무한에게 좋은 감정을 갖고 있지 않는 것은 호혜린 역시 마찬가지인 모양이었다. 그녀는 과거의 앙금이 남았는지, 곽무한을 보며 싸늘히 코웃음을 친 뒤 철담마후를 소개했다.

"인사드려. 사부님이셔."

"네 사부?"

"이게, 말조심해! 네까짓 게 함부로 대할 수 있는 분이 아냐. 사부님으로 말할 것 같으면 현 강호에서 가장 무공이 뛰어나시고……."

"됐다, 린아야."

철담마후는 호혜린이 장황하게 자신을 소개하려 하자 그 말을 끊으며 앞으로 나섰다. 그리고는 서늘한 눈길로 곽무한과 설아를 동시에 훑어나갔다.

'흠. 저 녀석은 예전에 연아가 개자식이라던 그놈이 분명해 보이는데, 나이에 비해 실로 엄청난 성취를 이뤘구나. 그리고 저 아이는 과거에 화련 언니를 생각나게 만들었던 그 선기(仙氣)의 주인공 같은데, 으음…….'

철담마후의 시선은 한동안 설아에게 머물렀다.

곽무한은 그 모습을 보고 슬며시 부아가 치밀었다.

좀 전에는 어떤 기척조차 없이 나타나 비무를 방해하더니 이젠 설아를 뚫어져라 바라보다니?

곽무한이 뺨을 씰룩이며 불만을 토해내려는 찰나, 철담마후가 불쑥 말을 건네왔다.

"듣자 하니 네 녀석이 당가를 발칵 뒤집어놓았다면서?"

철담마후가 말을 건넨 시기는 정말 절묘했다.

호흡과 호흡이 교차되는 순간을 노려 찰나간에 맥을 끊어버린 것이다. 그 바람에 곽무한은 순간적으로 기혈이 막혀오는 것을 느꼈다.

하지만 곽무한은 그 충격을 자연스레 흘리며 무뚝뚝한 어조로 대답했다.

"그렇습니다만……."

순간, 철담마후의 눈에 이채가 어렸다.

'호오, 이 녀석 봐라? 일부러 호흡을 끊었는데 그걸 흘려버려?'

그러나 철담마후 역시 별다른 내색을 않았다.

"잘했어. 안 그래도 당가가 마음에 들지 않았는데……."

그 순간 곽무한의 입꼬리가 살짝 비틀렸다.

"당신에게 칭찬받으려고 한 일이 아니니 상관하실 필요 없소이다."

그 말과 함께 무형의 기운이 확 밀려온다.

'호! 이 녀석 봐라?'

보아하니 아까 호흡을 끊은 데 대한 반격인 모양이었다.

철담마후는 재미있다는 표정으로 곽무한을 응시했다.

곽무한은 예의 그 무뚝뚝한 표정으로 철담마후의 시선을 받아넘겼다.

두 사람 사이에 잠시 침묵이 흘렀다.

그 침묵은 단순한 침묵이 아니었다. 서로의 기운이 충돌하는 무시무시한 침묵이었다. 그 때문인지 두 사람의 소맷자락이 서서히 펄럭이기 시작하더니 어느 순간, 두 사람 사이에 거센 강풍이 휘몰아치기 시작했다.

그 모습을 본 아미승들은 깜짝 놀란 표정을 지었다.

세상에! 천하십대고수도 어쩌지 못하는 철담마후를 상대로 내공을 겨루려 하다니?

몇몇 원로들의 눈엔 노골적인 비웃음이 어렸다.

하지만 상황은 모두의 예상을 뒤엎어 버렸다.

두 사람 사이에서 일어난 강풍이 점점 범위를 넓히더니 어느새 아미승들을 덮치기 시작한 것이다.

휘우웅!

옷자락을 찢어버릴 듯 거세게 불어오는 강풍.

"으음……."

아미승들은 그 여파에 못 이겨 주춤주춤 뒤로 물러나기 시작했다.

그렇게 얼마간의 시간이 흐르자 제자리를 지키고 있는 사람은 설아와 경진 사태, 그리고 장문인인 경료 사태밖에 없었다.

그러나 그들 역시 한계에 부딪쳐 잔뜩 얼굴을 붉히고 있었다.

그 모습을 봤는지 철담마후가 서서히 기세를 거뒀다.

"휴우, 대단하군! 정말 감탄했어!"

철담마후는 정말 놀랐다는 듯 엄지를 치켜 보였다.

그 모습을 보고 곽무한은 등에서 식은땀이 흘러내리는 기분이었다.

자신은 아직 호흡을 다스리고 있는데 상대는 멀쩡하게 말을 내뱉고 있다니?

'으음… 상상을 초월하는 고수다……'

곽무한은 자존심이 상해 입술을 꾹 깨물었다.

그때 철담마후가 다시 말을 건네왔다.

"말 나온 김에 한 번 더 물어보자. 넌 왜 당가를 뒤엎었니? 듣기로는 그곳이 네 외가인 걸로 알고 있는데?"

그 말에 곽무한이 눈썹을 꿈틀거렸다.

자신은 상대를 모르고 있는데 상대는 자신을 알고 있다.

곽무한은 불쾌한 표정으로 철담마후를 노려봤다.

하지만 정말 궁금하다는 듯 눈을 동그랗게 뜨고 있는 철담마후.

곽무한은 한숨을 내쉬곤 짧게 대답했다.

"당가엔… 소인배들밖에 없소."

철담마후는 한동안 멍한 표정을 짓고 있다가 어느 순간부터 배를 잡고 웃기 시작했다.

"깔깔깔. 맞아! 당가엔 소인배들밖에 없지. 아유, 이 녀석. 정말 멋진 놈이네."

이번엔 곽무한이 물었다.

"당신은 왜?"

순간, 철담마후가 웃음을 뚝 그쳤다. 그녀는 잠시 시무룩한 표정을 짓고 있다가 툭 내뱉듯 말했다.

"그들이 내 의숙(義叔)을 상하게 했거든."

"의숙… 이라구요?"

의외의 대답이었다. 그리고 뒤이은 철담마후의 표정 역시 의외였다.

"황보 숙부라고 있어. 단순무식하고, 생각 짧고, 매일 장난만 치는 사람이야. 거기다가 틈만 나면 삐치고, 화도 잘 내고… 그런 사람인데……."

철담마후는 한동안 눈물을 글썽거렸다. 그리고 잠시 호흡을 고른 뒤, 얼음장 같은 목소리로 중얼거렸다.

"그런 분을 당가가… 당가 놈들 때문에……. 빠드득!"

뒷이야기는 듣지 않아도 알 수 있을 것 같았다. 그리고 그녀의 성격 역시 짐작할 수 있을 것 같았다.

'저분은 어린아이 같은 분이야. 순수한 반면 자기 고집이 강한… 뭐든지 자기 마음에 들면 다 들어주지만, 마음에 들지 않으면 세상이 뭐라든 눈 하나 깜짝하지 않을 성격…….'

그러고 보니 얼추 자신과 비슷한 점도 있다.

한 번 믿으면 끝까지 믿는 반면 돌아서면 칼 같은.

그때 철담마후의 목소리가 상념을 비집고 들어왔다.

"쳇! 그 일이 언젯적 일인데 아직도 잘 안 잊혀지네. 아무튼 그건 그거고, 저 아이가 네 그거야?"

"예? 그거라니요?"

"아이참, 저 애가 네 정인(情人)이냐구."

곽무한의 얼굴이 순간적으로 붉어졌다. 설마하니 초면에 이런 질문을 던질 줄은 몰랐다.

"마, 말하자면 그렇지요."

곽무한이 당황한 목소리로 대답하자 철담마후가 지나가듯 말했다.

"있을 때 잘해줘."

"예?"

"있을 때 잘해주라고."

"그게 무슨… 말입니까?"

"그건 차차 알게 될 거고, 우선……."

갑자기 철담마후가 눈을 반짝였다.

"난 네가 무척 마음에 드는데. 어때? 우리, 비무나 한번 해볼까?"

그 말이 끝나기 무섭게 눈앞으로 금빛이 번쩍 날아왔다.

"이런!"

곽무한은 당혹성을 토하며 급히 신형을 틀었다.

철담마후의 공세는 상상을 초월했다.

천외천이 왜 천외천이라 불리는지 알려주기라도 하듯, 한 번 손을 떨칠 때마다 엄청난 강기(罡氣)가 쏟아져 나왔다.

기의 정화이자 결정체인 강기, 그것도 강호에 몸담고 있는 무인이라면 꿈에서도 바라 마지않는 강기를 저토록 쉽게 뿌려내다니?

아무리 뛰어난 고수라 해도 강기를 뿜어내기 위해서는 최소한의 예비 동작이 필요한데, 그녀는 그런 게 전혀 필요없다는 듯 장난처럼 슉슉 뿌려댄다. 그것도 저 가느다란 채찍으로.

거기다가 그녀의 신법은 묘한 절망감까지 안겨온다.

평소 신법 하나만큼은 그 누구에게도 뒤지지 않는다고 자부하고 있던 곽무한이었지만, 철담마후의 신법을 대하고 보니 그런 자부심이 얼마나 헛된 것이었는지 뼈저리게 느끼게 됐다.

신출귀몰에 전광석화.

그녀의 신법은 그런 말로도 형용이 불가능했다.

자신이 아무리 빠르게 움직여도 그녀의 옷깃조차 붙잡지 못할 정도였다.

'이대로는 안 된다.'

결국 곽무한은 신형을 멈춰 세웠다.

내공에서도 달리고 신법에서도 달리니 차라리 정면 승부가 나을 것 같아서였다.

'호오? 이 녀석 봐라?'

철담마후는 지면에 양발을 박고 자신을 향해 도를 겨누고 있는 곽무한을 보며 진심으로 감탄했다. 이제껏 자신의 공세를 버텨낸 것만 해도 기적에 가까운 일인데, 이젠 정면으로 겨뤄보자고?

'흠. 그럼 공력을 더 높여봐?'

철담마후는 스스로 무공에 눈을 떴다 생각한 뒤 사십 년 동안 본신 공력의 육성 이상을 써본 적이 거의 없었다. 가장 최근, 당가와의 싸움에서 칠성 공력을 써봤을 뿐, 그 이전까지는 육성 공력을 쓴 게 다였다.

그런데 오늘은 벌써 칠성을 넘어 팔성을 쓸까 말까 고민 중이다.

'이러다 광무비결(光舞秘訣)까지 쓰는 거 아냐?'

그 생각을 떠올리다가 철담마후는 피식! 실소를 흘렸다. 광무비결은 다른 사람도 아닌 검선 이지환이 만든 무공이다. 그것도 일반적인 무공이 아니라 이기어검(以氣御劍)이나 심검(心劍) 같은, 마음의 무예를 다루는 신공이다.

그런 무시무시한 무공을 고작 비무에서 쓰려고 하다니?

그러나 자신이 그런 생각을 떠올렸다는 것 자체가 곽무한의 기도에 위압감을 느꼈다는 말.

'사부도 저 나이 땐 저 정도까진 아니었을 거야……'

철담마후는 상념을 접고 자세를 바로 했다.

"조심해라. 공력을 좀 더 높일 테니……"

결국 철담마후는 공력을 좀 더 올리기로 했다.

"걱정 말고 마음껏 오시오!"

다른 사람 같으면 겁에 질려 숨조차 제대로 못 쉴 텐데 녀석은 오히려 그렇게 하는 게 당연하다는 태도다.

"마음에 들어! 정말 마음에 드는 녀석이야……"

철담마후는 곧 신형을 박찼다.

"간닷!"

쫘르르르릉!

두 사람의 대결은 상상을 초월했다.

지축이 흔들리는 건 기본이었고 엄청난 기파가 사방을 휩쓸어갔다.

콰아아아아아!

태산이라도 집어삼킬 듯하며 불어오는 무시무시한 강풍.

경혜 사태와 호혜린은 놀란 가슴을 진정시킬 수 없었다. 사실 두 사람은 조금 전까지만 해도 철담마후가 혹시 사정을 봐주고 있는 게 아닌가 하며 곽무한의 무위를 제대로 인정하지 않고 있었다.

그런데 지금, 눈앞에서 펼쳐지는 저 엄청난 대결을 보니, 그리고 온몸을 찢어발길 듯하는 이 엄청난 후폭풍을 대하고 보니 두 사람의 대결이 연극이 아닌 실제라는 걸 깨닫게 됐다.

'맙소사! 내가 저런 무시무시한 놈을 때려죽이려 했었다니?'

'맙소사! 저 자식이 언제 저만큼 컸지?'

두 사람이 그렇게 경악하고 있는 동안에도 후폭풍은 계속 주변을 휩쓸었다. 그리고 그 바람에 애꿎은 아미승들이 고생을 하게 됐다.

이미 격돌이 시작될 때부터 멀찍이 거리를 벌린 아미승들.

그러나 파도처럼 몰려오는 경기를 보고 또 한 번 뒤로 물러서는데, 갑자기 뒤쪽에서 비명 같은 고함 소리가 들려오는 게 아닌가?

"에구머니! 사부님, 옷이 다 날아가요!"

"까악! 막사도 다 날아갑니다!"

그 소리에 고개를 돌려보니 광풍에 휘말려 막사와 옷가지 등이 날아가고 있지 않는가?

"아뿔싸!"

"어이쿠! 이년들아, 우선 속곳부터 잡아!"

그때부터 아미승들은 정신이 하나도 없었다. 저 무시무시한 광풍에 휩쓸리지 않기 위해 몸을 엎드려야 했고, 그 와중에 쓰러져 가는 막사도 붙잡아야 했으며, 거기다가 이리저리 날려 다니는 옷가지까지 붙잡아야 했으니 손이 열 개라도 모자랄 지경이었다.

그 모습을 보고 철담마후가 신형을 뽑아 올렸다.

"안 되겠어. 장소를 옮기자."

무릎도 굽히지 않은 상태에서 아득한 허공으로 날아오르는 철담마후.

그에 질세라 곽무한이 신형을 뽑아 올리는데,

"헛?"

갑자기 철담마후가 공간을 단축하며 눈앞으로 짓쳐 왔다.

역시나 무시무시한 신법.

마치 실체 없는 환영이 느닷없이 눈앞에 나타난 기분이었다.

곽무한은 도를 휘두를 시간조차 얻지 못해 급한 김에 장력을 뿌렸다.

"호오? 이번엔 장력을 겨뤄보자고? 좋지!"

철담마후가 웃으며 장력을 날려왔다.

그때 처음으로 장력끼리 맞부딪치게 됐다.

콰아아아앙!

역시 엄청난 굉음이 터져 나오고,

"쿨럭!"

답답한 기침 소리와 함께 곽무한의 신형이 정신없이 뒤로 밀려났다.

"제기랄!"

아무리 자신이 도법에 매진했기로서니 이렇게 차이가 난단 말인가?

곽무한은 눈에 불을 켜며 재차 혈뢰도를 움켜쥐었다. 그리고는 십성 공력을 끌어올리며 철담마후에게 경고성을 발했다.

"조심하시오!"

그 말과 함께 곽무한은 참마뢰를 펼쳤다.

콰아아아아!

폭죽이 터지듯 찰나간에 뿌려지는 삼백육십 개의 궤적.

그 엄청난 강기를 보고 철담마후가 처음으로 경악했다.

"맙소사! 벽라대제의 뇌정신공?"

　주위가 온통 폐허로 변한 소나무 가지 아래 곽무한이 고개를 푹 떨어뜨린 채 앉아 있다. 철담마후는 그 옆에서 어둠에 밀려가는 노을을 바라보고 있었고, 설아는 그 두 사람과 약간 떨어진 곳에서 백표들의 재롱을 보고 있었다. 호혜린은 설아 옆에서 입술을 삐죽이고 있다가 가끔 ‘애 좀 나무라 주세요’ 하는 표성으로 철남마후를 바라보곤 했다.

　“난 설마 네가 뇌정신공까지 익혔을 줄은 몰랐다.”

　문득 철담마후가 곽무한을 보며 말했다.

　곽무한은 별다른 대꾸 없이 침묵을 지켰다. 그러자 철담마후가 약 올리듯 물었다.

　“사내자식이 겨우 한 번 졌다고 삐친 거냐?”

　곽무한은 그제야 입을 열었다.

　“삐친 게 아니오. 패인이 뭔가 생각하고 있는 중이오.”

　“패인?”

　“그렇소.”

　“짜식! 핑계는…….”

　철담마후가 거짓말하지 말라는 표정으로 웃자 곽무한이 발끈했다.

　“거짓말이 아니오! 내 무공이 이렇게 약했나 싶어 처음부터 되짚어 보는 중이오.”

　철담마후는 그 말을 듣고 자신이 조금 심했나 싶어 부드러운 어조로 물었다.

　“너… 내가 몇 살 때부터 무공을 배웠는지 아니?”

　“…….”

"다섯 살 때부터야."

곽무한은 잠시 놀란 표정을 지었다.

"그때 사부는 오빠들만 가르치려 했지. 그런데 오빠들만 배우면 난 뭐야? 혼자서 두꺼비집을 만들거나 땅따먹기 하는 건 재미가 없잖아? 그래서 나도 배우겠다고 사부를 졸랐지."

"음……."

"아무튼 그래서 무공을 배우게 됐는데, 여섯 살 땐가? 갑자기 눈앞에서 의모님의 목이 달아나는 걸 봐야 했고, 오라버니의 팔이 날아가는 걸 봐야 했지. 그리고 그때부터 생사를 건 싸움이 시작됐지."

그 말에 곽무한이 깜짝 놀라 소리쳤다.

"말도 안 돼. 여섯 살짜리가 무슨……."

그러나 그에 대한 대답이 즉각 날아왔다.

"말이 돼. 그때 사부 주변엔 온통 적들뿐이었거든, 그것도 엄청난 세력을 지닌. 더구나 난 놈들에게 납치까지 당했었고……. 그러니 죽지 않으려면 싸우는 수밖에 없었어. 아무리 어린 나라고 해도……."

"맙소사……."

정말 맙소사였다.

하지만 그 이야기를 들으니 그녀의 무공이 왜 그리 놀라운지 이해할 수 있을 것 같았다.

곽무한은 문득 잠시 전의 비무를 떠올려 봤다.

자신이 뇌정신공을 펼치는 순간, 경악성을 토해내던 철담마후.

그러나 이내 정색을 하더니 허리 어림에서 눈부신 광채를 토해냈다.

갑자기 눈앞에서 굉렬한 폭죽이 터진달까?

세상을 온통 은빛으로 물들이는 엄청난 광채.

그 속에서 헤아릴 수 없는 빛의 편린들이 참마뢰를 뚫고 전신 요혈을 노려왔다.

곽무한은 그 순간 죽음의 공포를 느꼈다. 그러나 다행히 그 빛은 찰나간에 사라져 버렸고 사방엔 고요한 정적만 흘렀다. 그리고 조각조각 잘려진 자신의 옷자락만 바람에 휘날리고 있었다.

잠시 전의 비무를 떠올리자 곽무한은 등에서 식은땀이 흘러내리는 기분이었다.

자신을 숨 막히게 만들었던 빛의 정체는 그녀의 손 안에서 빙글빙글 돌고 있는 작고 귀여운 비도.

'도대체 무슨 수로 저 작은 비도를 순간적으로 나눌 수 있었을까? 또 무슨 수로 그 편린들에조차 강기를 실을 수 있었으며, 또 무슨 수로 그 모두를 눈 깜짝할 사이에 다시 회수할 수 있었을까?

답은 간단했다.

그동안 말로만 듣던 경지, 어기(御氣)가 발현된 것이다.

찰나간에 비도를 날리고, 비도를 날림과 동시에 산산이 나눠 버리고, 나뉜 편린에 강기를 실었다가 마지막 순간 그들을 회수해 버리고. 그 모든 과정에 상상을 초월하는 기가 작용했다.

곽무한은 잠시 몸서리를 쳤다. 그 모습을 봤는지 철담마후가 웃으며 말했다.

"내 무위를 보고 놀랄 필요도, 기죽을 필요도 없어. 농담이 아니라 난 네 정도 나이에 너 같은 경지를 이룬 사람을 본 적이 없다. 내 사부조차 서른이 넘어 깨달은 경지를 넌 이미 체득하고 있어."

"쳇……."

마치 병 주고 약 주는 듯한 말이었지만 공치사는 아무리 들어도 기분 나쁘지가 않다.

"그렇다고 너무 우쭐해하진 마라. 방금 내가 한 말은 지금의 네 경지가 그렇다는 말이지, 앞으로도 계속 그럴 것이라는 말은 아니니까. 그리고 내 사부는 단신으로 적지에 뛰어들어, 중갑주를 걸친 일만 명의 병사들을 혼쭐내 주신 분이야. 즉, 그분이야말로 진정한 고금제일인이시란 말이지. 내 말 알아들어?"

그 말과 함께 어깨를 으스대는 철담마후.

곽무한은 피식 실소를 흘렸다.

"일만 대 일이라… 비록 과장이 섞였겠지만, 그 양반 배짱 하나만큼은 고금제일이구려. 대단하오!"

그 말에 철담마후가 펄펄 뛰었다.

"이게? 과장이 아니라니까! 진짜야! 진짜라구!"

"아아, 알았소. 과장이 아니라니 믿어주지요."

"끙……."

어쨌든 복수는 했다. 철담마후의 표정이 바짝 약이 올라 있다.

하지만 철담마후 같은 사람은 거짓말을 할 줄 모른다. 과거에 그런 사람이 있었다니 절로 가슴이 뛴다.

'일만 대 일이라… 그렇군! 그런 게 진짜 남자지. 상황이 아무리 어려워도 정면으로 뚫고 나가는… 그게 바로 사내가 몸을 떨치면 산천초목도 벌벌 떤다는 말이었군!'

곽무한은 혼자서 조용히 고개를 끄덕였다.

철담마후는 그제야 화를 풀었다.

그녀는 잔뜩 내밀고 있던 입술을 원상태로 만들며 다시 입을 열었다.

"아까 네가 펼친 뇌정신공 이야기를 해보자. 내가 그 무공을 어떻게 알아봤는지 안 궁금하냐?"

"안 궁금하오."

"이런 바보……."

"뭐, 뭐요?"

"아, 농담이야, 농담. 어린놈이 성질 하나는……."

철담마후는 발끈하는 곽무한을 눈웃음으로 달래며 말을 이어나갔다.

"과거, 내게 의조부님이 한 분이 계셨어. 파천마군이라고 불리시던 분이었는데, 옛 암흑마교의 세 분 종주(宗主) 중 한 분이셨어."

"방금 암흑마교라고 했소?"

곽무한이 깜짝 놀란 표정을 짓자 철담마후가 고개를 끄덕였다.

"그래, 암흑마교. 그곳에서 파천마종(破天魔宗)을 이끄시던 분이 바로 내 의조부님이셨지. 그분 때문에 네 무공을 알아본 거야. 그분이 과거에 벽라대제와 맞붙어보셨거든."

"맙소사!"

그때부터 아득한 과거 이야기가 시작됐다.

철담마후의 이야기는 들으면 들을수록 놀라웠다.

명나라의 창업에서부터 암흑마교의 탄생까지. 뒤이어 정파연합을 앞세운 황군의 공격과 동귀어진. 그리고 오십 년 뒤, 다시 발호한 철마성과 그로 인한 강호의 파란. 마지막으로 황제의 독살 음모와 그 위기를 해결한 이지환의 영웅담까지. 실로 믿기지 않는 전대 비사가 철담마후의 입을 통해 줄줄이 흘러나왔다.

"…그래서 알게 된 거야."

"휴우… 실로 엄청난 이야기군요."

곽무한이 멍한 표정으로 한숨을 내쉬자 철담마후가 눈을 흘겼다.

"얘는 자기 이야기엔 신경 안 쓰고 무슨 엉뚱한 데 신경을 쓰는 거야? 과거 이야기가 중요한 게 아니라 네 무공이 그만큼 무시무시하다는 거야. 암흑마교 입장에서 봤을 땐……."

"그렇… 습니까?"

"그렇다니깐! 말했잖아. 벽라대제 하나 때문에 암흑마교의 수뇌부가 줄줄이 쓰러졌다고. 그만큼 암흑마교와 상극이 되는 무공이 바로 뇌정신공이란 말이야."

"음……. 믿기진 않지만 그렇다고 해둡시다."

"그렇다고 해둡시다가 아냐! 내가 이 말을 왜 꺼냈는지 알아? 네 무공에서 몇몇 서툰 부분을 발견했기 때문이야."

그 말에 곽무한이 입을 꾹 다물었다.

아무리 자기 무공이 달린다지만 이렇게 대놓고 이야기하다니?

철담마후는 꿍한 표정을 짓고 있는 곽무한을 보며 정색한 표정으로 말했다.

"넌 네가 가진 능력을 아직 제대로 활용하지 못하고 있어. 즉, 들이는 힘에 비해 효과가 적단 말이야."

"……?"

말도 안 되는 소리다. 지금 폐허로 변해 버린 눈앞의 광경을 보고도 하는 소린가?

"중요한 건 힘의 남발이 아냐, 힘의 수발이지. 제어하지 못하는 힘은 네 힘이 아냐!"

곽무한은 순간적으로 뒤통수를 얻어맞은 기분이었다.

'제어하지 못하는 힘은 내 힘이 아니라고?'

철담마후의 이야기는 계속되었다.

"강호엔 기인이사가 모래알처럼 많아. 그중엔 나처럼 빠른 신법으로 상대의 틈만 노리는 사람도 있고 또 멀리서 무형무음의 초식으로 심맥만 공격해 오는 사람도 있어. 그때마다 넌 전신공력을 쏟아 부을 작정이냐?"

할 말이 없었다.

"물론 네 신법도 보통이 아니고, 네 공력 역시 나이에 비해 실로 엄청나기에 그런 적과 마주친다 해도 당장 어떻게 되진 않을 것이다. 하지만 너 스스로는 아무리 완벽해도 상대가 그 이상으로 강하면 어쩔 테냐? 즉, 상대가 네 완벽함을 단숨에 무너뜨릴 만한 압도적인 힘을 갖고 있으면 그땐 어찌하겠느냔 말이다."

그 말에 곽무한의 눈꼬리가 파르르 떨렸다. 이제껏 단 한 번도 생각해 본 적이 없는 이야기였기 때문이다.

"그게 강호다. 내가 알지 못하는 절대강자들이 득실거리는 곳. 그런 이유로 각 명문세가마다 스스로를 갈고닦으라며 매일같이 훈시를 하곤 한다. 그러나 스스로를 갈고닦는 건 무인에게 있어 가장 기본적인 일이야."

"아……."

곽무한이 또 한 번 충격받은 가운데 철담마후의 이야기는 계속 이어졌다.

"초절정고수들은 대개 저마다의 심득을 갖고 있어. 그건 벽라대제 역시 마찬가지였을 것이다. 그러나 내가 보기에 넌 아직 벽라대제가 남긴 심득을 완벽하게 소화하지 못한 것 같아. 그 이유는 아마도 가르쳐 주는 사람 없이 너 혼자 익힌 무공이어서 그렇기도 하고, 또 그 심득을 음미할 만한 정신적인 여유가 없었기 때문일 거야.”

정확한 진단이었다.

곽무한은 그동안 뇌정신공을 되돌아보고 자시고 할 여유가 없었다. 한시라도 빨리 수하들의 복수를 해야 했기 때문이다.

“네 무공이 서투르다고 한 이유는 바로 그 때문이야. 같은 무공이라도 초식에 담긴 뜻을 얼마나 잘 이해하고 있는가에 따라 그 위력이 천양지차로 벌어지지. 그러니 언제 시간을 내어 벽라대제가 남긴 최후 심득이 뭔지 궁구해 봐라.”

그 순간 뇌리에 뭔가가 번쩍 떠올랐다. 뇌정신공의 요결 중 한 부분이었다.

음도 아니고 양도 아닌, 그 모두를 포함하는 동시에 거기에서 벗어나는 심법!

무위자연의 술(術)이자 천지자연과 하나가 되는 초절정의 경지!

여태까지는 뇌정신공의 특징을 설명하는 말인 줄 알았는데, 이야기를 듣고 보니 그게 바로 벽라대제의 최후 심득인 것 같았다.

곽무한은 자기도 모르게 중얼거렸다.

“뇌정신공은 겉으로 보기엔 극양의 기운만 담고 있는 것처럼 보이지만, 그 속을 들여다보면 음과 양, 그 모두를 포함하는 동시에 모두에서 벗어나 있다. 그게 바로 중(中)이고 비움이다…….”

철담마후는 그 말을 듣고 고개를 끄덕였다.

“그렇다! 원래 깨달음이란 사람에 따라 순간일 수도 있고 영원일 수도 있는데, 넌 성질머리에 비해 참으로 깨달음이 빠르구나!”

철담마후는 내친김에 자기 심득까지 이야기했다.

"비움이라고 다 같은 비움이 아니다. 진정한 비움이란 뜻도 잊고 생각도 잊고 모두 잊는 것. 다시 말해 아무것도 없는 텅 비어 있는 상태다. 그러나 그 비움은 무의식과는 또 다르다. 텅 비어 있으되 드나듦이 자유로운 것. 그게 바로 진정한 비움이다."

"드나듦이 자유로운……?"

"그렇다, 드나듦이 자유로운 것. 그게 바로 진정한 비움이지."

"아!"

그 순간 곽무한 눈 깊숙한 곳에서 은은한 광채가 피어오르기 시작했다. 비록 찰나의 깨달음이었지만 그로 인해 상단전이 활성화되기 시작하는 것이다.

철담마후는 그 모습을 보며 재차 감탄을 했다.

'실로 대단한 녀석이 아닌가? 본문의 요결은 워낙 심오하여 스스로 깨닫지 못하는 이상에는 아무리 들어도 허상에 불과한데, 이 녀석은 듣자마자 이 자리에서 바로 깨우치는구나.'

그렇게 감탄하고 있을 때 귓전으로 곽무한의 음성이 들려왔다.

"드나듦이 자유롭다……. 그 말은 사고가 자유로워 얽매이지 않는다는 뜻. 얽매이지 않고 자유로우니 두려울 게 뭐가 있으랴? 텅 비어 있어 부서질 것도, 소멸될 것도 없으니 누가 나를 막을 것인가?"

그 말과 함께 곽무한의 전신에서 기이한 향기가 뿜어지기 시작했다.

순간 철담마후는 경악으로 눈을 부릅떴다.

"맙소사! 순식간에 천화란추(天花亂墜)에 접어들다니?"

심중의 격동을 나타내듯 철담마후의 눈꼬리가 파르르 떨렸다.

천화란추란 말 그대로 하늘에서 꽃비가 내린다는 뜻.

내공이 극에 달하면 전신에서 천상의 향기가 뿜어진다고 해서 붙여진 이름이다.

이 경지는 초절정고수 급에서 볼 수 있다는 오기조원과 삼화취정의 경지를 한 단계 뛰어넘은 것으로, 내공과 깨달음의 경지를 알려주는 연정화기, 연기화신을 넘어 단숨에 연신환허의 경지로 접어들었다는 말이었다.

'여기서부터가 고비다……'

지금 이 고비만 넘기면 단숨에 허공계라 불리는 신의 영역까지 넘보게 된다. 그 경지가 바로 궁극의 극이라 불리는 환허합도(還虛合道)의 경지.

그러나 그 어떤 기재라 할지라도 여기서는 한 번쯤 심마를 겪게 된다. 그 심마는 궁극의 극에 이르기 위한 마지막 관문으로, 주역에서는 그런 현상을 항룡유회(亢龍有悔)라고 한다.

항룡유회란, 스스로를 세상에서 제일 높고 존귀한 존재인 줄로 착각하여 하늘 위에 하늘이 있음을 알지 못하고 스스로 자만에 빠지는 것.

그 결과 심신이 황폐해져 버린 마인이 되거나, 아니면 현재 상태에서 정체되어 더 이상의 진전을 기대하기 힘든 상태가 되어버린다.

"그럼 두려움이 사라지는 것으로 끝인가? 아니다. 드나듦이 자유로우니 모든 것을 담고 모든 것을 버릴 수 있다. 그러니 이게 바로 천상천하유아독존이 아닌가? 천상천하유아독존. 천상천하유아독존!"

곽무한의 목소리가 점점 높아졌다. 그에 따라 대기가 출렁거리기 시작했다.

'이런! 위험하다!'

역시 고비를 넘기지 못했다.

깨달음이 너무 급하게 진행된 때문이었다.

철담마후는 사색이 되어 급히 신형을 날리려 했다.

그런데 바로 그때,

"가가……."

갑자기 등 뒤에서 천상에서 흘러나오는 듯한 맑고 고운 목소리가 들려왔다.

설아였다.

그 순간 곽무한의 신형이 한차례 크게 떨리더니 잔뜩 부풀어 있던 장포가 서서히 가라앉기 시작했다.

"휴우우……."

철담마후는 안도의 한숨을 쉬며 천천히 설아를 돌아봤다.

영롱하게 반짝이는 설아의 눈빛.

'역시… 닮았어…….'

철담마후는 속으로 중얼거리며 곽무한의 혼혈을 찍었다.

이미 사방은 어둠에 잠겼고, 눈 아래로 횃불만 넘실거리고 있다.

곽무한은 넘실거리는 횃불을 보며 스스로를 자책하고 있었다.

그 모진 세월을 겪으며 이젠 어느 정도 스스로를 다스릴 수 있다고 생각했는데 순간적인 깨달음에 놀라 심마에 빠져 버린 자신이라니?

깨달음이란 원래 반복되는 것이고, 또 그런 과정을 거치며 금석처럼 단단해지고 난 뒤에야 비로소 내 것이 되는 줄 알면서도 왜 그리 흥분했을까?

"너무 자책할 필요 없다. 이미 마음의 벽을 한 번 무너뜨렸으니 언젠가 또다시 기회가 올 거다. 그리고 지금 깨달은 것만 해도 고금에 드문 행운이니 너무 마음 아파하지 마라."

철담마후의 위로에 곽무한은 괜히 머쓱해지는 기분이었다.

철담마후가 말한 것처럼, 만약 자신이 그녀를 만나지 못했으면 어찌 이런 행운을 거머쥘 수 있었을까?

그 생각을 하고 나니 아직 그녀에게 감사의 인사도 건네지 않았다는 데 생각이 미쳤다.

"감사합니다. 덕분에 커다란 기연을 얻었습니다."

곽무한이 공손한 목소리로 포권을 보내오자 철담마후는 슬쩍 몸을 틀어 그 인사를 피했다.

"내가 한 게 뭐가 있다고? 다 네 운 때가 맞아떨어져서 그런 것이니 내게 고마워할 필요 없다."

그러면서 철담마후는 눈짓으로 설아를 가리켰다.

"정작 네가 고마워해야 할 사람은 내가 아니라 바로 저 아이다. 저 아이가 아니었다면 상황이 어떻게 흘러갔을지 몰라."

곽무한은 그 말을 듣고 설아에게 어색한 미소를 지어 보였다. 그런데 그때 갑자기 분위기 깨는 목소리가 들려왔다.

"사부님, 추워요. 이제 그만 안으로 들어가요."

목소리의 주인공은 호혜린이었다. 그녀는 입을 한 발이나 내밀면서 연신 막사 쪽을 가리켰다.

"음. 그러자꾸나."

아닌 게 아니라 날씨가 점점 차가워졌다. 철담마후는 선선히 고개를 끄덕이며 자리에서 일어났다. 그때 곽무한의 목소리가 철담마후를 불러 세웠다.

"저어… 마후께 하나 여쭤볼 게 있습니다."

"음?"

"조금 전에 하신 말씀 말입니다… 있을 때 잘해주라는……. 그 말이 무슨 뜻인지 알고 싶습니다."

순간 철담마후는 곤혹스런 표정으로 코끝을 찡그렸다.

'아유, 이놈의 입방정. 하필이면 왜 그런 이야기를 해가지고…….'

그러면서 설아를 보니 당황한 눈빛으로 자신을 보고 있다.

예상대로 그녀는 아직 자기가 어떤 상태에 놓여 있는지 곽무한에게 말해주지 않은 모양이었다.

'끙… 이 일을 어떻게 수습한다?'

고민하는 철담마후의 귀에 곽무한의 음성이 다시 들려왔다.

"아까 하신 말씀이 혹시 이 사람의 안위와 관련있는 이야깁니까?"

"그, 그게……."

철담마후는 곤혹스런 표정으로 대답을 망설였다. 그러자 설아가 부드럽게 곽무한을 잡았다.

더 이상 묻지 말라는 뜻.

그러나 곽무한은 그 손을 가볍게 뿌리치며 다시 물었다.

"대답을 해주십시오. 도대체 그 말씀이 무슨 뜻이었는지?"

철담마후는 한동안 망설이다가 탄식처럼 중얼거렸다.

"도대체 난 이해할 수가 없다. 궁극의 경지에 도달했으면서 왜 스스로를 버리는지……."

뜬금없는 소리였지만, 설아는 그 말을 알아들은 듯했다.

"그게 더 행복하기 때문이에요."

그 말에 철담마후의 눈썹이 휙 올라갔다.

"행복? 방금 행복이라 했느냐? 정말 기가 막히는구나. 사내를 위해 자기 생명을 갉아먹는 게 행복이란 말이냐?"

그 순간 곽무한의 전신이 부르르 떨렸다.

이게 무슨 소린가? 사내를 위해 자기 생명을 갉아먹다니?

'그럼……?'

곽무한의 눈빛이 찰나간에 충혈되었다.

설아의 목소리가 다시 들려왔다.

"전 아무것도 아깝지 않아요. 가가를 위해서라면……."

그 말과 함께 눈물을 뚝뚝 흘리는 설아.

"휴우… 이것아……."

철담마후는 설아를 보며 긴 한숨을 내쉬었다.

한눈에 봐도 자기보다 마음의 경지가 높은 아이인데. 거기다가 상단전까지 열려 있어 자신의 미래가 어찌 될지 그 누구보다 잘 아는 아이인데 왜 그리 어리석은 결정을 내렸단 말인가?

도대체 이해가 안 되어 탄식성만 흘리고 있는데 귓전으로 덜덜 떨리는 곽무한의 음성이 들려왔다.

"도대체 그게, 그게 무슨 말인지 설명 좀 해주십시오. 저를 위해 생명을 갉아먹다니? 도대체 그게 무슨 소립니까?"

철담마후는 대답 대신 장탄식만 토했다.

철담마후가 대답을 미루자 곽무한은 상대를 바꿨다.

"도대체 무슨 말이오? 당신이… 내게… 알아듣도록 설명을 해보시오."

곽무한의 목소리는 콱 쉬어 있었다. 그리고 그의 눈빛은 마치 폭발하기 직전의 화산처럼 이글거리고 있었다.

"별것 아닌데… 정말 별것 아닌데……."

설아는 그 말만 되뇌며 눈물을 뚝뚝 흘렸다.

보다 못한 철담마후가 결국 설명을 했다.

"저 아이, 마음과 영기(靈氣)를 너무 많이 썼다. 저 아이가 익힌 무공은 상단전을 이용하는 무공이어서 무념무상무욕의 상태에서만 사용해야 하는데, 저 아이는 그 금기를 어겼다. 그래서 마음이 깨어지고 영기가 소진돼 수명이 단축됐다."

"……?"

곽무한은 한동안 멍한 표정을 지었다.

이게 무슨 소린가? 마음과 영기를 쓰면 수명이 줄어드는 무공이라니?

"말도 안 되는 소리! 세상에 그런 허무맹랑한 무공이 어디 있단 말이오?"

곽무한은 버럭 고함을 지르며 자리에서 벌떡 일어났다.

철담마후는 그 모습을 보며 쓸쓸한 표정으로 말했다.

"사실이다. 내 의자매 언니 역시 그 무공을 익혀 우화등선하고 말았다."

그 말과 함께 철담마후는 태청현단공의 폐해에 대해 자세히 설명을 했다.

곽무한은 그 이야기를 듣고 어이없다는 표정을 지었다.

"이익! 어디서 그런 말도 안 되는 소리를!"

하지만 다른 사람도 아닌 철담마후의 입에서 나온 이야기였다. 더구나 그 말을 듣고 눈물만 뚝뚝 흘리는 설아를 보니 절대 허튼소리가 아니었다.

"그렇다면 방법이 뭐요? 당신 언니가 그런 일을 겪었다면 방법을 모색해 봤을 거 아니오? 내게 그 방법을 알려주시오!"

곽무한이 애타는 목소리로 말했지만 철담마후는 망설이는 표정으로 즉답을 피했다.

곽무한은 그 모습을 보고 그만 분통이 터져 버렸다.

"관두쇼! 내가 찾겠소! 내가 방법을 찾아보겠단 말이오!"

그 말과 함께 곽무한은 거칠게 설아를 일으켰다. 얼른 여기서 나가자는 뜻이다.

"쯧쯧, 저놈의 성질머리 하고는……."

철담마후는 혀를 차며 벌써 저만큼 걸어가고 있는 곽무한을 불러 세웠다.

"네 녀석과 이야기하다간 될 일도 안 되겠다. 넌 잠깐 여기에 앉아 있거라. 내가 저 아이랑 이야기를 좀 해보마."

하지만 곽무한은 단호하게 고개를 내저었다.

"싫소! 무슨 이야기인지, 지금 이 자리에서 같이 이야기합시다!"

철담마후는 한숨을 내쉬었다. 세상에 저리 막무가내로 나오는 놈이라니?

"휴우… 좋다! 네 뜻이 정 그렇다면 같이 이야기를 해보자꾸나."

그때부터 대화가 시작됐다. 그리고 얼마 지나지 않아 곽무한에게서 비통한 고함 소리가 터져 나왔다.

"이게 뭐야? 도대체 이게 무슨 일이냐고? 이제 겨우 행복해지려는 순간인데 도대체 이게 무슨 소리냐고!"

비록 입으로는 하늘을 원망하고 있었지만 실제로는 자기 자신을 욕하는 소리였다.

곽무한은 자기 자신을 용서할 수가 없었다.

자신이 어리석었기에, 자신이 무심했기에 설아가 저렇게 된 것이다.

그 사실을 알고 나니 도저히 얼굴을 들 수가 없었다.

할 수만 있다면 시간을 되돌리고 싶었다. 그때 그 시절로 되돌아가 설아에게 용서를 빌고 싶었다.

하지만 이미 지나가 버린 시간.

이렇게 무기력하게 운명을 받아들여야 한단 말인가?

곽무한은 망연자실한 표정으로 스스로를 자책했다.

철담마후는 그런 곽무한을 보며 한마디를 콕 쏘아붙였다.

"한심한 놈. 지금 너보다 더 답답한 사람이 누군데……."

곽무한은 그 말을 듣자 정신이 번쩍 들었다.

자기 옆에 앉아 마치 죄인이라도 된 듯 고개를 푹 숙이고 있는 설아.

곽무한은 떨리는 손으로 설아의 어깨를 감싸 안았다.

"미안하오, 정말 미안하오. 그동안 내가 너무 바보였어. 정말 내가 너무 바보였어……."

흐느끼듯 말하는 곽무한의 말에 설아는 천천히 고개를 내저었다.

"아니에요. 가가 때문이 아니에요. 제가 좋아서 한 일이에요. 제가 좋아서 생각없이 한 일이니 너무 마음 아파하지 마세요, 네?"

설아는 그 말과 함께 곽무한의 품에 안겨 눈물을 뚝뚝 흘렸다.

이제까지는 곽무한이 자기 상태를 몰라줬으면 좋겠다고 생각한 설아였지만 지금은 아니었다. 그의 눈물을 보니 더 이상 죽음이 두렵지 않았다. 그가 자신을 위해 울어주는 한 죽어도 여한이 없을 것 같았다.

철담마후는 서로를 껴안은 채 눈물을 흘리고 있는 두 사람을 보며 고개를 끄덕였다.

'저런 게 바로 사랑이지…….'

서로의 아픔을 알고 함께 나누는 것.

그게 진짜 사랑이다.

좋은 것만, 행복한 것만 나누는 것보다는 우선은 괴롭고 답답할망정 서로의 아픔까지 함께 나눌 수 있어야 진정한 사랑인 것이다.

'그래, 저런 아이들이라면……'

철담마후는 천천히 마음에 결정을 내렸다.

철담마후가 조금 전까지 대답을 망설인 이유는, 설아를 치료하기 위해 한 사람의 도움이 필요했기 때문이다.

그는 이미 마음에 큰 상처를 입은 사람이고, 또 강호에서 큰 환난을 당한 사람이었다. 그러니 원래대로라면 그를 끌어들이지 말아야 했다.

'그러나 그때처럼 또다시 떠나보낼 순 없어……'

자신이 그토록 좋아했던 의자매 언니인 화련을 쏙 빼닮은 설아.

그때처럼 또다시 허무하게 떠나보내고 싶진 않았다. 그 결정으로 인해 설령 자신이 암흑마교와의 싸움에서 빠지는 한이 있더라도.

철담마후는 나름대로 생각을 정리한 뒤 천천히 입을 열었다.

"이제 상황이 대충 이해되었을 테니 차근차근 해결 방법을 모색해 보자꾸나."

순간 곽무한의 눈이 번쩍 빛났다.

"방금… 해결 방법이라고 하셨소?"

"그래, 해결 방법."

"그… 그럼 해결 방법이 있단 말입니까?"

심중의 격동을 말해주듯 곽무한의 음성이 잔뜩 떨려 나왔다.

"글쎄, 내가 알고 있는 방법이 정확한지 아닌지 장담할 순 없지만 최소한 오 할 정도의 가능성은 있을 것이다."

그때부터 곽무한과 설아의 얼굴에 일말의 기대감이 어렸다.

철담마후는 그런 두 사람을 보며 말했다.

"과거, 화련 언니가 우화등선할 때 강호에 일대 파란이 일어난 적이 있었다. 그 파란은 안휘 땅의 명문 정가장에서부터 시작됐는데……."

그때부터 아득한 과거 이야기가 시작됐다.

철담마후는 옛이야기를 하면서 그때의 추억이 되살아나는지 몇 번 눈시울을 붉히기도 했다.

얼마간의 시간이 흐르자 긴 이야기가 마무리됐다.

"아… 정말 지고지순한 사랑이군요……."

설아는 이야기가 끝나자 감동 어린 표정을 지었다.

한 여자를 향한 한 남자의 애틋한 사랑.

이야기의 주인공인 정가장의 소장주, 정휘성의 사랑은 순수하기 짝이 없었다. 비록 짝사랑이었을망정, 사랑하는 여인의 병을 고쳐 주기 위해 십여 년간 중원 천지를 헤매며 영약을 찾아나서다니?

그러나 그렇게 힘들게 영약을 구했음에도 그가 사랑했던 여인은 이미 세상을 등져 버렸고, 그 자신은 그 영약으로 인해 숱한 강호인들의 표적이 되어 결국 불구의 신세가 되고 말았다.

'그런 게 바로 사랑인가?'

상대가 알아주든 말든 마음을 쏟는 것. 그러나 그러고서도 쉽게 이루어지지 않아 상대를 원망하기도 하고 미워하기도 하면서 애간장이 바짝 타 들어가는 사랑이라는 이름의 열병……

'하긴, 그래서 더 애틋하게 느껴지는지도……'

설아가 그런 생각에 잠겨 있을 때 철담마후의 목소리가 다시 들려왔다.

"그분의 정성은 그렇게 무위로 끝나 버렸지만, 다행히 그 소식을 든고 뒤늦게 달려간 명현 오라버니로 인해 그분의 목숨과 영약만은 지켜 낼 수 있었다. 그러니 그분이 구한 영약이 하나의 방편이 될 수 있고……."

"하지만 그렇게 귀한 것을 어찌……."

설아가 망설이는 표정으로 고개를 가로저었으나, 철담마후는 다음 이야기로 넘어갔다.

"또 다른 방편은 사부가 화련 언니에게 하는 것을 보며 뒤늦게 깨달은 것인데……."

당시 화련은 스무 살도 채 넘기지 못할 정도로 병세가 심했다고 했다. 얼굴이 흉측하게 변해 버린 건 물론이고 사지 역시 하나둘 썩어 들어갔다고 했다. 그러나 혼례를 올리고 난 뒤부터 다시 예전의 미모를 되찾았고, 서른 살을 훨씬 넘겨 스스로 더 이상 버틸 수 없다고 느끼자 우화등선하고 말았다고 했다.

"난 언니가 우화등선하고 난 뒤에야 의문을 가지게 됐다. 스무 살도 채 못 넘긴다던 언니가 어떻게 미모를 되찾고 아프기 전보다 더 활력 있게 살았을까? 그러다가 마침내 하나의 결론에 이르게 됐다."

철담마후는 잠시 말을 멈추고 두 사람을 쳐다봤다. 그러자 설아가 얼굴을 붉히며 고개를 숙였다. 인체의 신비에 대해 그 누구보다 더 잘 아는 설아다 보니 왜 그런 현상이 일어났는지 금방 깨달은 것이다.

그러나 곽무한은 철담마후가 내린 결론이 뭘까 하며 눈을 빛내고 있었다.

철담마후는 그런 곽무한을 보며 빙그레 미소 지었다.

"그 결론이 뭔지는 네 옆에 있는 아이가 더 잘 알고 있을 것이니 그 이야긴 저 아이에게 들으면 되고……."

　철담마후는 어리둥절한 표정으로 자신과 설아를 번갈아 쳐다보는 곽무한을 가볍게 무시하고는 시선을 설아에게 고정시켰다.

　"내가 아는 마지막 방법은 너 스스로에 관해서다. 너도 이미 알고 있겠지만 하늘조차도 어쩌지 못하는 게 바로 사람의 의지력이다. 그에 대해 좀 더 구체적으로 이야기하고 싶구나. 이 이야기는 비단 네 병을 치료하는 데 쓰일 뿐만 아니라 인생을 살아가는 데 꼭 필요한 이야기기도 하다."

　철담마후가 정색한 표정으로 이야기하자 설아는 잔뜩 긴장한 표정으로 철담마후를 쳐다봤다. 설아가 긴장하자 곽무한 역시 긴장해 철담마후의 입술을 주시하며 정신을 집중했다.

　두 사람의 시선을 받으며 철담마후는 천천히 입을 열었다.

　"스스로의 의지력을 키우기 위해서는 우선 마음을 비워야 한다. 마음을 비우라는 말은 적막함을 유지하라는 이야기가 아니다. 혹시 화초를 키우는 노인을 본 적이 있느냐? 아니면 이른 새벽, 구슬땀을 흘리며 망치질을 하는 대장장이를 본 적이 있느냐? 또는 이글거리는 태양을 맞으며 곡식을 거두는 농부를 본 적이 있느냐? 그들처럼 하라는 말이다. 자기가 하는 일이 어떤 일이든 간에 기쁘고 즐거운 마음으로 하라는 것이다. 즐기면 애정이 생기고, 애정이 쌓이면 생명력이 생기게 되는 법이다. 그 생명력이 바로 의지의 근원이자 희망의 근본이 되는 것이다. 그 힘은 너무 강하고 완벽해서 그 어떤 힘으로도 막을 수 없다. 심지어는 하늘일지라도 그에 승복하며 우주의 운행질서라 하더라도 그 힘을 막을 수는 없다. 삶을 아끼고 즐겨라. 그게 바로 내 사부가 남긴 마지막 유훈이었다. 나는 그 말을 너희들에게 해주고 싶구나."

　철담마후가 이야기를 마무리했다.

곽무한과 설아는 진심으로 사의를 표했다.

삶을 즐겁고 기쁘게 살아가는 것.

그렇다. 인생은 살아가 주는 게 아니고 살아나가는 것이다.

같은 인생을 살 바에야 기쁘고 즐겁게 사는 게 훨씬 유익한 길이다.

무공 역시 마찬가지다.

이왕 익히는 무공, 즐거운 마음으로 익히면 더 높은 성취를 얻을 수 있다. 상승의 경지로 나아갈수록 자기 자신과의 싸움을 벌이는 것이 바로 무공이니, 그 과정을 즐기지 못하면 오히려 심마에 빠질 위험이 높다.

'아마 검선의 우화등선도 그런 묘리를 깨달은 때문일 것이다.'

평소엔 우화등선이란 말을 믿지 않는 곽무한이었지만 이제는 달랐다.

우화등선을 통해서라도 또 다른 세상이 있었으면 좋겠다는 생각이 들었다. 그렇지 않으면 죽은 뒤의 인생이 너무 허무하지 않은가?

곽무한의 얼굴에 그때부터 희망이 어렸다.

철담마후가 이야기한 대로, 우주의 운행 질서까지 뒤바꿀 수 있는 것이 바로 의지력인데 고작 영력의 소진쯤이야……

그때 철담마후가 말했다.

"이젠 진짜로 우리끼리 이야기를 좀 하마."

곽무한은 그제야 승낙을 했다.

그때부터 여자들끼리의 대화가 시작됐다.

기로 음파를 차단했는지 아무 소리도 들리지 않았다. 다만 철담마후가 뭐라고 계속 이야기를 하고 있었고, 설아는 그 이야기를 들으며 연신 뺨을 붉히고 있었다.

잠시 후, 대화가 끝나자 철담마후가 자리를 떴다.

그녀는 아미승들과 인사를 나누더니 호혜린과 함께 어디론가 떠나 갔다. 호혜린이 좀 더 머물다 가자며 투정을 부렸지만 철담마후는 들은 척도 않고 발길을 재촉했다.

아미승들은 떠나가는 철담마후를 보며 발을 동동 굴렀다.

흑룡방과의 일전 때문에, 그리고 아미파의 위신을 높이기 위해 어렵게 초빙한 철담마후인데, 싸움이 시작되기도 전에 떠나가 버리니 허탈해진 것이다.

물론 철담마후가 그렇게 급히 떠난 이유는 설아 때문이었다.

설아를 위해 영약을 구하려면 운남과 청해를 거쳐 다시 양주까지 가야 하는 엄청난 여정이었기 때문이다.

물론 아미승들은 그런 속사정을 알지 못했다. 그녀들은 철담마후가 떠나게 된 원인이 곽무한 때문이라고 생각해, 가끔 곽무한을 향해 불만 어린 시선을 보냈다.

곽무한은 아미승들의 시선엔 아랑곳하지 않았다. 그보다는 의창에서 기다리고 있을 수하들 때문에 철담마후가 떠나자마자 곧바로 자리를 뜨려 했다.

하지만 설아는 마음이 약했다.

사부와 동문 사자매들이 하룻밤만 머물렀다가 가라고 하자 그를 거절하지 못해 그만 승낙하고 말았다.

그 이야기를 들은 곽무한은 잔뜩 인상을 찌푸리며 못마땅한 표정을 지었으나 다른 사람도 아닌 설아의 부탁이라 어쩔 수 없이 고개를 끄덕이고 말았다.

천막에서의 하룻밤.

곽무한은 설아에게 묻고 싶은 말도 많았고, 또 부드러운 설아를 어루만지며 손장난도 치고 싶었다.

하지만 다른 곳도 아닌 독경 소리가 울려 퍼지는 아미파의 숙소다. 더구나 경진 사태와 묘운 등이 밤새 설아를 붙잡고 놓아주질 않아, 결국 긴긴밤 독방 신세로 지내고 말았다.

아침이 되자 곽무한의 입은 닷 발이나 튀어나왔고, 설아는 그런 곽무한을 보며 어쩔 줄 몰라 했다.

그러다가 용기를 낸 설아, 부드럽게 곽무한의 팔을 감싸 안으며 산책을 나가자고 했다.

은은한 소나무 향기와 함께하는 연인과의 산책.

거기다가 동터오는 햇살을 맞으며 부드럽게 입을 맞춰오는 설아.

곽무한은 그제야 화를 풀고 희희낙락한 표정으로 산책을 즐겼다.

물론 산책을 즐기는 와중에 곽무한은 철담마후가 말한 그 한 가지 방편이 뭐고, 또 둘이서 무슨 이야기를 나눴냐며 계속해서 추궁을 했다.

하지만 설아는 '나중에 알려 드릴게요' 라며 연신 발뺌을 했다.

하긴 아직 혼례도 안 치른 처녀 입장에서 어찌 남녀 간의 정사와 그 정사 과정에서 이루어지는 음양화합의 원리에 대해 이야기할 수 있겠는가?

아무튼 두 사람은 산책이란 미명하에 달콤한 밀애를 즐기다가 오전 무렵, 백아를 불러 아미파를 떠났다.

곽무한은 아미파를 떠나기 전에 경료 사태에게 조언을 건네는 것을 잊지 않았다.

"아마 장문인께서는, 이곳에서 싸움이 벌어지더라도 후위에 있는 동정호에서 뭇 군웅들이 지원을 나올 수 있을 것이라고 기대하시는 모양인데, 제가 보기엔 아니올시다. 며칠 지나면 아시겠지만, 오강 쪽에서 정체불명의 인물들이 오고 있습니다. 제 예상으로는 그들이 진정한 흑룡방의 주력이라고 생각되는데, 만약 그들이 동정호를 친다면 이전의 적들은 어떻게 나올 것 같소이까?"

경료 사태는 그 말을 듣고 안색이 백지장처럼 변했다. 뒤이어 아미승들이 급히 천막을 걷는 것을 보며 곽무한은 아미파를 떠났다.

제97장
동정호 가는 길

동정호 가는 길

코끝을 간질여 오는 부드러운 머릿결.

손가락을 통해 느껴지는 뭉클한 느낌.

그러나 왜 자꾸 철담마후가 한 말이 머릿속을 맴돌까?

곽무한이 우울한 표정으로 생각에 잠겨 있자, 설아는 목을 살짝 뒤로 젖혀 곽무한에게 기댔다. 곽무한의 기분을 위로해 주려는 것이다.

곽무한은 그런 설아를 보고 곧 안색을 회복했다.

'그래, 내가 먼저 의연해야 그녀 역시 힘을 낼 수 있을 것이다. 비록 내일은 어찌 될지 몰라도 우선은 웃자!'

곽무한은 잔잔한 미소를 띠며 설아의 목에 뺨을 갖다 댔다.

따스한 느낌…….

행복했다.

시간이 이대로 멈춰 버렸으면 좋겠다.

하지만 무심하게 흐르는 시간.

벌써 수하들이 저 아래 보인다.

"이제 다 왔소."

곽무한의 목소리에는 진한 아쉬움이 묻어 있었다.

"총채수를 뵈오!"

강물 위를 가득 메운 팔십여 척의 배.

그곳에서 우렁찬 고함 소리가 울려 퍼지자 흐르던 물살이 진저리를 쳤고 지나가던 배들이 혼비백산 달아났다.

곽무한은 수하들의 인사를 받으며 선실로 향했다.

선실에는 이미 추단과 이탁, 곽패 등이 모여 있었는데, 그들은 곽무한을 보자마자 반색한 표정을 지었다.

"이놈들이 밤새 못 먹을 걸 먹었나? 왜 이리 친한 척을 해?"

곽무한이 웃으며 농을 건네자 곽패가 신난 표정으로 말했다.

"흐흐흐. 총채주, 드디어 한 건 터졌습니다."

"한 건?"

곽무한이 고개를 갸웃거리자 이번엔 추단이 나섰다.

"흐흐흐. 겁없는 피라미들이 우리 아이들을 건드렸습니다."

"음? 우리 애들을 건드려?"

곽무한이 눈썹을 곤두세우자 추단이 입에 침을 튀겼다.

"청강채(淸江寨) 놈들이랍니다. 우리 아이들이 파양수채에 명을 전달하러 가는 길에 기습을 받았답니다."

"우리 쪽 피해는?"

"다섯 명입니다. 다행히 경상입니다."

“음…….”

곽무한이 잠시 침묵을 지키자 이번엔 이탁이 나섰다.

“처음엔 별일 아니라고 그냥 넘겨 버리려 했는데 일이 간단치 않습니다. 놈들 중 두어 놈을 포로로 잡았는데, 아무래도 계획적인 것 같습니다.”

“계획적?”

“예. 윗선에서 명이 내려왔답니다. 우리의 동태를 유심히 살피다가 허점이 보이면 곧바로 치라고 했다는군요.”

“우리를 쳐? 뭣 때문에?”

곽무한의 목소리가 차츰 커져 갔다.

“제 생각에는 아무래도 장강수채 대회합 때문이 아닌가 합니다.”

“장강수채 대회합?”

“예. 듣자 하니 청강채가 한수채(漢水寨)와 손잡았다더군요.”

“흠. 동정수채를 견제하기 위해?”

“그렇습니다.”

“그런데 가만히 있는 우린 왜 건드려?”

“설마 정말 몰라서 물으시는 건 아니겠죠?”

“음…….”

곽무한은 그들이 왜 자신들에게 신경을 곤두세우는지 알 것 같았다.

이미 사천 물길은 물론이고 파양채까지 거느리고 있는 자신들이다. 그런데 이번에 흑룡방과의 일전으로 인해 호북 물길까지 진출하게 되자 자연히 경계가 되는 모양이었다.

만약 자신이 장강수채 대회합에서 급부상하게 되거나, 아니면 흑룡방과의 일전에서 커다란 공을 세우게 되면 뭇 강호인들의 지지하에 호북 땅에 교두보를 확보하게 된다.

그렇게 되면 가뜩이나 동정호의 위세에 눌려 있는 그들로서는 천하 물산의 집산지이자 광활한 호북 물길에서 점점 설 자리를 잃게 되니, 텃세도 부릴 겸 전력을 알아보고자 수하들을 막아선 모양이었다.

"음… 기분 나쁘긴 하지만 갈 길이 머니 그냥 무시하도록."

그 말이 끝나자마자 추단과 곽패가 길길이 날뛰었다.

"아니, 총채주?"

"말도 안 됩니다! 겨우 그따위 놈들에게 꼬리를 내리다니요?"

수하들의 항의에 곽무한은 웃으며 대답했다.

"꼬리를 내리자는 말이 아냐. 아까 추단이 말한 것처럼 겨우 피라미에 불과한 놈들인데 그깟 놈들을 상대로 힘 뺄 필요가 뭐 있어?"

그러자 곽패가 볼을 씰룩이며 물었다.

"그러다가 놈들이 또 도발해 오면요?"

순간 곽무한의 눈매가 사납게 빛났다.

"그땐… 숨통을 짓밟아 버려야지."

"휴우. 난 또…….."

추단과 곽패는 그제야 안도했다.

혹시 곽무한이 그래도 참으라고 할까 봐 마음 졸인 것이다.

그러나 사실 그들은 마음 졸일 필요가 없었다.

좀 전에 이탁이 거론했듯이 청강채는 곽무한을 쉽게 놓아줄 생각이 없었다.

안 그래도 장강 상류를 꽉 잡고 있는 수룡채.

그들이 동정호까지 진출하게 되면 일이 어떻게 전개될지 모른다.

벌써 수룡채가 오고 있다는 소식에 천하의 동정수채까지 바짝 긴장하고 있는데 수룡채와 동정수채 사이에 낀 청강채 입장은 오죽할까?
그리고 동정수채와 파양수채 사이에 낀 한수채 입장은 또 어떻고?

만약 곽무한이 호북으로 진출해 본격적으로 세를 떨치게 되면 두 수
채는 꼼짝없이 양쪽에 끼인 신세가 되어, 수채를 접든지 아니면 곽무
한 밑으로 들어가야 할 판국이다. 그래서 그들은 도발을 감행했다. 형
강(荊江)의 아홉 구비가 시작되는 청강채의 본거지, 지성(枝城)에서부
터였다.

형강의 아홉 구비란, 호북성 지성에서 호남성 성릉기(城陵磯)까지의
구간을 가리키는 말이었다. 그 구간은 직선거리로 따지자면 이백여 리
밖에 안 되는 구간이었지만, 무려 열여섯 개에 달하는 강굽이들이 있어
구간 거리로는 무려 팔백여 리가 넘어가는 긴 물길이었다.

또 그 구간은 전체적으로 아홉 개의 심한 곡류를 이루고 있고, 강변
에는 거대한 모래 언덕이 퇴적되어 있다. 더구나 수면이 평지보다 높
아 곳곳에 홍수의 위험이 도사리고 있는 아슬아슬한 구간이었다.

낙차가 크고 곡류 구간이 많으며 모래 언덕과 지류가 많은 장강 중
류의 특징을 고스란히 간직하고 있는 형강의 아홉 구비.

그곳에서부터 놈들의 공격이 시작됐다.

공격이 시작된 시각은 대담하게도 미시(未時:13시~15시) 초 무렵.

슈우욱!

아득한 허공에서 하얀 연기를 내뿜는 화살.

그 화살이 강물 속으로 내리꽂히는 순간, '와!' 하는 함성 소리와 함
께 무수한 화살비가 쏟아지기 시작했다.

쉬이익!

피웅! 피웅! 피웅!

세차게 바람을 가르며 마치 소나기처럼 날아오는 화살 세례.

그러나 수룡채들은 하품을 했다.

"저런 한심한 놈들이 있나? 기습을 하려면 제대로 하든지, '제가 공격할 테니 어디 한번 막아보세요' 하며 신호전부터 날리는 놈들이 어딨어?"

굳이 곽패의 코웃음을 예로 들지 않더라도 이미 수룡채들은 신호전이 날아오르는 순간부터 난간에 방패를 세우고 그에 대비하고 있었다. 그 바람에 놈들이 날린 화살은 애꿎은 선체에 박히거나 방패에 가로막혀 버렸다.

그러나 놈들은 그에 대한 대비도 했는지 다음 순간부터 불화살을 쏘아대기 시작했다.

그때부터는 수룡채들이 조금 바빠지긴 했으나 그뿐이었다.

이미 수룡채에 있을 때부터 선상 훈련이라면 이가 갈리도록 한 수룡채들이다. 불화살이 날아오는 순간 번개같이 조를 이루어 반격할 사람은 반격을 준비하고, 수비할 사람은 수비에 전념하며, 그 나머지 할 일 없는 사람들만이 불 끄는 데 동원됐다.

"뭐 저런 놈들이 다 있어?"

그 모습을 보고 몇몇 청강채들이 고개를 설레설레 내저었지만, 그들은 아직 수룡채의 진정한 힘을 알지 못했다. 그 때문에 화살 공격이 끝나갈 무렵 놈들이 본격적인 공세를 펼쳐 왔다.

거대한 산 하나를 휘감으며 급하게 꺾여진 물굽이.

그 물굽이를 돌아 나오는 놈들의 선단.

놈들은 수룡채의 선단을 보고도 배짱 좋게 정면 승부를 걸어왔다.

수룡채의 진정한 힘이 드러난 것은 바로 이때부터였다.

뿌우우!

적의 선단을 발견하자마자 지휘선에서 긴 나팔 소리가 울렸고, 그 소리가 울려 퍼지자마자 수중 침투를 맡고 있는 암류조들이 움직였다.

첨벙, 첨벙!

암류조는 순식간에 강물로 뛰어들어 놈들의 배 밑창을 노렸다.

뒤이어 움직인 것은 선단 맨 앞쪽에 있던 돌격용 소선들.

각각 스무 명씩 탈 수 있게 제작된 소선에는 쇠로 된 충각용 돌기가 장착되어 있었다.

그들은 공격 명령이 떨어지자마자 요란한 환호성을 지르며 물살을 헤쳐 나가, 적선을 향해 거침없이 앞머리를 박아 넣었다.

콰지지직!

그 충격에 놈들의 배가 기우뚱거리자, 돌격조들은 갈고리를 던져 놈들의 배와 연결한 후, 그 줄을 타고 놈들의 배 위로 뛰어올랐다.

"와하하, 이놈들! 썩 목을 내놓아라!"

"이야호! 이 몸이 바로 황충 어르신네다. 으하하하!"

그때부터 격전이 시작됐다.

물론 격전이라고는 하지만 거의 일방적인 도살이나 마찬가지였다.

슈아악!

서거걱!

"끄아악!"

"크헉!"

순식간에 갑판으로 뛰어오른 수룡채들.

그들의 기세는 폭풍이 따로 없을 지경이었다.

수룡채들이 함성을 지르며 병장기를 휘두르자 청강채들은 우왕좌왕하며 쓰러졌고, 그로 인해 갑판에 흥건한 핏물이 흘렀다.

"물러서지 말고 놈들을 막아!"

"방어 대형! 방어 대형을 구축해!"

몇 놈이 사력을 다해 외쳐 봤지만 아무런 소용이 없었다.

"흐흐흐. 덤벼봐! 다 덤벼보라구, 이 자식들아!"

"와하하! 이 자식이 감히 누구 앞을 가로막아? 이야아압!"

눈에 으스스한 광기를 흘리며 공격해 들어오는 수룡채들.

그들 앞엔 방어 대형이고 뭐고 소용없었다. 막으면 막는 대로, 피하면 피하는 대로 병장기를 휘두르며 공격해 왔다.

와지끈!

콰지직!

"으아악!"

"끄아악!"

청강채들은 수룡채의 압도적인 무위에 질려 오금을 덜덜 떨며 뒤로 물러나기에 급급했다. 거기다가 거센 물살을 일으키며 수룡채의 본진까지 들이닥치자 그들은 혼비백산했다.

갑판에는 무시무시한 근육질의 사내들이 활개를 치고, 자신들의 배는 옆구리를 뻥 뚫린 데 이어 바닥 쪽에서 물이 콸콸 새어 들어온다.

뿐인가?

어느새 키[舵]가 망가졌는지, 자신들이 탄 배는 후퇴도 전진도 안 되고 제자리만 뱅뱅 돌고 있다. 그런 판에 수룡채의 본진까지 들이닥치자 덜컥 겁이 나기 시작한 것이다.

촤아악!

거센 물살을 일으키며 다가온 수룡채의 본진.

"선봉, 추행진(推行陣)으로 놈들을 나누어 버려!"

"좌익, 안행진(雁行陣)으로 놈들을 포위해!"

"중군, 놈들을 각개격파로 진압해!"

지휘선에서 명이 떨어질 때마다 수룡채들은 교묘하게 배를 저어 놈들의 선단을 하나둘 떼어놓았다. 뒤이어 전열에서 떨어져 나온 그들을 에워싸 순식간에 침몰시켜 버렸다.

그 광경을 보자 청강채들은 정신이 아득했다.

이곳은 자기들 앞마당이나 마찬가지인 곳이다. 강심의 형태나 물살의 흐름 등을 그 누구보다 잘 알고 있는데, 오히려 자신들이 일방적으로 몰리다니?

하지만 그들이 놓치고 있는 게 하나 있었다.

형강의 아홉 구비가 제 아무리 험하다 한들 어찌 삼협만 하겠는가?

더구나 수전이라면 원근 각지의 온갖 물길을 겪어 이골이 난 수룡채다. 그들을 상대로 지형의 이점을 믿고 공격해 들어온 것 자체가 잘못된 결정이었다. 거기다가 배의 성능뿐만 아니라 선단의 운용 능력, 그에 더하여 각 구성원들의 전투 수행 능력에 있어서도 감히 비교조차 되지 않으니, 그들이 일방적으로 당하는 건 너무나 자연스런 결과였다.

그런 사정을 뒤늦게 깨달았을까? 놈들의 상층부에서 퇴각 명령이 떨어졌다.

"모두 후퇴해! 이둔산 뒤쪽에서 다시 전열을 추스른다!"

그러나 전열을 추스르긴 어찌 추스른단 말인가? 수룡채들이 붙잡고 놓아주질 않는데.

"와하하! 이놈들, 이제 겨우 시작인데 가긴 어딜 간단 말이냐!"

걸쭉한 웃음소리와 함께 수룡채들은 퇴각하는 청강채들을 뒤따라가 마구잡이로 부숴놓았다. 그 결과 놈들은 태반 이상이 배를 버리고 달아났으며 나머지는 수룡채들의 발밑에 엎드려 애원을 했다.

"항복! 무조건 항복할 테니 제발 때리지만 마세요, 흑흑."

수룡채들은 발밑에 엎드려 눈물 콧물을 흘리는 청강채들을 보며 볼멘소리를 했다.

"제기랄! 이게 뭐야? 손만 버렸잖아?"

"워낙 당당하게 나오기에 뭔가 있는 놈들인 줄 알았는데, 젠장!"

다행히 곽무한은 수하들의 불만을 그냥 넘기지 않았다.

"다들 기분도 그런데, 이참에 놈들의 본채를 한바탕 뒤집어엎어 놓고 갈까?"

"와아! 정말입니까?"

"이야! 드디어 제대로 된 손맛을 볼 수 있겠군요."

수하들의 환호성을 들으며 곽패가 싱글벙글 앞으로 나섰다.

"흐흐흐. 총채주, 굳이 다 갈 필요가 있겠습니까? 제게 맡겨주십시오. 제가 가서 놈들을 죽지도 살지도 못하게 만들겠습니다."

물론 실 가는 데 바늘이 빠질 수 없다.

"총채주, 저 녀석은 우악스럽기만 해서 안심이 안 됩니다. 그러니 제가 가서 놈들을 엎어놓겠습니다."

"아니, 형님! 제가 어디를 봐서 우악스럽단 말입니까? 제가 보기엔 형님이 더 우악스럽고 미련해 보입니다."

"뭐? 미련? 방금 나더러 미련이라고 했냐?"

추단이 소매를 둥둥 걷으며 달려오자 곽패는 아차! 하는 표정으로 말을 얼버무렸다.

"어이쿠! 소제가 말이 헛나왔소. 미련이 아니고 그, 그 무엇이
냐……."
그러나 사정 봐주지 않고 냅다 곽패의 턱을 후려치는 추단.
"아이고! 형님은 나한테 우악스럽다고 해도 되고 나는 형님에게 미
련이라고 하면 왜 안 된단 말이오?"
"뭐야? 이놈의 자식이?"
옥신각신하는 두 사람을 보며 곽무한은 잠시 한숨을 내쉬었다. 그리
고는 두 사람을 뜯어말리며 말했다.
"됐어. 다 같이 갈 거니까 이제 그만들 해."
"예? 다 같이 간다굽쇼?"
"아니, 총채주? 그깟 놈들을 상대로 직접 움직이실 생각입니까?"
두 사람이 놀란 표정으로 묻자 곽무한이 고개를 끄덕였다.
"그래. 잠자는 호랑이를 건드리면 어떻게 되는지 똑똑히 보여주고
싶어."
그 말에 이탁이 고개를 끄덕였다.
"좋은 생각입니다. 놈들에게 압도적인 힘을 보여줘, 우릴 건드리면
어떻게 되는가를 대내외적으로 한번 보여줄 필요가 있습니다."
"그래, 바로 그런 생각이야."
"젠장, 그런 생각이셨수?"
"제기랄… 괜히 헛물만 켰군……."
추단과 이탁은 힘없이 고개를 떨어뜨렸다.

촤아악!
하얀 물살이 뱃머리에 갈라져 나갔다.

강물을 가르며 꼬리에 꼬리를 무는 수룡채의 선단.

선단 뒤쪽엔 온통 깨지고 부서진 청강채의 배들이 뒤따랐다. 그들의 배 앞부분이 수룡채의 배 뒷부분과 연결되어 있어 힘없이 뒤따라갈 수밖에 없었다.

청강채들은 처음엔 수룡채들이 자신들을 이끌고 어디로 가는가 했다.

그런데 눈앞에 자신들의 본채가 나타나자 저마다 일말의 기대감을 가졌다. 그래도 명색이 호북 땅 서쪽을 한 손에 틀어쥐고 있는 자신들이다. 비록 동정수채나 한수채에 비하면 한 수 꿀리는 입장이지만, 그래도 저수채나 장수채에 비하면 훨씬 윗길에 있는 곳이 바로 자신들이다.

하지만 그들의 기대는 채 반각도 지나지 않아 물거품처럼 사라졌다.

와지끈! 콰자자자작!

본채 앞쪽에 설치돼 있던 방어용 목책이 거대한 충각용 돌기를 앞세운 지휘선에 의해 산산이 부서져 내리고, 뒤이어 본채 이곳저곳에 매복해 있던 동료들이 줄줄이 피 떡으로 변해가는 모습을 본 때문이었다.

상황은 그러고도 끝이 아니었다.

"타아아압!"

갑자기 지휘선에서 어마어마한 기합성이 울려 나오고, 뒤이어 허공에서 무시무시한 불벼락이 떨어져 내리자 청강채들의 안색은 마치 천지개벽을 본 사람처럼 하얗게 질려갔다.

상황은 그들이 놀랄 만도 했다.

새하얀 섬광이 눈앞에서 번쩍이자 엄청난 굉음이 고막을 뒤흔들고, 뒤이어 무수한 파편 조각이 치솟아오르는 가운데 그들의 심장부인 본채 건물이 두 쪽으로 쩍! 갈라져 버린 때문이었다.

고오오오…….

잠시 후, 후폭풍이 가라앉고 흔들거리던 청강채 본채 건물이 와지끈 무너져 내리자 장내는 일순 경악에 빠져들었다.

대부분의 청강채들은 눈을 부릅뜬 채 사지를 덜덜 떨었고, 그들의 우두머리이자 청강채 채주인 흑사충권(黑砂蟲拳) 이후박(李厚博)은 할 말을 잃어 그저 입만 쩍 벌리고 있었다.

곽무한이 그들 앞에 나타난 건 바로 그때였다.

휘리릭, 탁!

아득한 허공에서 유유히 착지한 곽무한은 청강채들의 시선을 한 몸에 받으며 천천히 걸음을 옮겼다.

저벅, 저벅.

마치 자기 집 후원을 거닐 듯 여유로운 발걸음.

그 기세에 질려 흑사충권 이후박은 덜덜 떨리는 목소리로 물었다.

"으으… 도대체 당신은 사람이오, 귀신이오?"

곽무한은 대답 대신 한 손을 치켜들었다. 그러자 요란한 함성 소리와 함께 수룡채들이 목책을 넘어왔다.

삽시간에 주변을 철통같이 에워싼 수룡채들.

땡땡땡…….

비상 타종 소리는 그제야 들려왔다. 그러나 종을 치던 놈도 머쓱했는지 금방 손을 멈춰 버렸다.

수하들이 장내에 도착하자 곽무한은 다시 걸음을 옮겼다.

곽무한이 향한 곳은 무너져 내린 건물 앞이었다.

건물 앞에는 용케 제 형태를 유지하고 있는 태사의가 있었다.

곽무한은 태사의에 앉아 말없이 흑사충권을 쳐다봤다.

그 눈빛을 대하는 순간 흑사충권은 마치 동공이 파열되는 것 같은 기분이 들어 얼른 눈을 내리깔았다.

그런 흑사충권을 보며 곽무한이 나직이 물었다.

"그대가 내 앞길을 가로막았던가?"

순간 흑사충권의 안색이 하얗게 질려갔다.

남들은 그저 중얼거리는 소리로 들었겠지만 흑사충권은 아니었다. 목소리에 기파를 실었는지, 마치 수백 개의 범종이 울리는 것 같았다. 그 압박감에 눌려 흑사충권은 쥐어짜 내듯 말했다.

"으으… 우리 채가 실수를 한 모양이오. 그러니 부디 용서를……."

그 말에 청강채들이 놀란 표정을 지었다.

그래도 호북 땅에서 흑사충권 이후박 하면 자존심 하나만큼은 알아주는 사람인데, 그래서 동정용왕에게조차 고개를 숙이지 않아 나름대로 추앙을 받고 있던 사람인데 저리 쉽게 고개를 숙이다니?

물론 곽무한의 기도가 그만큼 강력해서였겠지만, 나름대로 한 수 보여주기를 기대했던 수하들로서는 맥이 탁 풀릴 수밖에 없었다.

곽무한은 천천히 안광을 풀었다.

"흠… 실수했다? 그게 단순한 실수였단 말이지……."

"으으… 실수가 아니고……. 저희 쪽 잘못이외다. 잘못했소이다."

이후박은 목소리를 쥐어짜 내며 연신 사정을 했다. 그러나 수하들이 보고 있어선지 무릎만큼은 꿇지 않았다.

그 모습이 눈꼴시어 곽패가 어깨를 건들거리며 다가왔다.

"어이, 머리 나쁜 말더듬이. 그렇게 뻣뻣하게 서서 그저 '잘못했소이다' 라고만 하면 갑자기 모든 게 없던 일로 바뀌냐?"

‘크윽…….’

곽패의 압박에 이후박의 표정이 수십 번 바뀌었다. 이대로 무릎을 꿇을 것인가, 아니면 억지로라도 버텨볼 것인가? 하는 갈등 때문이었다.

하지만 그의 고민은 오래가지 못했다.

스르릉!

추단이 이후박을 노려보며 일월쌍환을 꺼내 든 때문이었다.

이후박은 그 소리를 듣자마자 퍼뜩 현실을 깨달았다.

그 견고하던 건물조차 손짓 한 번으로 부숴 버린 곽무한이다.

만약 그가 마음만 먹으면 자기 머리통 하나 날리는 것은 일도 아닐 것이다.

“용서하십시오! 저희가 주제도 모르고 까불었습니다.”

결국 이후박은 무릎을 꿇었다.

하지만 곽무한은 이후박의 사죄를 순순히 받아주지 않았다.

“용서라… 말이 너무 쉽게 나오는군……. 그대 같으면 어찌하겠는가? 아무 이유 없이 내 목을 노리는 자가 있어. 그것도 벌건 대낮에. 그대 같으면 그런 자를 어찌 처리할 텐가?”

순간, 이후박은 자신이 생사의 갈림길에 서 있다는 것을 알았다.

그랬다.

이후박이 한 가지 간과하고 있던 사실.

이 바닥에서 상대를 무릎 꿇리는 가장 좋은 방법은 상대편 우두머리를 단숨에 베어버리는 것이다. 그게 후환거리를 없애는 가장 좋은 방법임과 동시에 상대 세력을 집어삼킬 수 있는 가장 효과적인 방법이다.

이후박은 즉시 이마를 찧었다.

쿵, 쿵!

"충성을, 앞으로 귀채를 모시고 충성을 다하겠습니다."

물론 곽무한은 심드렁한 표정을 지었다.

"충성을 다하겠다라……. 어떻게, 한번 믿어볼까?"

곽무한이 슬쩍 고개를 돌리자 각본처럼 추단이 나섰다.

"총재주! 필요없습니다. 이런 놈들이 오히려 뒤통수를 칩니다. 그냥 베어버리죠."

순간 이후박의 안색이 잿빛으로 변해갔다.

그러나 추단보다 더한 놈이 있었다.

"흐흐흐. 명령만 내려주십시오! 명령만 내려주시면 제가 단번에……."

곽패는 벌써부터 이후박의 머리 위에 도끼날을 들이대고 있었다. 곽무한이 농담으로라도 명을 내리면 곧바로 도끼를 휘두를 놈이 바로 곽패였다. 그래선지 이탁이 황급히 나섰다.

"웬만하면 받아들이지요. 듣기로 수하들에게 신망이 높고 절대 식언하는 사람이 아니랍니다. 그러니 속는 셈치고 한번 받아들여 봅시다."

미리 짜놓기라도 한 것처럼 죽이 척척 맞는 세 사람.

"흠……."

곽무한은 짐짓 고민하는 척했다.

이탁은 그 기회를 놓치지 말라는 듯 이후박에게 눈을 찡긋해 보였다.

"정말입니다. 충성을 다하겠습니다! 못 믿으시겠다면 팔이라도 잘라 보이겠습니다."

결국 이후박은 마지막 체면까지 던져 버렸다. 곽패가 자꾸 불만스런 표정으로 도끼날에 힘을 준 때문이었다.

　곽무한이 동정호로 가기 전에 재나 뿌려보려던 청강채.
　그들은 결국 수룡채 휘하로 편입되고 말았다. 그로 인해 한수채와의
약속은 휴지 조각으로 변해 버렸고, 또 그 때문에 한수채는 호북 땅에
서 유력한 협조자를 잃게 되었다.

＊　　　＊　　　＊

　수룡채는 청강채의 호위를 받으며 동정호로 향했다.
　이제 청강채의 호위선까지 합하면 무려 백 척에 달하는 거대 선단.
　때문에 수룡채가 지나가는 곳마다 난리가 났다. 관군이 동원되고,
간간이 수군까지 뒤를 따라오며 진로를 살폈다.
　하지만 그들은 수룡채를 건드리지 않았다. 이미 수룡채가 사천 물길
의 제왕이라는 사실을 알고 있기 때문이었고, 그에 더하여 사천 물길을
통합한 수룡채가 그때부터 인맥 관리에 나섰기에, 수룡채에 상납을 받
은 고위 관리들의 체면을 고려한 때문이었다.

　하늘은 높고 구름은 맑았다.
　반짝이는 햇살 아래 물살이 잔잔히 흘렀다.
　바람 따라 흐르던 구름이 강물 따라 흐르고, 선선한 바람 탓에 배는
돛만 펼쳐 놓아도 저절로 흘러갔다.
　곽무한은 뱃머리에 서서 강물 속에 담긴 하늘을 보고 있었다.
　흐르는 물결처럼 인생도 그렇게 흘러가는 것일까?

강물은 그래도 바다라는 종착점이 있지만, 인생의 종착점은 뭘까?

그저 죽음밖에 없는 것일까?

얼마 전, 철담마후에게서 설아의 죽음에 관한 이야기를 들어서인지, 아니면 검선 이지환과 화왕성모의 우화등선 이야기를 들어서인지는 몰라도 요즘 들어 부쩍 그런 생각에 잠기는 곽무한이다. 인생의 끝이 죽음뿐이라면 너무 허무하다는 생각이 들어서였다.

만약 인생의 끝이 죽음뿐이라면 무엇 때문에 아옹다옹하며 살 것인가? 그냥 마음 내키는 대로 살다가 삶이 끝나면 가면 그만인데.

그러니 그건 정답이 아닐 것이다. 딱히 사후세계는 아니어도 뭔가 죽음 끝에는 또 다른 세상이 있을 것 같았다. 그렇지 않다면 노력하며 살 이유도, 남을 배려하며 살 이유도 없으니.

'그런데 내가 남을 배려해 본 적이 있던가?'

생각이 꼬리에 꼬리를 문다. 그러다 보니 지나가는 고깃배조차 심상치 않아 보인다.

고단한 일상을 사는 저들.

그러나 스쳐 가는 얼굴마다 희망이 어려 있다.

저들이 원하는 삶은 뭘까?

그저 배곯지 않고 하루하루 살아가는 것?

그건 아닐 것이다.

뭔가 보다 나은 내일을 기대하기에 저런 희망 어린 얼굴들이 아닐까?

그 기대는 오늘내일의 갑작스런 행운일 수도 있고, 노력을 통해 차츰 나아지는 삶일 수도 있으며, 그도 아니면 자기 삶은 그냥 이렇게 흘러왔을지라도 자녀들만큼은 뭔가 달리 살아줬으면 하는 희망 때문이 아닐까? 그래서 저렇게 고단한 일상 속에서도 웃고 있는 게 아닐까?

'희망이라……'

그럼 자신의 희망은 뭘까?

생각해 보니 설아와 행복한 가정을 이뤄 알콩달콩 사는 것이다.

그 가족의 구성원에는 당연히 보옥이와 앞으로 태어날 이세, 그리고 당군혜와 수하들이다.

'음……. 그렇게 되면 너무 어마어마한 가족이 되려나?

아무튼 간에 자신이 바라는 것은 자신과 주변 사람들의 행복이다.

'그런데 내가 언제부터 행복이란 걸 추구하게 됐지?

생각해 보니 설아를 만나고 난 뒤부터다.

설아가 마음속에 들어온 뒤부터 삶을 대하는 태도가 달라졌다. 그렇지 않았다면 저번 청강채 건도 놈들의 본채 건물을 부수는 것으로 마무리하지 않았을 것이다. 아마 인정사정없는 살육전을 전개했을 것이다.

그런저런 생각을 하다 보니 지난 세월이 주마등처럼 스쳤고, 앞으로의 일들이 환상처럼 떠올랐다. 물론 그 환상은 스스로 만든 가정(假定)에 따라 제멋대로 변하는 상상의 나래다.

"가가, 뭘 생각하고 계세요?"

귓전으로 설아의 목소리가 들려왔다.

퍼뜩 정신을 차려보니 어느새 설아가 팔짱을 껴온다.

선실에 있다가 답답해서 나왔는지 얼굴에 미소가 어려 있다.

"풋!"

설아를 보자 갑자기 웃음이 났다.

안 그래도 그녀 생각을 하고 있던 참이었는데, 저 티없이 맑은 미소와 코끝을 간질여 오는 향기를 맡으니 갑자기 기분이 유쾌해졌다.

'그래, 이런 게 바로 행복이지. 지금 이 순간 내 곁에 있는 것.'

그런 생각을 하며 곽무한은 미소로 대답했다.

"뭐, 그냥 이런저런 생각을 하고 있었소."

"이런저런 생각? 그게 어떤 생각들인데요?"

그 말과 함께 호기심 어린 눈빛으로 자신을 올려다보는 설아.

그 눈빛을 보자 곽무한은 괜히 장난이 치고 싶어졌다.

"글쎄? 내가 무슨 생각을 했더라?"

곽무한은 짐짓 능청을 떨다가 와락 설아의 입술을 덮쳐 버렸다.

"읍, 읍!"

설아가 가슴을 팡팡 두드려 왔지만, 곽무한은 마음껏 설아의 입술을 탐닉했다.

"이잉! 남들이 보면 어쩌려구……."

설아가 가쁜 숨을 쉬며 도리질을 쳤지만 곽무한은 오히려 설아의 혀를 깨물었다.

"후후. 다 수하들인데 보면 어떻소?"

"움……. 가가는 괜찮을지 몰라도… 전 아니라구요."

"흠… 당신은 왜 안 괜찮을까?"

"이잉… 뒤에서 자꾸 놀리는 것 같아서 부끄럽잖아요."

"호? 놀려? 누가 감히 당신을 놀려?"

그러면서 장난스럽게 고개를 돌리는데, 아뿔싸! 뒤에서 이탁이 자신들을 보며 당황한 표정을 짓고 있지 않은가?

"이런! 현장에서 들켰군……."

손에 서찰을 들고 있는 걸 보니 뭔가 보고할 게 있어서 온 모양이다.

곽무한은 부드럽게 설아를 떼어놓으며 머쓱한 표정으로 물었다.

"무슨 일인가?"

"저어… 가릉채와 오강채, 그리고 파양채에서 연락이 왔습니다만……."

이탁이 어색한 미소로 말꼬리를 흐렸다.

아마도 그냥 돌아가려는 모양이었다.

"이미 볼 거 다 봐놓고 왜 그래? 이리 줘봐."

"예."

곽무한이 손을 내밀자 이탁이 웃으며 서찰을 건넨다. 그러자 옆에 있던 설아가 까치발을 들고 기웃거린다.

곽무한은 싱긋 웃으며 등을 돌렸다.

"다른 건 몰라도 수채 일에 참견하려는 건 나쁜 버릇이라오."

"힝. 그게 아닌데……."

설아가 살짝 토라진 표정을 지었지만 곽무한은 미소만 지어 보이고 서찰을 읽어 내려갔다.

"음……."

서찰을 보니 몇 가지 결정할 문제가 있다. 곽무한은 이탁에게 회의 소집을 명하고는 천천히 회의실로 향하려 했다. 그때 설아가 주저주저한 목소리로 발길을 잡아왔다.

"저어… 부탁이 있어요."

"부탁?"

"네. 뱃멀미가 나요."

"음?"

그럴 리가 없다. 그녀 정도의 고수가 뱃멀미라니?

곽무한이 고개를 갸웃거리자 설아가 호소하듯 말했다.

"우리, 오후쯤에는 배에서 내려서 우리끼리 가요. 네?"

곽무한은 재차 고개를 갸웃거렸다.

돌아가는 상황을 모를 그녀가 아닌데 왜 저런 부탁을?

"글쎄……."

곽무한이 대답을 흐리자 설아가 중얼거리듯 말했다.

"가가가 여기 있으면 자꾸 번거로운 일이 생겨요."

곽무한은 그제야 설아가 왜 그런 부탁을 하는지 이유를 알아차렸다.

"당신, 또?"

곽무한이 눈알을 부라리자 설아가 혀를 쏙 내밀며 변명한다.

"힝… 하도 답답해서 이번 한 번만 써봤어요."

순간, 곽무한의 표정이 잔뜩 일그러졌다.

"마후께 들었잖소? 그런데도 또 영력을 쓰고 싶소?"

물론 자신을 걱정해서 그런 모양이었지만 곽무한은 정말 화가 났다.

"당신이 자꾸 그러면 같이 가지 않겠소. 그러려면 차라리 보옥이에게 가 있으시오."

그 소리에 말없이 고개를 푹 숙이는 설아.

그 모습이 애처로워 보여 곽무한은 슬며시 설아의 어깨를 끌어안았다. 그리고는 부드러운 목소리로 달래듯 말했다.

"정말이오. 난 당신이 더 이상 영력을 쓰는 걸 원하지 않소. 날 믿고 마음을 편안히 가지시오. 난 당신이 생각하는 것보다 훨씬 강한 사람이오. 어떤 일이 닥쳐오든 뚫고 나갈 자신이 있소. 그러니……."

곽무한은 더 이상 말을 이을 수 없었다.

설아가 자기 목을 꽉 끌어안고 입을 맞춰왔기 때문이다.

"참나… 이런 식으로 입을 막다니……."

"칫! 입을 막는 게 아니에요. 너무 감격해서 이러는 거라구요."

그렇게 두 사람이 입을 맞추고 있을 때 곽패가 곽무한을 부르러 왔다.

곽패는 두 사람의 진한 입맞춤을 보며 인상을 구겼다.

"이, 씨! 다들 모이라고 해놓고 혼자만 재미 보고 계시다니……."

그러나 생각없는 곽패. 목소리가 너무 컸다.

"뭐야? 너 방금 뭐라고 했어?"

'아차!'

"저, 저, 전 아무 말도 안 했어요. 정말이에요. 진짠데……. 으아악! 사람 살려……."

언제나 맞을 복 하나만큼은 타고난 곽패.

그의 비명 소리가 또 한 번 수룡채들을 웃게 만들었다.

*　　　*　　　*

회의실은 작고 아담했다.

흔들리는 배 위에 마련된 회의실이라 그런지 의자와 탁자 외에는 아무런 집기도 갖춰져 있지 않았다.

그런 단출한 회의실에 탁자를 중심으로 다섯 명이 둘러앉았다.

곽무한부터 시작해 이탁과 추단, 곽패에 이어 흑사충권 이후박까지 참석한 것이다.

곽무한이 회의를 소집한 이유는 세 가지 안건 때문이었다.

그중에서 곽무한은 가룡채가 보내온 소식부터 먼저 끄집어냈다.

“애들이 모두 무산에 집결했다는군.”

“예상보다 빨리 움직였군요.”

“그래. 그래서 어떻게 할까 질문을 보내왔군.”

“총채주의 복안은 어떻게 되십니까?”

이탁의 질문에 곽무한은 잠시 생각하는 표정을 짓다가 천천히 입을 열었다.

“내 생각에는 서로 간격을 좁힐 필요가 있을 것 같아.”

“병참 문제 때문에 그러시는 겁니까?”

이탁이 슬쩍 이후박을 돌아보며 묻자 곽무한이 고개를 가로저었다.

“병참도 병참이지만, 그보다는 놈들의 움직임이 신경 쓰여서 그래.”

아닌 게 아니라 청강채가 합류하면서부터 병참 부분에 약간 문제가 생겼다. 예정에 없던 인원이 늘어난 탓에 물자가 더 필요해진 것이다.

그러나 그보다 더 큰 문제는 오강채가 보내온 소식이었다.

오강을 거슬러 오고 있던 정체불명의 인물들이 삼협을 지나면서부터 갑자기 방향을 나누어 버린 때문이었다.

그들이 향한 곳은 각각 호북과 호남.

그 의도가 심상치 않게 느껴진 것이다.

“그렇군요. 뭔가 노리는 게 있군요.”

곽무한의 설명에 이탁이 눈살을 찌푸리자 추단과 곽패가 의아한 표정을 지었다.

“놈들이 방향을 나눈 게 뭐가 문제란 말입니까? 오히려 우리를 뒤따라오지 않으니 잘된 일 아닙니까?”

그 물음에 이탁이 대신 대답을 했다.

“그렇게 단순하게 생각하지 말고 좀 더 깊게 생각해 봐.”

"좀 더 깊게요?"

"그래, 만약 놈들이 우리 뒤를 따라온다고 생각해 봐. 그럼 놈들의 의도가 간단해지잖아, 동정호에서 이제까지의 승부를 결정짓겠다는."

"그렇죠."

"그런데 왜 승부를 마다하고 엉뚱한 곳으로 향하냔 말이야. 지금 정파의 무인들은 대부분 동정호에 몰려 있는데."

"그러고 보니 그러네요. 왜 그렇죠?"

멍한 표정의 곽패를 보며 이탁은 혀를 찼다.

"왜 그러는지 모르니까 이상하다는 거 아냐."

"설마 빈집털이를?"

추단의 말에 이탁이 고개를 끄덕였다.

"그럴 가능성이 높긴 해. 그러나 왜 하필 지금 이 상황에서 빈집털이를 하냔 말이야. 이제껏 그만큼 몰아붙였으면 한판 승부를 벌여볼 만도 하잖아?"

그때 곽무한이 눈을 반짝이며 소리쳤다.

"아냐! 원래부터 빈집털이를 노렸을 수도 있어. 양동작전이지!"

"양동작전요?"

"그래. 입장을 바꾸어서 한번 생각해 보자. 놈들이 호북과 호남으로 향했다면 무당과 형산을 노린다는 말. 그렇다면 위위구조(圍魏救趙)에 이은 진화타겁지계(趁火打劫之計)가 아닐까 싶어."

"위위… 뭐라고요?"

곽패가 어리둥절한 표정을 짓자 곽무한이 차근차근 설명을 했다.

"위위구조란 힘이 집중되어 있는 적을 공격하는 것보다 적의 후방을 공격해 병력을 분산시킨다는 말이야. 그리고 진화타겁지계란 불난 집에 부채질하듯 적의 곤경을 이용해 공격해 들어간다는 뜻이고."

"그럼 무당과 형산을·공격해 뭇 군웅들의 이목을 끈 뒤, 다시 동정호로 돌아와서 나머지 사람들을 싹 쓸어버리겠다는 뜻입니까?"

추단이 놀란 표정으로 묻자 곽무한이 고개를 끄덕였다.

"그래, 아무래도 그럴 것 같아."

"그럼 큰일 아닙니까?"

"그렇지. 정파 입장에선 큰일이지."

"그 말씀은?"

"우리 입장에선 오히려 다행이지. 놈들의 의도를 알고 있으니까, 먼저 정파연합과 함께 흑룡방을 쳐부수고 나면 이후에는 놈들의 전력이 반으로 줄어드니 그때부터는 한결 수월해지잖아."

추단은 그제야 고개를 끄덕였다.

"그렇군요. 그럼 어서 이 사실을 정파들에 알려줘야……."

"글쎄……."

곽무한은 잠시 대답을 미뤘다.

위위구조에 이은 진화타겁지계까지 쓰는 걸 보니 적의 수뇌부는 병법에 능한 것 같았다. 따라서 이런 사실을 정파에 알려주면 놈들은 또다시 계획을 바꿀 것이다.

'그럼 방비하기가 더 힘들어지겠지?'

그런 생각을 하며 곽무한은 고개를 가로저었다.

"아냐, 내버려 둬! 그런 사실을 알려주면 오히려 일이 힘들어져."

"일이… 힘들어지다뇨?"

이번엔 이탁이 물었다.

곽무한은 진지한 표정으로 자기 생각을 설명했다.

"그렇군요. 하긴 우리가 알려준다고 해도 별반 믿을 것 같지도 않습니다. 또 믿어준다고 해도 몇몇 놈들은 오히려 공명심에 들떠 우르르 무당과 형산으로 달려갈 것 같구요."

이탁이 금방 수긍을 하자 곽무한이 고개를 끄덕였다.

"그래, 그렇게 되면 일이 힘들어지지. 동정호가 무너지면 놈들이 장강을 교두보 삼아 장기전으로 끌고 갈 수 있으니."

"그렇군요. 그렇게 되면 육로의 적들과도 싸워야 하고 수로의 적들과도 싸워야 하니 일이 힘들어지는군요."

"그렇지. 또 상황이 그렇게 흘러가면 수로의 적은 몽땅 우리가 떠맡아야 된다는 말인데, 남의 싸움에 그렇게까지 할 필요가 뭐 있어?"

'맙소사!'

이후박은 수룡채의 회의 모습을 보며 놀란 입을 다물지 못했다.

자기로서는 전혀 상상도 안 되는 이야기를 나누고 있는 저들.

더구나 대화 형식을 통해 사안의 중요성과 그 파급 효과까지 설명해 주니, 돌아가는 상황을 전혀 모르고 있는 자신조차도 전체 윤곽이 대충 그려질 정도다. 그러니 이런 방식의 회의는 한 번도 생각해 본 적이 없는 이후박. 잠시 대화가 끊긴 틈을 타 멍한 표정으로 물어봤다.

"저어… 혹시 총채주께서 군문 출신이 아니십니까?"

하긴 이후박이 그런 질문을 할 만도 했다.

자기로서는 듣도 보도 못한 계책을 이야기하며 그에 대한 대응책까지 짚어내니, 그가 알기로 저 정도 혜안을 갖고 있는 사람들은 군문 출신의 장수들뿐이다.

물론 이후박은 질문과 동시에 핀잔을 받았고, 회의는 계속 이어졌다.

“그리고 파양채에서 보내온 소식인데······.”

곽무한이 파양채 이야기를 꺼내자 풀 죽어 있던 이후박이 눈을 번쩍 떴다.

드디어 아는 이야기가 나온 것이다.

그때부터 이후박의 눈에 긴장이 어렸다.

사신도 회의석상에서 한마디 하고 말겠다는 나름대로의 결심이있던 것이다.

“파양채 아이들이 조금 곤란을 겪고 있는 것 같아. 흑룡방이 주변을 장악하고 있어 움직이기가 쉽지 않다는군.”

그 이야기가 나오자마자 곽패가 탁자를 후려쳤다.

“아니, 탁대붕이 그 자식은 간이 배 밖에 나왔단 말이오? 감히 총채주의 명에 토를 달다니? 내 그 자식을 당장!”

그 말과 함께 도끼를 집어 드는 곽패.

이후박은 자기도 모르게 기가 죽는 기분이었다.

벽력권 탁대붕이라면 자기로서는 감히 우러러보지도 못할 고수인데 저리 쉽게 이 자식 저 자식 하다니?

‘으으··· 결국 이 자리에선 내가 막내로구나······.’

어제 당한 것도 있어, 저 단순무식한 놈에게만큼은 절대 꿀리지 않으리라 각오하고 있었는데, 그 생각이 한순간에 물거품이 되고 만 것이다.

그러나 그런 생각과 상관없이 회의는 계속 이어지고 있었다.

“됐어. 그렇게 흥분할 일이 아니야. 아무래도 방향을 조금 바꿔야 할 것 같아.”

“방향을 바꾸다뇨?”

“협공을 준비하자는 거지.”

“아!”

이탁의 감탄성을 들으며 이후박은 고개를 갸웃거렸다.

‘제기랄! 도대체 못 알아듣겠네. 이번엔 또 무슨 이야기를 하려고?’

그 생각을 알아차리기라도 한 듯 곽무한의 설명이 이어졌다.

“어차피 놈들의 이목 때문에 대형 전투선 반입이 불가능하니, 그걸 숨겨뒀다가 놈들의 뒤통수를 치자구.”

‘아!’

이후박은 그제야 곽무한이 무슨 말을 하는지 알아들었다.

이왕 몸을 빼내기 힘든 파양채. 무리하게 동정호로 합류하기보다는 전력을 고스란히 숨겨뒀다가 나중에 동정호에서 일전이 벌어질 때, 그때 합류토록 하자는 말이었다.

‘그런데 전투선의 크기가 어느 정도이기에 대형 전투선이라고 하는 걸까?’

지금 회의가 벌어지고 있는 이 지휘선만 해도 무려 이백 명을 수용할 수 있을 정도다. 그런데 저들의 이야기를 들어보니 그보다 더 클 것 같지 않은가?

‘만약 이보다 크다면 전함 수준이란 말인데, 정말 그런 배를 보유하고 있다면 실로 엄청난 전력이구나.’

이후박이 그런 생각을 하고 있을 때였다.

“총채주! 긴급 보고입니다!”

갑자기 누군가가 회의실로 뛰어들어 왔다.

“긴급 보고?”

곽무한이 묻자 수하가 허리를 꺾으며 말했다.

“앞쪽에 정체불명의 세력이 나타났습니다. 서른 척가량 됩니다.”

“서른 척?”

“예! 그 뒤로도 몇 척이 더 몰려오고 있답니다.”

“흠… 어느 놈들이지?”

곽무한이 고개를 갸웃거리고 있을 때, 한 놈이 더 뛰어들어 왔다.

“총채주, 저장채 놈들입니다! 놈들이 앞을 막아서고 있습니다!”

“저장채?”

“예, 틀림없습니다! 저장채 놈들입니다.”

보고가 끝나자 곽무한이 자리에서 일어났다.

“모두 경계 태세!”

그 말을 끝으로 회의가 끝났다.

‘젠장할 저장채 놈들! 나조차도 숨 한 번 못 쉬어보고 무릎 꿇은 판에 겨우 네깟 놈들이?’

결국 회의가 끝날 때까지 한 마디도 못해본 이후박.

곽무한에게 자기 존재감을 심어주기 위해서라도 놈들을 단숨에 짓밟아주리라 결심하며 자리를 떴다.

제98장
수룡채의 힘

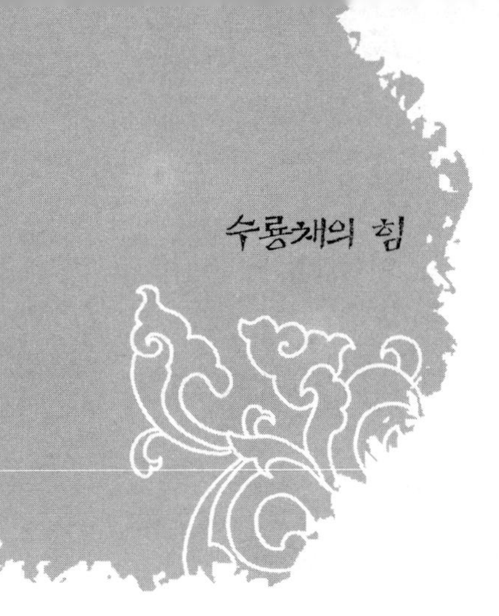

곽무한은 천천히 갑판으로 나갔다.

눈을 들어 앞쪽을 보니 과연 수십 척의 선단이 늘어서 있다.

흐르는 물살을 가로막듯 밀집 대형으로 늘어선 선단.

하지만 그 모습을 보고 긴장하는 사람은 아무도 없었다.

'도대체 이들의 배짱은……'

이후박은 여유로운 표정으로 잡담을 나누고 있는 수룡채들을 보며 고개를 설레설레 내저었다. 물길에서는 아무리 작은 싸움이라도 사상 자가 나오기 마련인데, 이들은 백전노장들처럼 태연하기만 하다.

'저들이야 어쨌든 간에 우선 자존심 회복부터!'

방금 회의에서도 느꼈지만 수룡채의 규모는 예상을 훨씬 넘어선다. 듣기로 휘하 수채만도 열 군데가 넘는다고 했으니, 이 기회에 얼른 눈 도장을 찍어둬야 한다. 그렇지 않았다가는 전체 서열에서 형편없이 밀려 버릴지도 모른다. 왜냐하면 자기 수채가 너무 어이없이 무너져 버렸기 때문이다.

그런데 마침 좋은 기회가 왔다. 평소 앙숙지간인 저장채가 앞을 가로막고 있다.

'공을 세울 수 있는 절호의 기회다!'

자기에게는 휘하 선단뿐만 아니라 저 괴물 같은 수룡채들이 있다.

이후박은 슬그머니 곽무한 옆으로 가, 자신에게 출정 기회를 달라고 했다.

"흠. 별로 싸울 의지가 안 보이는 것 같은데……."

곽무한이 혼잣말로 중얼거리며 허락을 하자 이후박은 그게 자기에게 하는 소린 줄 알고 속으로 투덜거렸다.

'흥, 두고 보슈! 우리 아이들 실력을 똑똑히 보여줄 테니…….'

이후박은 결심과 함께 당당하게 앞으로 나아갔다.

코앞에 놈들의 배가 보였다.

이후박은 먼저 수하들의 사기를 끌어올렸다.

"애들아! 우리가 누구냐?"

"청강채! 장강무적 청강채!"

수하들의 고함 소리가 들려오자 이후박은 모처럼 가슴을 폈다.

"그렇다! 우리는 장강무적 청강채다! 저 비실거리는 저장채 따위야 아침 해장 거리도 안 되지. 안 그러냐?"

"와아아! 그렇습니다!"

그렇게 이후박이 수하들의 사기를 북돋우고 있을 때, 저장채들이 서서히 앞으로 나아왔다.

이후박은 잠깐 당황했다.

“엇? 저놈들이 선공을 하려고?”

그러나 그건 아니었다.

놈들의 배가 어느 지점에서 다시 멈췄다.

‘흐흐흐, 그러면 그렇지. 제 놈들이 무슨 배짱으로…….’

이후박은 얼른 냉정을 되찾고 수하들에게 명을 내리기 위해 손을 들어올렸다. 그런데 삐걱거리는 소음과 함께 놈들에게서 한 척의 배가 앞으로 나아왔다.

‘저건 또 뭐 하는 짓이야?’

이후박이 얼떨떨해하는 순간, 그 배의 돛대 끝에 백기가 내걸렸다.

‘헉! 저게 뭐야? 저게 도대체 뭐 하는 짓이야?’

이후박이 황당한 표정으로 눈을 끔뻑이는 순간,

번쩍!

등 뒤에서 무시무시한 바람이 불더니 어느새 곽무한이 옆에 서 있다. 이후박은 깜짝 놀라 자기도 모르게 횡설수설을 했다.

“초, 총채주. 저놈들이, 저놈들이 갑자기 정신이 나갔나 봅니다.”

“흠, 그래요?”

곽무한은 이후박의 어깨를 가볍게 두드려 준 뒤 시선을 앞쪽으로 향했다.

물살을 가르며 앞으로 나아오고 있는 배.

휘날리는 백기 아래 한 사람이 서 있었다.

떡 벌어진 어깨에 선 굵은 외모.

이십대 후반쯤 되어 보이는 호걸풍의 사내였다. 그 얼굴과 체형이 왠지 눈에 익었다.

기억을 더듬어보니 과연 알 만한 사람이었다.

"오랜만에 뵙소이다."

곽무한은 웃으며 그에게 인사를 건넸다. 그러자 그가 마주 포권을 보내왔다.

"다행히 알아보시는구려."

"제 기억력은 그리 나쁜 편이 아니오. 민강수채에서 뵈었었지요?"

"그렇소이다. 그때 먼발치로 채주를 뵈었지요."

"먼발치는 무슨……."

곽무한이 웃자 사내 역시 웃었다. 사내의 정체는 저수채와 장수채의 공동 후계자로, 과거 곽무한과 함께 잠룡연에 참가했던 자였다.

당시 참가자들 중 가장 나이가 많던 사내.

무식하게 도끼로 상대의 팔을 잘라 버리고 준결승에 진출했으나, 오강채 소채주인 소욱기의 암습을 받아 아깝게 탈락하고 만 사내였다.

'이름이 고두관(高頭關)이라 했던가?'

너무 독특한 이름이라 금방 기억이 났다.

머리 속에 빗장을 건다는 이름의 사내, 고두관이 말했다.

"내, 그때도 곽채주께 감탄했었지만, 다시 뵈니 과연 내 눈이 틀리지 않았음을 알겠소이다. 하하하."

호탕한 웃음으로 엄지를 치켜 보이는 고두관.

곽무한은 가볍게 미소를 지었다.

"과찬의 말씀. 그런데… 고형께서 본인을 마중 나오신 이유가 뭐요?"

곽무한이 정색한 표정으로 묻자 고두관이 웃음을 멈췄다.

"설마 일부러 물으시는 건 아니겠죠?"

"……."

곽무한이 조용히 침묵을 지키자 고두관은 어깨를 으쓱했다.

"이런, 이런! 결국 내 입으로 직접 말하란 말이구려."

고두관은 눈짓으로 양쪽 선단을 가리킨 뒤, 머리를 벅벅 긁으며 말했다.

"사실… 아버님이나 숙부께서 오시려는 걸 제가 말렸소이다. 그 이유는, 아는 처지에 형편 좀 봐달라는 부탁을 하기 위해서요. 만약 곽채주께서 우릴 치려고 마음먹는다면…… 자존심 상하는 결론이지만, 우린 그날로 보따리를 싸야 할 것이오."

그 말을 듣고 이후박은 어이가 없었다.

'뭐야? 이야기가 왜 이렇게 돌아가는 거야?'

자신은 자존심까지 버려가며 애원하다시피 해 겨우 살아남았는데, 저놈은 싸워보지도 않고, 또 무릎도 꿇지 않은 채 항복하겠다는 소리가 아닌가? 그럴 양이면 저 선단은 뭐 하러 끌고 왔단 말인가?

'말도 안 돼!'

이후박은 그렇게 고함을 지르려 했다. 그러나 곽무한이 한발 빨랐다.

"흠… 그런 뜻이었소?"

곽무한이 묻자 고두관은 망설임없이 고개를 끄덕였다.

"그런 뜻이오!"

"후회하지 않겠소?"

"후회하지 않겠소이다!"

잠시 눈빛과 눈빛이 오갔다.

진지한 눈빛들이었다.

흐르는 세월이 가르쳐 준 것.

진정한 사내들은 눈빛만 봐도 서로를 알아볼 수 있다.

곽무한은 희미한 미소를 지었다. 고두관 역시 마찬가지였다.

곽무한은 천천히 등을 돌렸다.

"나중에 사람을 보내겠소."

그러나 고두관은 단호히 고개를 저었다.

"그러실 필요 없습니다. 어디로 가시는지, 아니, 저희가 앞을 맡겠습니다."

어느새 바뀐 고도관의 말투.

곽무한은 잠깐 걸음을 멈췄다가 이내 고개를 끄덕였다.

"알겠소. 저녁쯤 놀러가리다."

그 말에 고두관의 표정이 눈에 띄게 밝아졌다.

"영광입니다. 꽃다운 미녀는 몰라도 술은 차고 넘치도록 준비해 두겠으니 꼭 오십시오!"

그 말과 함께 허리를 숙이는 고두관.

그는 남자들끼리 가슴을 열 때 뭐가 가장 필요한지 잘 알고 있었다.

곽무한이 기분 좋은 표정으로 돌아오자 설아는 미소로 그를 반겼다.

"가가, 멋진 사람을 만났군요."

"그렇소. 멋진 사내요."

곽무한이 웃으며 고개를 끄덕이자 설아는 기대 어린 눈빛으로 물었다.

"이따가… 저도 데려가실 건가요?"

"물론이오! 친구에게 연인을 소개하는 건 당연한 일이오."

"어머!"

주저없이 고개를 끄덕이는 곽무한을 보고 설아는 뺨을 붉혔다.

연인이란 말을 듣자 가슴이 두근거려 온 때문이었다.

곽무한은 그런 설아를 보며 놀리듯 말했다.

"그러나 당신, 두 잔 이상은 안 되오."

"어머? 왜요?"

"그랬다가는 또 문을 박차고 달아날 게 아니오?"

"어머? 난 몰라……."

뾰족한 비명을 지르며 얼굴을 감싸 쥐는 설아.

곽무한은 그런 설아를 보며 재차 말했다.

"그리고 그 친구에게 술을 따라줘도 안 되오."

"그건 또 왜요?"

설아가 손가락 사이로 눈을 내밀자 곽무한은 짓궂은 표정으로 말했다.

"왜냐하면 그 친구가 당신 술을 받고 달나라로 가버릴까 봐 두렵기 때문이오."

설아는 그 말이 무슨 말인지 몰라 한참 생각하다가 이내 뺨을 붉히며 소리쳤다.

"잉, 아무려면 그러려구요."

"아무려면이 아니오. 난 그 친구가 당신을 보고 기절해 버리지나 않을까 걱정이오."

"힝! 몰라요!"

그 말과 함께 설아는 얼굴을 감싸 쥐고 선실로 들어가 버렸다.

"정말이오. 난 그 친구가 당신을 보고 한눈에 반해 버릴까 봐 무척 두렵소. 그러니 이따가 꼭 면사를 쓰고 나오시오. 푸하하하하."

곽무한은 오늘, 정말 기분 좋았다.

평생 처음으로 마음에 맞는 친구를 본 때문이었다.

그걸 한 번 보고 어찌 아냐고?

사내들은 그렇다.

때론 눈빛만 보고도 평생 마음을 터놓는다.

그게 바로 사나이들이 가진 진정한 매력 중 하나다.

　　　　　*　　　　　　*　　　　　　*

술자리는 예상과 비슷하게 흘러갔다.

"하하하!"

"와하하!"

호탕한 웃음소리가 밤하늘에 울려 퍼지는 가운데, 갑판 중앙에는 웃통을 벗어 젖힌 호한들이 한자리에 모여 시끌벅적하니 술을 마시고 있었고, 그 주위로는 고주망태가 된 사내들이 서로를 붙잡고 횡설수설하고 있거나, 아니면 곤드레만드레가 되어 한쪽 구석에 널브러져 있었다.

그런 그들과 조금 떨어진 곳, 상갑판 위 장대(將臺)에서도 술자리가 벌어지고 있었다.

장대 위에는 만면에 미소를 드리운 채 서로의 잔을 부딪쳐 가는 곽무한과 고두관이 있었고, 그 뒤에는 불퉁한 표정으로 호위를 서고 있는 추단과 곽패가 있었다. 그리고 곽무한 곁에는 다소곳한 태도로 술시중을 들고 있는 면사 차림의 설아가 있었는데, 그들 주위엔 이미 여러 개의 술통이 나뒹굴고 있었다. 곽무한과 고두관이 술을 물 마시듯 하는 바람에 벌써 동이 나버린 것들이었다.

이미 술에 취하고 사람에 취한 곽무한과 고두관.

어느새 안주도 떨어지고 혀까지 꼬부라졌지만 두 사람은 그에 아랑곳하지 않았다. 밤바람을 안주 삼아 권커니잣거니 술을 마셨다. 그렇게 잔을 들이켜 나가던 두 사람의 손이 어느 순간, 딱 멈춰 버렸다.

"음? 벌써?"

곽무한이 빈 잔을 보며 아쉬운 표정을 짓자 고두관 역시 아쉬운 표정으로 입맛을 다셨다.

"벌써 술이 다 떨어졌군."

"그러게요."

두 사람은 약속이나 한 듯 아래쪽을 쳐다봤다. 이미 술이 동나 버린 자신들과 달리 갑판에는 아직도 많은 술이 남아 있었다.

두 사람은 흥청망청 술을 마시고 있는 수하들을 보며 부러운 표정을 지었다.

설아는 그런 두 사람을 보며 기가 막혔다.

'도대체 술고래들도 아니고……'

지금 발아래 나뒹굴고 있는 술통만도 열다섯 개다. 그것만 해도 배가 터져 나갈 정도인데, 두 사람은 거기다가 멧돼지 한 마리를 안주로 먹어치웠다. 그런데도 저런 표정이라니?

설아는 고개를 설레설레 흔들었다.

'도대체 술에 뭐가 들어 있기에 저런 표정들이람?'

이미 수룡채에서도 겪었지만, 남자들은 유난히도 술을 좋아하는 것 같았다.

물론 그들의 심정은 이해가 갔다.

그들은 술을 마시는 게 아니라 마음을 마시고 있었다. 술을 통해 그

동안 쌓여왔던 이야기와 함께 각자의 속내를 털어놓으며 서로 마음을
나누고 있는 것이다.

그런 마음은 이해가 되었지만, 두 사람은 해도 해도 너무했다.

자신이 무슨 꿔다 놓은 보릿자루도 아니고, 처음에 인사를 나눈 뒤
로는 눈길조차 주지 않는다.

설아는 마음이 상해 잔을 잡아갔다.

아직 두 잔도 채 못 마신지라 술이 남아 있었던 것이다.

그런데 잔을 들이키려는 순간, 화살처럼 날아오는 두 사람의 시선이
느껴졌다.

"아서요!"

설아는 빽 소리를 지르며 잔을 단숨에 비워 버렸다.

두 사람의 시선은 허탈하게 가라앉았다.

또다시 아래쪽을 쳐다보며 입맛을 다시는 두 사람.

설아는 속이 부글부글 끓어올랐다.

나보다 술이 더 좋은가? 라는 생각까지 들어 원망스런 눈길로 곽무
한을 훔쳐봤다.

자신이 기대한 건 이런 먹고 죽자식의 술자리가 아니었다. 고담준론
까지는 아니어도 최소한 마음에 뭔가 음미할 만한 대화가 오가는 그런
술자리를 기대했었다.

그런데 이렇게 죽자고 마셔대는 술자리라니?

'쩝…….'

곽무한은 설아의 눈빛을 보고 내심 찔끔했다.

곽무한 역시도 이런 술자리를 예상한 건 아니었다. 곽무한이 예상한
술자리는 고두관과 조용히 대화를 나누는 그런 술자리였다.

그러나 상황이 이렇게 흘러가 버린 건 모두 자기 탓이었다.

잠시 전, 곽무한은 수하들에게 인근에서 잠시 정박해 있으라고 명하고는 가벼운 기분으로 저장채를 찾았다.

곁에는 면사 차림의 설아가 따르고 좌우로는 추단과 곽패가 호위를 서겠다며 따라와, 이렇게까지 술을 많이 마실 생각은 없었다. 그저 고두관과 허심탄회한 이야기만 나누고 돌아갈 생각이었다.

그러나 곽무한은 그렇게 가벼운 기분으로 나섰지만, 맞이하는 저장채 쪽은 아니었다.

다른 사람도 아닌 사천 물길의 주인을 맞이하는 자리다. 더구나 최근 들어 장강을 뜨겁게 달구고 있는 소문의 주인공이자 앞으로 자신들의 주군이 될 거물 중의 거물을 맞이하는 자리다. 그러니 어찌 태만할 것이며 어찌 소홀할 것인가?

저장채들은 극공의 예의로 곽무한 일행을 맞았다. 그리고 서로 간의 인사가 끝나자 저장채들은 호기심 어린 눈으로 곽무한을 훔쳐봤다.

과연 소문 못지않은 압도적인 기도.

저장채들은 감탄 어린 눈으로 곽무한을 쳐다보다가 천천히 시선을 돌렸다.

하얀 면사로 얼굴을 가린 채 수줍은 듯 눈을 내리깔고 있는 설아.

저장채들은 설아를 보자 그 자태만으로도 가슴이 뛰는 기분이었다.

'남자는 인중지룡이고 여인은 화용월태로구나!'

나란히 앉아 있는 두 사람을 보니 하늘이 내린 배필이 따로 없었다.

그래서일까? 저장채들은 한목소리로 곽무한에게 무위를 선보여 달라고 했다.

'그때 참았어야 하는데……'

그러나 때늦은 후회였다.

곽무한은 저장채들의 요청을 받고 잠시 망설이다가 가볍게 한 수를 선보였다.

콰아아아!

손을 떨치자마자 가공할 기세로 날아가는 도.

전면에 정박해 있던 허름한 배 한 척을 단숨에 두 조각 내버린 뒤, 날개라도 달린 듯 부드럽게 되돌아왔다.

저장채들은 그 모습을 보고 입을 쩍 벌렸다.

"마, 마, 맙소사! 도대체 저게 무슨 수법이야?"

"이기어도! 이기어도다!"

"세상에, 내 눈으로 이기어도를 볼 줄이야!"

놀란 것은 말단 저장채들뿐만이 아니었다. 고두관을 비롯한 저장채의 수뇌부들까지 자리에서 벌떡 일어났다.

그들은 덤덤한 표정으로 앉아 있는 곽무한을 보며 경악에 잠겼다.

세상에, 말이 쉬워 이기어도지, 구대문파의 초절정고수들도 시전하기 힘들다는 전설의 경지를 바로 코앞에서 목격할 줄이야! 그리고 그 무공의 주인공이 바로 자기들의 주군이 될 사람일 줄이야!

그때부터 분위기가 순식간에 달아오르기 시작했다.

저장채들은 우레 같은 함성을 지르며 하나둘 갑판으로 나왔다. 그리고는 흥분과 열광의 도가니에 빠져 각자의 장기를 펼쳐 보이기 시작했다. 그때부터 시작된 술자리가 급기야는 이런 요란한 술자리로 변해버린 것이다. 그러니 곽무한은 내심으로 설아의 눈총을 받아도 싸다 싶었다.

'그러나 저들이 저렇게 좋아하니 기분은 좋군.'

곽무한이 속으로 중얼거리고 있을 때였다.

"흥! 그렇게도 술이 드시고 싶으시면 자리를 옮기든지요."

귓전으로 설아의 새된 음성이 들려왔다.

그 소리를 듣는 순간 곽무한은 무릎을 쳤다.

"맞아! 내가 왜 그 생각을 못했지?"

"그러게요."

두 사람은 누가 먼저랄 것도 없이 눈을 번쩍 떴다.

'맙소사!'

설아는 더 이상 할 말이 없었다.

그러나 곰곰이 생각해 보니 오히려 그 편이 나을 것 같았다. 이곳과 떨어진 호젓한 곳에 가면 왠지 자신이 원하는 분위기가 만들어질 것 같았다.

"그럼 지금 자리를 옮겨요."

"음? 당신도 가려고?"

설아는 또 한 번 기가 막혔다.

도대체 이 남자가?

"그럼 전 빼놓고 가실 생각이었어요?"

"아, 아니, 그런 게 아니라……."

설아의 눈썹이 바짝 곤두서자 곽무한은 급히 변명을 하려 했다. 그때 기회다 싶었는지 추단과 곽패도 따라나섰다.

"총채주! 저희도 따라가렵니다."

"끙… 자네들도?"

인상을 와락 구기는 곽무한을 보며 두 사람은 합창하듯 소리쳤다.

"예. 저희 입은 뭐 입도 아닙니까?"

“그건 자네들이 호위를 서겠다고 해서 그렇게 된 거잖아?”

“그땐 그때고, 지금은 지금입니다.”

“끙……..”

할 말이 없었다.

결국 다섯 사람은 함께 자리에서 일어났다.

*   *   *

저장채의 본거지는 십리포(十里浦) 부근에 위치해 있었다.

십리포는 저수와 장수가 합류하는 곳으로, 일찍부터 포구가 발달해 있었다.

호북성 서쪽 지역이 북으로는 무당산, 동으로는 형산(荊山), 서로는 대파산 등에 가로막혀 있어 물자를 운송하거나 다른 도시로 나가기 위해서는 저수와 장수를 이용할 수밖에 없었기 때문이다. 그로 인해 일찍부터 항구가 발달했고, 그에 따라 객잔이나 주루 역시 성세를 누릴 수밖에 없었다.

별빛마저 잠든 깊은 밤.

한 척의 소선이 십리포에 나타났다.

소선은 포구에 들어서자마자 버드나무 우거진 쪽에 있는 한 수상가옥으로 향했다.

수상가옥은 이층으로 된 고풍스런 건물로 그 크기가 웬만한 집 대여섯 채는 되어 보였는데, 그 지붕 위에 푸른 등이 켜져 있는 걸로 미루어 술을 파는 청루임이 분명해 보였다.

소선은 수상가옥에 닿자 몇 개의 신형을 토해놓았다.

그들은 곽무한을 포함한 다섯 명으로, 고두관이 일행을 안내했다.

쿵, 쿵, 쿵!

고두관이 문을 두드리자 가옥 안에서 사람이 나왔다.

"이 시간에 뉘쇼?"

눈을 부비며 잔뜩 인상을 쓰던 사내는 고두관을 보자마자 혼비백산했다.

"헉! 소, 소인이 소채주를 뵈옵니다."

그러나 고두관은 인사를 받는 둥 마는 둥 했다.

"소채주고 나발이고, 어서 들어가서 루주를 깨워라. 채에서 귀빈이 오셨다."

고두관은 그 말과 함께 곽무한에게 허리를 숙여 보였다.

"안으로 드시지요. 저희 채에서 운영하는 곳입니다."

"흠. 경치가 좋은 곳이군."

곽무한이 고개를 끄덕이며 안으로 들어서자 사내는 멍한 표정으로 곽무한을 훔쳐봤다.

'세상에! 소채주께서 다른 사람에게 허리를 숙이시다니?

그러나 사내는 곧 얼굴을 감싸 쥐어야 했다.

"이 녀석이 감히 누구를 쳐다봐?"

곽패 등이 지나가면서 그의 얼굴을 후려친 때문이었다.

잠시 후, 곽무한 등이 모두 사라지고 나자 수상가옥에 불이 켜졌다. 뒤이어 수십 명의 사내가 뛰쳐나와 삼엄한 경계망을 펼치기 시작했다.

술자리는 다시 이어졌다.

장소가 달라서인지 분위기 역시 달라졌다.

이전의 부어라 마셔라 대신 진지한 이야기가 오갔다.

대화를 주로 이끈 사람은 의외로 고두관이었다.

고두관은 마음속에 있는 이야기를 숨기지 못하는 사내였다.

그는 곽무한과 첫 대면할 때도 그랬지만, 설아를 처음 볼 때도 무척 솔직했다.

"눈이 무척 아름다우십니다."

부러운 표정으로 찬사를 보낸 후, 그는 두 번 다시 설아를 쳐다보지 않았다. 곽무한이 그 이유를 묻자 그가 싱긋 웃으며 대답했다.

"보면 볼수록 빠져들까 봐 약이 올라서 그렇습니다."

그 말에 설아는 얼굴을 붉혔고, 곽무한은 흐뭇한 미소로 그의 어깨를 두드렸다.

고두관은 뒤이어 말했다.

"가까울수록 예의를 지켜야 한다는 게 제 지론입니다. 그렇지 않으면 언젠가 서로 화기를 상하게 되지요."

그러면서 그는 또 한 번 웃었다.

그러나 곽무한은 웃지 못했다. 그의 말에 음미해 볼 만한 뭔가가 있기도 했거니와, 옆에서 추단과 곽패가 '옳소!' 하며 열렬한 호응을 보낸 때문이었다. 물론 곽무한은 그 둘을 보며 눈을 부라렸지만, 어쩐지 이전에 비해 힘이 조금 빠져 보였다.

어쨌든, 그때부터 다시 농담과 우스개가 이어졌다. 하지만 솔직하고 진지한 고두관의 성격 하나만큼은 모두에게 각인되었다.

추단과 곽패가 두 사람의 호위를 서면서 불만을 터뜨리지 않은 이유도 바로 그 때문이었다. 만약 다른 사람이었다면 오히려 그를 호위로 세운 뒤 자신들은 흥청망청 술을 퍼마셨으리라.

그렇게 진지하고 솔직한 사내, 고두관.

그는 수상가옥에 온 뒤부터 한결 진지해졌다.

"총채주께선 이미 장강에서 태풍의 핵으로 급부상하셨습니다. 그로 인해 장강의 호걸들은 총채주의 행보에 대해 깊은 관심을 두고 있습니다."

이미 술이 얼큰히 된 고두관. 그러나 또렷한 눈빛으로 물어왔다.

"제가 알기론 정파연합을 돕기 위해 동정호로 가신다고 들었습니다. 그러나 총채주께서 동정호로 향하시는 진짜 이유가 뭡니까? 그걸 알고 싶습니다."

어찌 들으면 무례하기 짝이 없는 말이었다. 그러나 그의 솔직함을 알고 있었기에 누구도 토를 달지 않았다.

"음……."

그때부터는 곽무한도 진지해졌다.

눈치를 보니 이미 고두관은 자신이 동정호로 향하는 진짜 이유를 알아차린 것 같았다.

곽무한은 천천히 입을 열었다.

"내가 동정호로 가는 건 세 가지 이유 때문이야. 그중에서 가장 큰 이유는 장강을 품에 안기 위해서야."

"그 이유를… 여쭈어봐도 되겠습니까?"

격동을 억누른 듯한 고두관의 말에 곽무한은 천천히 고개를 끄덕였다.

"내가 장강을 안으려고 하는 이유는 세상을 당당하게 살기 위해서야. 즉, 두 번 다시는 내 의지와 상관없는 세상일에 휘둘리고 싶지 않아서야. 그래서 누구도 무시하지 못할 우리들의 성을 쌓고자 하는 거지. 그게 가장 큰 이유고……."

순간 고두관의 눈동자가 번쩍 빛났다.

장강 정복!

장강에 발을 딛고 사는 호걸이라면 누구나 한 번쯤 꾸는 꿈이었다.

그런데 그 꿈을 실천하려는 사내가 있다.

바로 눈앞에.

곽무한의 목소리는 계속 이어지고 있었다.

"두 번째는 인연과 혈연 때문이야. 솔직히 그런 데 얽매이긴 싫지만… 거부할 수 없는 인생사의 한 부분이니 어쩌겠어? 피할 수 없다면 즐길 수밖에. 마지막 이유는 나 스스로 생각해도 좀 알량스럽다 싶지만, 장강에서 생계를 이어가고 있는 양민들 때문이야. 지금처럼 난잡한 건 바람직하지 않아. 그래서 물길을 조금 정리할 필요가 있을 것 같아."

"아!"

고두관은 감복할 수밖에 없었다.

그 스스로는 알량하다고 하지만, 어느 누가 민초들을 위해 장강을 장악하려고 할까? 모두들 자신의 이익을 위해 장강을 거머쥐려고 하는 게 한눈에 보이는데.

'그래! 우리들에게도 지켜야 할 도리가 있지!'

그랬다. 아득한 옛날에는 지켜야 할 도리가 있었다.

그 도리는 간단했다. 양민들은 건드리지 않는다는 것.

그게 바로 자신들이 호걸이라고 불리는 이유였다.

그러나 언젠가부터 그 원칙이 훼손되고 있었다. 모두들 너나없이 양민들을 괴롭히고 그들로부터 많은 걸 수탈해 가고 있었다. 그 때문에 작금에 이르러서는 수중호걸이라고 불리는 대신 수적이라고 불리고 있다.

그나마 동정용왕이 나름대로 원칙을 지키려 하고 있지만, 그의 수하들이 제대로 따라주지 않고 있다. 그리고 한수채나 다른 수채들은 오히려 더 악랄하게 굴고.

생각을 정리한 고두관이 다시 물었다.

"그럼. 장강수채 대회합 때문에 가는 것이 아니었군요."

"음. 그런 모임은 별관심없어."

고두관은 조금 아쉬운 기분이 들었다. 그래서 조심스럽게 자기 의견을 개진했다.

"총채주의 말씀을 듣고 실로 많은 걸 깨우쳤습니다. 그러나 미욱한 제 생각일지는 몰라도, 저희 역시 장강수채 대회합에 나섰으면 합니다. 만약 저희가 나서면 수채 간의 유혈극이 많이 줄어들 것 같습니다."

"음? 그게 무슨 소리야?"

곽무한이 의아한 눈빛으로 묻자 고두관은 목소리를 조금 높였다.

"과연 동정호에 그 많은 호걸들이 왜 모일까를 한번 생각해 주십시오. 원래부터 이 바닥은 힘이 곧 법인 바. 그 힘에 명분까지 갖추고 있다고 생각해 보십시오. 모두 눈에 불을 켤 만하지 않습니까? 그러니 만약 일이 잘못 흘러가기라도 하면 대형 참사가 벌어집니다. 장강수채의 대표 자리를 놓고 집단 유혈극이 벌어질 수도 있다는 말이죠. 일이 그렇게 되면 적전 분열, 즉 죽 쒀서 개 줄 수도 있다는 말입니다. 그걸 한번 고려해 주셨으면 합니다."

"음……."

곽무한이 침음성을 흘리자 고두관은 빠르게 말을 이었다.

"그리고 총채주께서 한 가지 간과하고 계시는 게 있습니다. 저희 세
가 모두 얼맙니까?"

그 질문에 추단이 대신 대답했다.

"파양채 일만 육천에 가릉채 칠천, 금사상채 칠천에 오강채 오천, 타
강채 삼천에 민강채 삼천. 거기에 아롱채와 주하채, 파하채 등등을 합
하면 얼추 사만 오천 명쯤 되는군."

그 말에 고두관은 깜짝 놀랐다.

"맙소사! 사만 오천이라구요? 휘유! 제 예상을 훨씬 넘어가는군요.
거기에 청강채와 저희 채를 합치면… 맙소사! 무려 오만에 가까운 숫
자로군요."

고두관은 잠시 가슴을 쓸어내리며 말을 이었다.

"보십시오, 총채주. 무려 오만 명에 달하는 세력이 바로 저희들입니
다. 동정수채보다 훨씬 많은 숫자지요. 이 많은 세력을 거느린 저희들
이 참가한다면 어찌 되겠습니까? 웬만한 세력들은 스스로 꼬리를 말
수밖에 없게 되지요. 그렇게 되면 저희 채와 동정수채, 그리고 한수채
의 삼파전이 됩니다. 즉 아까 말했던 집단 유혈극의 가능성이 애초에
사라진다는 말이죠."

"음……."

일리있는 말이었다.

확실히 자신이 참석하면 유혈극의 가능성이 사라진다.

흔들리는 곽무한의 눈빛을 보고 고두관이 재차 말을 이었다.

"힘이란 묵혀두기 위해 가지고 있는 게 아니라 쓰기 위해 갖고 있는
것입니다. 밀어붙입시다. 저희 세가 월등합니다."

"음."

곽무한은 잠시 갈등했다.

생각해 보니, 며칠 전 설아가 자신이 나서면 일이 번거로워진다고 한 이유가 바로 이런 이유들 때문인 것 같다.

애초의 계획과 달리 일이 점점 커지기만 한다. 이렇게 일이 커지다가는 설아와 알콩달콩 살겠다는 꿈이 물거품이 될지도 모른다. 아무래도 세가 커지면 커질수록 그만큼 더 바빠지게 되니.

곽무한은 어찌할까 하는 표정으로 설아를 돌아봤다.

"끙……."

어쩐지 어깨가 무겁다 싶더니, 설아는 벌써 술에 취해 있었다.

아마 나름대로의 투정이고 푸념이리라.

곽무한은 가볍게 설아의 어깨를 안아주었다.

샐쭉한 표정으로 술에 취해 있는 모습이 너무 귀여워서였다.

하지만 그 순간 고두관의 표정이 괴이하게 일그러졌다. 아마도 질투가 난 모양이었다. 그에 비해 추단과 곽패는 이미 만성이 됐는지 그러려니 하는 표정으로 인상만 쓰고 있었다.

곽무한은 머쓱한 표정으로 설아의 어깨에서 손을 내렸다.

"험, 험. 듣고 보니 일리가 있군. 어차피 이 인원으로는 모두의 주목을 받게 될 테니."

"제 말이 바로 그 말입니다. 주목 정도가 아니라 견제를 받게 되지요. 자칫 잘못하면 동정호 입구에서부터 난리가 날지도 모릅니다."

하긴 그랬다.

이미 수하들에게 총동원령을 내린 상태이니, 며칠 후면 동정호가 수룡채들로 인산인해를 이룰 것이다. 그러니 저들이 긴장하지 않을 리 없다.

‘끙! 그렇다면 파양채가 합류하지 못하는 걸 다행으로 여겨야겠군.’

곽무한은 속으로 한숨을 내쉬었다.

중이 제 머리 못 깎는다고 했던가? 의외로 자신의 힘을 가장 모르고 있었던 사람이 바로 자기 자신이었다.

‘저 친구까지 저렇게 생각할 정도라면 이미 흑룡방에서도 예의주시하고 있겠군.’

생각이 그에 미치자 이렇게 우 몰려가서는 안 되겠다는 생각이 들었다.

“알겠네. 장강수채 대회합에 대한 부분은 다시 한 번 생각해 보겠네.”

그 말과 함께 곽무한은 몇 가지 결정을 내렸다.

“그리고 자네 조언을 듣고 보니 몇 가지 와 닿는 게 있군. 이렇게 몰려갔다가는 의외의 문제가 발생할 것 같아. 다른 수채들도 수채들이지만, 동정호 인근의 수군들도 잔뜩 긴장할 것 같아.”

원래는 수하들의 기를 살려주기 위해 택한 방법이었으나 이제 와 생각해 보니 보통 일이 아니었다. 말이 쉬워 오만 명이지, 아니, 각 채에 남아 있는 녀석들과 파양채를 제외하면 삼만 명쯤 되겠다. 그 인원이 모두 동정호로 몰려간다고 생각해 보라. 상상을 초월하는 난리가 벌어질 것이다.

“그래서 하는 말인데, 내가 먼저 동정호로 가겠네. 그러니 자네들은 이삼 일 정도 터울을 두고 순차적으로 들어오게.”

“알겠습니다.”

고두관은 선선히 고개를 끄덕였지만 추단과 곽패는 도리질을 쳤다.

“저희는 총채주와 함께 가렵니다.”

“아니, 왜?”

“그냥요.”

“그냥이라고? 그게 말이 돼? 수하들을 책임져야 할 놈들이 날 따라다니겠다니? 그 무슨 무책임한 말이야?”

그러나 장강수채 대회합 이야기를 듣고 동정호에 운집한 군웅들과 어울려 보고 싶은 추단과 곽패였다. 그러니 물러설 리가 없었다.

“수하들이야 밑에 놈들이 있으니 상관없습니다. 또 이탁이 오죽 독한 놈입니까? 그놈만 있으면 아무 걱정 없습니다.”

“뭐야? 지금 그걸 말이라고 해?”

그러나 다그침에도 불구하고 두 사람은 꿋꿋하기만 했다.

“이번에는 아무리 윽박지르셔도 소용없습니다. 무조건 따라갑니다.”

“이것들이 정말?”

급기야 곽무한이 주먹을 움켜쥐자 두 사람은 사색이 되어 눈을 질끈 감았다.

그때 구원의 목소리가 들려왔다.

“가가, 정 그렇다면 함께 가요.”

“아니, 당신도?”

어느새 설아가 깨어나 방긋 웃고 있었다.

설아는 두 사람을 보며 천진난만하게 말했다.

“저분들더러 노를 저어달라고 하면 되잖아요.”

순간 곽무한은 멍한 표정을 지었고, 추단과 곽패는 울상을 지었으며, 고두관은 억지로 웃음을 참았다.

새벽까지 이어진 술자리는 그렇게 끝이 났다.

제99장
명문세가

좌아아…….

뱃머리가 시원하게 물살을 가른다.

갈라진 물살 사이로 물방울들이 튀어 올라 찬란한 태양빛을 반사하자, 한가로운 구름이 그에 현혹되어 슬금슬금 배를 뒤쫓아온다.

끼익, 끼익!

노 젓는 소리가 천상의 음률처럼 들려오는 한가로운 오후.

곽무한과 설아는 쏟아지는 햇살을 맞으며 단잠에 빠져 있었다.

두 사람의 잠든 모습이 어찌나 다정하던지 곽패는 시샘을 넘어 증오를 느끼고 있었다.

배 고물 쪽에 팔베개를 하고 누워 있는 곽무한과 그 품에 안겨 쌕쌕 고른 숨을 내쉬고 있는 설아.

단지 그뿐이었다면 곽패가 이처럼 분노하진 않았으리라.

둘은 무슨 금슬이라도 과시하려는지, 서로를 꽉 끌어안은 채 찰떡처럼 붙어 있다. 그러니 그 꼴을 보고 어찌 부아가 안 치밀겠는가?

거기다다 노질을 교대해 줘야 할 추단은 낚싯대 하나 던져 놓고 꾸벅꾸벅 졸기만 하니, 이른 새벽부터 노 젓기에 내몰린 곽패가 화가 날 만도 했다.

그러나 어쩌랴?

실력에서 밀리고 밥그릇 수에서도 밀리니 푸념만 삼킬 뿐 별 도리가 없다.

"제기랄! 어찌 된 게 매일같이 나만 고생이야."

곽패가 그렇게 투덜거리며 노질에 전념할 때였다. 멀리서 누군가의 목소리가 들려왔다.

"어이, 사공!"

순간, 곽패의 눈동자가 하얗게 돌아갔다.

"어이, 사공? 어떤 놈의 새끼가?"

이글거리는 곽패의 눈에 한 무리의 젊은이들이 들어왔다.

강변 쪽에서 손을 흔들고 있는 사남(四男) 이녀(二女)였다.

보아하니 인근에 선착장이 있어 자신이 몰고 있는 배를 단순한 나룻배로 오해한 모양이었다.

그때부터 곽패의 얼굴에 기이한 미소가 어렸다.

"호! 꼬락서니에 검들을 메고 있어? 그렇다면 다들 있는 집안 자손이란 말인데, 안 그래도 열받는 판에 잘됐다. 흐흐흐."

곽패는 괴소를 흘리며 강변 쪽으로 배를 저어갔다.

"휴. 고맙소, 사공."

“정말 운이 좋았어. 하마터면 놓칠 뻔했잖아.”

자기들끼리 뭐라고 떠들어대며 배에 오르는 사남 이녀.

그 바람에 곽무한이 잠에서 깼다.

“음? 무슨 일이야?”

곽무한이 눈을 비비며 묻자 곽패가 음흉한 미소로 대답했다.

“별일 아닙니다, 손님. 선객인 모양이니 상관 말고 더 주무십시오.”

“음? 손님?”

곽무한은 이게 무슨 소리야 하는 표정으로 몸을 일으키다가 곧 상황을 눈치챘다. 눈앞에서 앉을 자리를 찾아 부산하게 움직이는 젊은이들 때문이었다.

“흠…….”

곽무한은 잠시 나무라는 듯한 눈빛으로 곽패를 노려보다가 말없이 몸을 일으켰다. 그들에게 앉을 자리를 양보해 주기 위해서였다.

그 모습을 본 사남 일녀가 가볍게 사의를 표해왔지만, 곽무한은 뒤도 돌아보지 않은 채 설아와 함께 선실로 향했다.

지금 곽무한이 타고 있는 배는 조금 큰 편이라 선미 부근에 서너 명이 앉을 만한 작은 선실이 갖추어져 있었다. 그런데 곽무한이 막 선실 문을 열어젖히는 순간,

“이야! 드디어 걸렸구나!”

등 뒤에서 추단의 환호성이 들려왔다.

때마침 고기가 걸린 모양이었다.

곽무한은 호기심 어린 눈빛으로 추단에게 다가갔다.

“호? 잉어치고는 무척 크군! 두 자도 넘을 것 같아.”

그 말에 곽패가 노를 던지고 달려왔다.

"어디, 어디? 나도 좀 봅시다."

호들갑스런 곽패의 말에 설아까지 다가왔다.

"어머! 정말 크네요?"

네 사람은 예상치 못한 잉어를 보고 함박웃음을 지었다.

"마침 점심도 안 먹었는데 잘됐습니다. 아마도 용왕님께서 우리 처지를 알고 요깃거리를 보내주신 모양입니다."

"그렇군요. 흐흐흐. 매운탕 거리로 딱이겠는데요? 보자, 어디 양념이 있으려나?"

곽패가 침을 흘리며 품속을 뒤져 봤지만, 없는 양념이 나올 리가 없다. 수상가옥을 나서자마자 배를 띄웠기에 아무것도 준비되어 있지 않은 것이다.

"흠. 그럼 고아 먹을까?"

"소금도 없잖아요."

"그렇군. 그럼 어쩐다? 그냥 풀어줘?"

곽무한은 어찌할까 하는 표정으로 설아를 돌아봤다.

그때 등 뒤에서 누군가의 음성이 들려왔다.

"저… 제게 소금이 있어요."

목소리의 주인공은 선미 근처에 앉아 있던 사남 이녀 중 가장 어려 보이는 소녀였다.

열여섯쯤 되었을까?

백의 차림에, 얼굴 반을 차지한 커다란 눈망울이 유난히도 귀여워 보이는 소녀였다.

곽무한은 잠시 그 소녀를 쳐다보다가 빙긋 미소를 지었다.

소녀를 보자 삼화상단의 꼬마 숙녀 화영령이 생각난 때문이었다.

떠나려는 자신을 보며 울먹이던 목소리로 만류하던 그녀.

'녀석… 지금쯤 다 나았을까?'

곽무한은 화영령의 얼굴을 떠올리며 소녀에게 미소로 물었다.

"소저께서 소금을 가지고 있다고 하셨소?"

소녀는 수줍은 표정으로 고개를 끄덕였다.

"그럼 좀 나누어주시겠소?"

곽무한이 웃으며 소녀에게 다가가자 설아는 괜히 심술이 났다.

소녀를 대하는 곽무한의 태도가 너무 부드러웠기 때문이다.

'치. 그렇게 웃을 필요까진 없잖아요.'

설아가 속으로 꿍알거리는 동안 곽무한이 소금을 받아왔다.

의기양양한 표정으로 소금을 들어 보이는 곽무한.

설아는 속이 상해 등을 획 돌려 버렸다.

"음?"

곽무한이 의아한 표정으로 고개를 갸웃거렸지만, 그의 머리로 앙큼한 여심을 어찌 헤아릴 수 있겠는가?

별수없이 곽무한은 소금을 곽패에게 건네주었다.

그러나 문제는 또 있었다.

"저어… 솥이 없는뎁쇼?"

"이런! 그걸 생각 못했군."

솥도 없이 잉어를 끓일 생각을 했었다니.

왠지 남자 셋이 바보짓을 한 기분이었다.

그런 자신들이 우스웠던지 등 뒤에서 킥킥거리는 웃음소리가 났다.

그 소녀였다.

곽무한은 머쓱한 기분이 들어 머리를 긁적였다.

다행히 추단이 묘안을 내놓았다.

"그냥 구워서 먹지요."

그나마 가장 좋은 방법인 것 같았다.

"좋은 생각이군. 그대 생각은 어떻소?"

곽무한은 웃으며 설아를 돌아봤다.

그런데 이상했다. 설아가 콧방귀를 뀌며 또다시 고개를 돌려 버린다.

'왜 저러지?'

곽무한은 고개를 갸웃거리며 설아에게 다가갔다.

"왜 그러시오?"

"아무것도 아니에요."

아무것도 아닌데 왜 목소리에 날이 서 있을까?

"혹시 잉어가 먹기 싫어서 그러오?"

그 말에 설아는 피식! 웃음이 났다.

'내가 괜한 오해를 했나 봐.'

만약 곽무한에게 딴마음이 있었더라면 저런 어수룩한 질문은 하지 않았을 것이다.

그제야 마음이 놓인 설아는 웃으며 곽무한의 팔짱을 꼈다.

"아뇨. 그냥 뱃멀미가 나서… 배고픈데 어서 가요."

그러나 상황은 엉뚱하게 흘러갔다.

"흥!"

이번엔 그 소녀 쪽에서 콧방귀 소리가 들려왔다.

그 소리가 들려오는 순간 모두의 시선이 소녀를 향했다.

소녀는 그제야 자신이 실수했다는 것을 알아차렸는지 귀밑을 붉히며 얼른 고개를 숙였다.

설아는 그 모습을 보고 상황을 눈치챘다.

'오라! 알고 보니 저 아가씨가 가가께 마음이 있었던 모양이군.'

설아는 슬쩍 소녀를 곁눈질한 뒤 밝은 표정으로 곽무한을 이끌었다.

"뭐 해요? 어서 가요."

곽무한은 영문을 모르겠다는 표정으로 설아와 소녀를 번갈아 보다가 곽패 쪽으로 걸음을 옮겼다.

그런데 상황은 점점 엉뚱하게 흘러갔다.

곽무한과 설아가 막 곽패에게 다가갔을 때였다.

"도대체 당신들 뭐 하는 짓이오?"

갑자기 등 뒤에서 고함 소리가 들려왔다.

목소리의 주인공은 사남 이녀 중 가장 나이가 많아 보이는 청년이었는데, 그는 뭐가 그리 불만인지 잔뜩 찌푸린 얼굴로 곽무한 등을 노려보고 있었다.

"방금 뭐 하는 짓이라고 했나?"

청년의 고함 소리에 곽패가 고개를 돌렸다.

재미있다는 표정으로 자신을 쏘아보는 곽패.

청년은 기가 막혔다.

그가 나선 이유는 평소 짝사랑하고 있던 소녀가 곽무한에게 관심을 보인 때문이었다. 그러나 뭐라 꼬투리 잡을 말이 없어 속으로만 끙끙 앓고 있었는데, 마침 저들이 갑판에서 잉어를 굽는다며 불을 피우려 해 기회다 싶어 나선 것이다.

그런데 하필이면 사공 따위가 자기 앞을 가로막을 게 뭔가?

곽무한이 나서야 자기 위엄을 마음껏 과시해 보일 수 있는데, 앞뒤

분간 못하는 사공 따위를 상대로 대종리세가의 차남인 자신이 대거리를 벌여야 한단 말인가?

청년, 종리혁은 잔뜩 기분이 상해 곽패를 노려보며 차갑게 말했다.

"어이, 사공! 자넨 저리 비켜!"

그러나 종리혁은 운이 없었다.

하필이면 아침부터 속이 상해 혼자 울화를 삭이고 있던 곽패에게 걸릴 게 뭐란 말인가?

"호? 비키라고? 난 별로 비키고 싶은 생각이 없는데?"

자신을 보며 어깨를 으쓱거리는 곽패.

종리혁은 짜증이 치밀어 자기도 모르게 막말을 내뱉고 말았다.

"이봐, 외팔이. 너 죽고 싶어?"

순간 곽패가 뺨을 부르르 떨었다.

"나보고… 외팔이에, 죽고 싶냐고?"

곽패는 어이가 없는 듯 잠시 혼잣말을 중얼거리다가 이내 잉어를 바닥으로 내동댕이쳤다. 그리고,

"어이쿠, 이놈아! 죄없는 잉어는 왜 집어 던져?"

추단이 호들갑을 떨며 잉어를 받아 드는 순간,

"어훙! 이 기생오라비 같은 새끼야!"

곽패는 괴성을 토해내며 성난 호랑이처럼 종리혁을 덮쳤다.

"혁?"

종리혁이 미처 당혹성을 내뱉기도 전에 쇠망치 같은 주먹이 그의 얼굴을 후려쳤다. 그러자 '콰직!' 하는 소리와 함께 종리혁의 신형이 맥없이 날아오르더니 갑판으로 거칠게 내동댕이쳐졌다.

그 모습을 본 청년들은 깜짝 놀랐다.

"아니, 종리 형!"

"저놈이 종리 형을?"

청년들은 황급히 곽패를 에워쌌다. 뒤이어 곽패에게 공격을 가하려는 찰나,

"끄으… 머, 멈춰."

뒤쪽에서 어눌한 목소리가 흘러나왔다.

종리혁이 얼굴을 감싸 쥔 채 몸을 일으키고 있었는데, 그의 손가락 사이로 주먹만큼 부푼 콧등이 보였다. 그 모습을 보고 한 사람이 종리혁을 부축하려 했으나 종리혁은 그 손을 매몰차게 뿌리치며 검을 뽑아 들었다.

창!

맑게 울려 퍼지는 검명.

소녀들은 긴장한 표정으로 뒷걸음질을 쳤고, 청년들은 당황한 표정으로 서로를 돌아봤다.

자신들은 모두 명문가의 후손이다. 따라서 상대가 죽을죄를 저지르지 않은 이상 함부로 검을 뽑아선 안 된다.

그런데 일개 사공을 상대로 검을 뽑아 들다니?

그들은 종리혁을 말려야 할지 아니면 방관하고 있어야 할지 고민했다.

그때 넓적한 얼굴의 청년이 소곤거리듯 말했다.

"보는 사람도 없는데 어때? 게다가 저 사공, 왠지 몸놀림이 수상해."

"음… 그런가?"

청년들은 고개를 끄덕이며 몇 발짝 뒤로 물러났다.

이제 곽패와 종리혁 사이에 일정한 공간이 생겼다.

종리혁은 곽패에게 검을 겨눈 채 이를 갈며 물었다.

"이놈! 정체를 밝혀라! 아무리 봐도 네놈은 사공 따위가 아니다!"

그 말에 곽패는 비웃음을 흘렸다.

"이봐, 너 바보 아냐? 내가 왜 너 따위에게 내 정체를 알려줘야 하지?"

"크윽… 이 외팔이 새끼가!"

종리혁은 와락 인상을 찌푸리다가 자기도 모르게 눈물을 찔끔거렸다.

인상을 쓰다 보니 아까 맞은 자리가 욱신거려 온 때문이었다.

하지만 그는 아직 울 때가 아니었다.

"으드득! 또 외팔이라고? 그래! 네가 오늘 죽고 싶은 모양이구나."

그 말과 함께 곽패의 전신에서 살기가 이글거렸다.

추단은 그런 곽패를 보며 종리혁의 명복을 빌었다.

'휴… 저 단순무식한 놈을 자극하다니, 너도 참 불쌍한 인생이구나.'

그러나 한숨과 달리 추단의 표정에는 재미있다는 기색이 역력했다.

그런 그의 귓전으로 곽패의 음성이 들려왔다.

"좋아, 애송이! 네 무덤에 새기게 우선 네 명호부터 밝혀봐!"

"오냐, 이놈! 이 몸으로 말할 것 같으면……."

순간 곽패의 얼굴에 비웃음이 어렸다.

"어리석은 놈!"

그 말과 함께 곽패의 신형이 엿가락처럼 쭉 늘어나 종리혁을 덮쳤다.

"헉? 이 치사한 놈이?"

종리혁은 벼락처럼 짓쳐 오는 곽패를 보고 가슴이 철렁했다.

"그러나 한 번 당하지 두 번 당할 줄 알았더냐?"

종리혁은 낯빛을 굳히며 매섭게 검을 뿌렸다.

쉬익!

서릿발처럼 날아가는 종리혁의 검세.

하지만 그의 검은 애꿎은 공간만 찍었고, 그의 옆구리 쪽으로 시커먼 그림자가 뛰어드는 순간, 종리혁은 또 한 번 허공을 날아야 했다.

뒤이어 종리혁이 갑판을 나뒹굴자 청년들은 자기도 모르게 몸을 떨어야 했다.

"끄아악! 으아악! 흐어어, 엉엉엉!"

종리혁은 사지를 떨며 비명과 울음을 같이 터뜨리고 있었다.

그 이유는 아까 맞은 콧등을 또다시 얻어맞은 때문이었다.

그 고통이 어찌나 극심하던지 종리혁은 터져 나오는 비명을 참을 수가 없었다. 그러나 비명을 지르다 보니 얻어맞은 콧등이 또다시 쑤셔와 체면 불구하고 엉엉 울음을 터뜨릴 수밖에 없었던 것이다.

청년들은 그 모습을 보고 낯빛을 굳혔다.

다른 사람도 아닌 자존심 강하기로 소문난 종리혁이다. 그런 그가 단 일 초도 버티지 못한 채 바닥을 나뒹굴며 눈물을 흘리다니.

청년들은 긴장한 표정으로 검을 뽑아 들었다.

챙!

차앙!

"네놈들은 누구냐? 정체를 밝혀라!"

청년들은 곽무한 일행에게 검을 겨누며 소리쳤다.

방금 종리혁을 쓰러뜨린 곽패도 곽패였지만 그 뒤에 있는 곽무한 등의 기세가 이전과는 판이하게 달라졌기 때문이다.

청년들이 검을 뽑아 드는 걸 보고 곽무한은 살짝 인상을 찌푸렸다.

"셋이라. 좀 많군."

곽무한은 잠시 혼잣말을 중얼거리다가 추단을 돌아봤다.

"추단."

"예, 총채주."

"곽패에게 무기를 줘."

"존명!!"

그 말이 끝나는 순간 곽패에게 도끼가 날아갔고, 청년들은 그 모습을 보며 표정을 딱딱하게 굳혔다.

"총채주?"

"그렇다면 네놈들은?"

소녀들의 안색 역시 청년들과 마찬가지로 변해갔다.

"그럼, 설마… 수적?"

소녀들은 마치 못 볼 것을 본 사람처럼 인상을 찌푸렸다.

그런 그들의 귓전으로 곽패의 목소리가 들려왔다.

"그래, 우린 수적이야. 그러니 가진 것 다 내놓고 강물로 뛰어들어!"

그 말과 함께 도끼를 빙글빙글 돌리는 곽패.

청년들의 얼굴에 노골적인 비웃음이 어렸다.

"오라! 이제 보니까 이놈들이 계획적으로 접근한 것이었군."

청년들은 비웃음 어린 눈길로 검을 세워 들었다.

"치사한 놈들! 감히 우릴 속이다니!"

앙칼진 목소리와 함께 소녀들 역시 검을 뽑아 들었다.

모두들 수적이라고 하니 자신감이 솟구친 모양이었다.

종리혁 역시 비틀거리며 그에 합류했다.

"크으… 이 빌어먹을 수적 놈들! 아직 끝난 게 아니야!"

곽패를 노려보며 이를 갈아붙이던 종리혁. 검을 수평으로 누이며 독기 어린 목소리로 말했다.

"대종리세가의 차남, 섬전검(閃電劍) 종리혁이 네놈들을 죽여 강호에 의기가 살아 있음을 보여주마. 끄윽!"

아직도 통증이 느껴지는지 간간이 인상을 찌푸리는 종리혁. 그러나 기어코 할 말을 마무리 지은 뒤 동료들을 향해 눈짓을 해 보였다. 상대가 만만치 않으니 합공을 펼치자는 뜻이었다.

그러나 그들은 채 한 발짝도 움직이지 못했다.

"방금 종리세가라고 했나?"

그 말과 함께 엄청난 살기가 몰려온 때문이었다.

살기의 근원은 곽무한이었다. 종리혁을 노려보는 곽무한의 눈엔 무시무시한 살기가 어려 있었다.

종리혁은 그 눈빛을 보자 오금이 저려오는 기분이었다. 그러나 그는 사지를 덜덜 떠는 가운데서도 오기만은 잃지 않았다.

"이놈! 수적 주제에 어디서 본 세가의 이름을 들어보기는 한 모양이구나. 그래, 듣고 나니 어떠냐? 왠지 잘못 건드렸다는 생각이 들지 않느냐?"

그러면서 종리혁은 자신들의 힘을 과시하기 위해 일행들을 소개했다.

다들 호북의 명문인 화씨세가와 영호세가, 그리고 표가장의 후손들이었다.

그들은 종리혁의 소개를 받자 모두 고개를 치켜들었다. 그 또래의 명문가들이 가지는 특유의 오만이었다. 감히 수적들 따위가 자신들을 어찌하겠냐는.

그러나 그들은 상대를 잘못 골랐다.

"그래, 종리세가란 말이지? 형제들을 죽음으로 몰고 간 그 빌어먹을 종리세가와 명문세가 나부랭이들이란 말이지? 푸하하하!"

앙천광소와 함께 곽무한의 눈빛이 거칠게 떨렸다.

종리세가.

그들은 사천무림맹의 정보를 담당하고 있는 가문으로, 과거 칠반채의 위치를 알아내 형제들을 죽음의 구렁텅이로 몰고 간 주요 복수 대상 중 한 곳이었다.

'맙소사! 일이 잘못 꼬였어!'

사남 이녀는 곽무한의 눈빛을 보고 아득한 공포를 느꼈다.

지금 곽무한이 내뿜고 있는 것은 단순한 안광이 아니었다. 심중의 분노가 고스란히 담긴 무시무시한 살광(殺光)이었다.

사남 이녀는 그 눈빛을 감당하지 못해 자기도 모르게 눈을 질끈 감고 말았다.

상대의 눈빛 하나 감당하지 못하면서 어찌 생사를 장담할 수 있을까?

그때 그들에게 구원의 손길이 미쳤다.

그들을 구원해 준 사람은 다름 아닌 설아였다.

"가가……."

듣는 이의 마음을 따스하게 감싸주는 음성.

그 음성을 듣자 곽무한의 표정이 거짓말처럼 평온을 회복했다.

"왜 그러시오?"

곽무한은 부드러운 눈빛으로 설아를 돌아봤다.

설아는 대답 대신 애원 어린 눈빛을 곽무한에게 보냈다.

그 눈빛을 보고 곽무한은 설아가 뭘 말하려고 하는지 알아차렸다.

곽무한은 잠시 고민에 빠졌다. 그러나 그리 오래 걸리진 않았다.

자신은 지금 동정호로 가는 길이다. 그곳에는 저런 철부지들 말고도 과거에 자신을 죽이려고 했던 수많은 인물들이 모여 있을 것이다.

만약 피비린내 나는 복수를 원한다면 그곳에서 해도 충분할 것이다.

그러나 자신이 원하는 복수는 그런 살육극이 아니었다.

자신이 꿈꾸는 복수는 그들 위에 서는 것이었다.

그들이 어쩌지 못할 강력한 힘을 갖고, 자기 앞에서 숨조차 제대로 내쉬지 못하는 그들을 눈 아래로 굽어보며 통쾌해하는 것. 그게 자신이 원하는 진정한 복수였다.

그 복수는 아마도 장강을 거머쥐는 순간 실현될 것이다. 그러니 저런 철부지들을 상대로 심력을 낭비할 필요가 없다.

곽무한은 천천히 뒤로 물러났다.

사남 이녀는 그제야 안도의 한숨을 내쉬었다.

"휴우……."

그러나 그들이 안심하기엔 아직 일렀다.

"용서는 하되 잊지는 않도록 해줘."

"알겠습니다. 평생 잊지 못할 악몽을 선사해 주지요. 흐흐흐."

서릿발 같은 곽무한의 음성과 도끼날을 핥으며 다가오는 곽패.

사남 이녀는 안색을 붉혔다.

왠지 목숨을 구걸받은 기분이 든 것이다.

무인은 죽음에 이르러서도 수치를 당하지 않는 법.

"이익! 이 하찮은 수적 놈들이!"

한 청년이 곽패를 향해 발작적으로 검을 뿌려왔다.

하지만 그의 검은 애꿎은 허공만 가를 뿐이었다.

곽패가 어느새 신형을 움직여 검을 피해 버린 때문이었다.

"흐흐흐. 어디, 이 하찮은 놈의 솜씨가 어느 정돈지 구경 한 번 해볼 테냐?"

그 말과 함께 곽패의 공격이 시작됐다.

부왕! 부와앙!

엄청난 파공음을 일으키며 전신을 찍어오는 도끼.

청년은 등골이 오싹했다.

저 도끼와 부딪쳤다가는 검이 온전치 못할 것 같아 청년은 얼른 검을 거뒀다. 그러나 그는 그 대가로 새우처럼 몸을 웅크려야 했다.

"크헉!"

청년이 옆구리를 얻어맞고 바닥으로 쓰러지자 일행들의 눈이 뒤집어졌다.

"으아아! 이 개자식아!"

청년들은 괴성을 지르며 일제히 검을 뿌려갔다.

그 선두에는 핏발 선 눈의 종리혁이 있었다.

그러나 종리혁은 얼마 못 가 바닥으로 나뒹굴고 말았다.

곽패의 주먹이 어느새 그의 아랫배를 찍어버린 것이다.

"쿨럭, 쿨럭!"

종리혁은 새우처럼 웅크린 채 피 기침을 토해냈다.

그런 그의 목을 누군가가 짓밟아왔다.

숨통을 콱 막아오는 무지막지한 힘.

“켁, 케엑!”

종리혁은 안색을 붉히며 발버둥을 쳤다.

하지만 코끼리 같은 발은 요지부동. 꿈쩍도 안 했다.

종리혁은 원망 어린 눈길로 동료들을 쳐다봤다.

자신이 이런 꼴을 당하고 있는데 모두 뭐 하고 있냐는 표정이었다.

그러나 종리혁은 곧 눈을 부릅뜰 수밖에 없었다. 표가장의 소녀들을 제외하고는 모두 게거품을 문 채 고꾸라져 있었기 때문이다.

종리혁은 그 모습을 보고 소스라치게 놀랐다.

자신들 넷이 힘을 합치면 천하십대고수라도 어쩌지 못할 줄 알았는데 고작 수적 하나를 당하지 못해 이런 망신을 자초하다니.

애초에 집을 나설 때까지만 해도 이런 일을 겪게 될 것이라고는 상상도 하지 않았다. 자신이 강호에 나서는 순간 모두가 존경 어린 눈길로 자신을 우러러볼 줄 알았다. 그러나 그런 청운의 꿈은 한순간 물거품이 되고 말았다.

일이 이렇게 될 줄 알았다면 애초부터 나서지를 말 것을.

이젠 표가장의 막내 소저조차 볼 낯이 없다.

괜한 질투심에 나섰다가 오히려 망신만 당하고 말았으니.

뒤늦게 후회의 감정이 밀려왔지만 돌이키기엔 이미 늦어버렸다.

벌써 숨통이 꽉 막혀오니 이렇게 더 버텼다가는 숨 한 번 못 쉬어보고 하직할 판이다.

결국 종리혁은 곽패를 올려다보며 애원을 했다.

“끄으… 제발… 살려줘요……”

그러나 곽패는 으스스한 표정으로 고개를 내저었다.

“물론 죽이진 않아. 하지만 아까 말했었지? 네놈이 외팔이라고 부르는 순간 네 무덤을 만들어주겠다고.”

그 말과 함께 곽패는 도끼를 치켜들었다.

“으버버버버. 사람, 사람 살려!”

어디서 그런 힘이 났는지, 종리혁은 혼비백산해 비명을 질렀다.

그 소리에 청년들이 퍼뜩 정신을 차렸다.

곽패는 슬금슬금 다가오는 청년들을 보며 흉흉한 눈길로 엄포를 놓았다.

“누구든지 한 발짝만 더 움직여 봐. 그땐 이놈을 산송장으로 만들어 버릴 테니.”

그 서슬에 청년들은 걸음을 멈칫했다.

그러자 곽패가 싱긋 웃으며 도끼를 내리찍었다.

쉬익!

바람을 가르며 아래로 내리꽂히는 도끼.

“꺄아악!”

소녀들이 비명을 질렀다.

설아는 다급한 표정으로 곽무한을 쳐다봤다.

“가가, 어떻게 말려야…….”

종리혁은 그 말에 희망을 걸었다.

그러나 뒤이은 말에 그는 아득한 절망감을 느꼈다.

“지금 말렸다간 오히려 제 성질을 못 이겨 그를 죽여 버릴 거야.”

종리혁은 그 말을 듣는 순간 의식을 놓아버렸다.

하지만 상대가 정신을 잃었다고 해서 봐줄 곽패가 아니었다.

퍽! 퍽! 퍽!

섬뜩한 음향과 함께 도끼가 내리찍혔다.

소름이 끼쳐 그 모습을 차마 보지 못한 청년들. 눈을 감은 채 고래고래 고함을 질렀다.

"으아아! 이 야차 같은 놈아! 후환이, 후환이 두렵지 않으냐?"

그러나 그 말은 오히려 곽패의 가슴에 불을 지르고 말았다.

"후환? 크흐흐흐. 그래, 후환이 남아 있었지? 좋아! 후환이 두려우니 아예 이놈을 죽여 버려야겠군."

그때부터 끔찍한 음향이 울려 퍼졌다.

쿵, 쩍! 쿵, 쩍!

결국 보다 못한 추단이 나섰다.

"이놈아, 그러다 정말 송장 치우겠다."

그러나 추단 역시 나서지 않는 편이 나았다.

"방금… 뭐라고 하셨소?"

휙 돌아오는 곽패의 눈빛.

이젠 말려도 소용없다.

이때까지는 도끼날 대신 뒷면으로 후려치던 곽패.

추단이 나서자마자 도끼날을 아래쪽으로 고쳐 잡는다.

"에효. 저놈의 성질머리……."

추단은 고개를 설레설레 내저으며 곽무한을 쳐다봤다.

이제 그를 말릴 수 있는 사람은 곽무한뿐이었다.

*   *   *

동정호.

수많은 시인묵객이 소상팔경도(瀟湘八景圖)를 들먹이며 찬사를 아끼지 않는 바다 같은 호수.

그 동정호 입구에 한 척의 배가 나타났다.

은은한 석양빛을 맞으며 물살을 가로지르는 배.

처음엔 그러려니 하고 무심코 지나가던 사람들. 그러나 선미 쪽을 보고 난 뒤에는 하나같이 경악스런 표정을 지었다.

"맙소사!"

"저, 저, 저……."

사람들이 놀란 이유는 선미 쪽에 매달려 강물 속을 오르락내리락하는 물체 때문이었다.

유심히 보니 그 물체들은 모두 사람이 아닌가? 그것도 한두 사람이 아닌 네 사람이나 되었다.

그들의 몰골은 참혹하기 짝이 없었다.

어디서 얼마나 맞았는지 얼굴 전체가 퉁퉁 부어 있었고 그중 한 사람은 아예 팔다리까지 부러져 있다.

그런 상태로 강물 속을 오르락내리락하고 있으니 모두들 경악할 만했다.

"쯧쯧. 도대체 저게 무슨 일이래?"

"그러게 말이야. 정말 끔찍한 광경이군."

사람들이 서로 혀를 차며 이야기하자 구경꾼들이 하나둘 늘어났다.

그리고 잠시 시간이 흐르자 어느새 강변 주위에는 구경꾼들로 바글바글했다.

곽무한은 웅성거리는 소리를 듣고 명상에서 깨어났다.

무슨 일인가 하여 선실 밖을 내다보니 강변 가득 몰려든 구경꾼들이 보였다.

"이런!"

곽무한은 퍼뜩 선미 쪽을 쳐다봤다.

언제 교대했는지 추단이 노를 잡고 있고 곽패가 낚시를 하고 있었는데, 두 놈 다 팔자 좋게 낮잠에 빠져 있었다.

기가 막힌 곽무한은 시선을 돌려봤다.

설아 역시 의자에 기댄 채 꿈나라를 즐기고 있었다.

"휴우… 어처구니가 없군."

곽무한은 고개를 설레설레 흔들며 갑판으로 나갔다.

다행히 소녀들은 무사(?)했다.

헤엄을 칠 줄 몰랐는지, 아니면 공포에 질려 도망칠 엄두가 나지 않았는지 용케 도망가지 않고 제자리를 지키고 있었다.

네 사람도 무사해 보였다.

비록 비몽사몽을 헤매고 있었지만 가끔씩 '어푸어푸!' 하는 소리가 들려오는 것으로 미뤄 아직 익사하지는 않은 것 같았다.

"죄, 죄송합니다. 깜빡 졸았습니다."

추단과 곽패는 그제야 잠에서 깨어 머리를 긁적이며 변명을 했다.

"한심한 놈들! 네놈들이 생각이 있는 놈이냐, 없는 놈이냐? 네놈들 때문에 괜한 주목을 끌게 되었잖아!"

곽무한은 두 사람의 이마를 한 대씩 후려갈긴 뒤 밧줄을 잡아당겼다.

도대체 강물을 얼마나 들이마셨을까?

이젠 배가 부르다 못해 구역질이 났다.

그러나 애원을 하고 싶어도 방법이 없다.

입을 열 때마다 비릿한 강물이 목소리를 삼켜 버리니.

도대체 이 고문은 언제쯤 끝이 날까?

이젠 상처의 고통조차 느껴지지 않았다. 그저 이 지긋지긋한 강물을 벗어날 수 있다면 무슨 짓이든 할 수 있을 것 같았다.

그런데 갑자기 허리 쪽에서 팽팽한 압력이 느껴졌다.

'혹시?'

종리혁은 기대 어린 눈으로 앞쪽을 쳐다봤다. 순간 강물이 빙글 돌더니 몸이 허공으로 붕 떠올랐다. 뒤이어 '와당탕!' 하는 소리와 함께 끔찍한 통증이 전신을 파고들었다.

'아… 눈물 나게 아프지만 그래도 좋다……'

종리혁은 갑판에 드러누워 속으로 중얼거렸다.

그때 억눌린 비명 소리가 연이어 들려왔다.

촤아아… 콰당탕!

"끄윽……."

소리를 들어보니 동료들도 모두 건져진 모양이었다.

'다들 무사할까?'

종리혁은 퉁퉁 부운 눈으로 동료들을 찾았다. 그때 귓전으로 묵직한 발자국 소리가 들려왔다.

'서, 설마 우릴 죽이려고?'

갑자기 그런 생각이 들어 종리혁은 몸을 부르르 떨었다.

동료들도 마찬가지였던 모양이다.

"끄으… 제발 살려주십시오. 목숨만 제발……."

공포에 질린 목소리로 애원하는 동료들.

종리혁은 그에 질세라 자신도 다급히 애원을 했다.

그런데 의외로 부드러운 음성이 들려왔다.

"모두 일어나."

가슴속을 파고드는 낮고 거친 음성.

'그자다!'

처음에 자신을 죽일 듯이 노려보던 자.

종리혁은 얼른 몸을 일으키려 했다. 하지만 전신을 파고드는 통증에 그만 비명을 지르고 말았다.

"으악!"

깜빡 잊고 있었던 사실.

자신은 팔다리가 부러진 상태다.

'으드득! 그 악마 같은 코끼리 새끼 때문에…….'

통증 때문인지 갑자기 좀 전의 기억이 떠올랐다.

자신을 노려보며 무지막지하게 도끼를 휘둘러 오던 외팔이.

만약 그때 총채주란 자가 말리지 않았더라면 자신은 이미 황천길을 헤매고 있으리라.

그런 생각을 하며 종리혁은 곽무한을 올려다봤다.

석양빛 때문인지 눈이 시려왔다.

"생각보다 대가 약한 놈이군."

그 소리를 들으며 종리혁은 이를 악물었다.

'아파서 그런 게 아니라 눈이 부셔서 그래!'

속으로 그렇게 소리치고 있을 때였다.

갑자기 그의 손이 다가왔다.

뒤이어,

꽈드득!

부러져 나간 팔다리에서 어마어마한 통증이 느껴졌다.

"끄아아악!"

종리혁은 통증을 견디다 못해 눈을 까뒤집고 말았다.

"역시 약골이군. 접골하는데 기절하는 놈이 어딨어?"

'맙소사!'

청년들은 어이가 없었다.

마비산도 주지 않은 채 생으로 접골해 놓고 약골이라니?

수룡채에선 으레 하는 일이었지만, 명문가의 상식으로는 도저히 있을 수 없는 일이었다.

아무튼 청년들을 모두 끌어올린 곽무한은 손을 툭툭 털며 지나가듯 말했다.

"곧 내려줄 테니 모두 인상들 펴."

청년들은 그 말을 듣고 희색이 만연했다. 그러나 촌각도 지나지 않아 그들은 울상이 되고 말았다. 강변에 가득 늘어서 있는 구경꾼들을 본 때문이었다.

'크흑! 이런 망신이……'

'으으… 부친이 알면 날 때려죽이려 하실 거야.'

청년들은 다급히 곽무한을 쳐다봤다. 제발 이곳이 아닌 다른 곳에 내려달라고 애원하기 위해서였다.

그러나 곽무한은 이미 선실로 들어가 버렸고, 갑판에는 자신들을 노려보고 있는 추단과 곽패뿐이었다.

청년들은 몇 번 입술을 달싹거려 보다가 결국 고개를 떨어뜨리고 말았다. 무료한 표정으로 도끼날을 핥고 있는 곽패를 본 때문이었다.

*   *   *

끼이익, 쿵······.

드디어 배가 선착장에 닿았다.

곽패는 청년들을 돌아보며 말했다.

"자! 내려!"

그 말과 함께 발판이 놓여졌다.

청년들은 선뜻 몸을 움직이지 못했다.

선착장 부근에 새까맣게 몰려 있는 사람들.

망신도 이런 망신이 없다.

청년들이 우물쭈물 망설이고만 있자 곽패가 등을 떠밀었다.

'크흐흑······.'

청년들은 피눈물을 삼키며 하나둘 배에서 내렸다.

"어라? 저 청년은 영호세가의 셋째 공자가 아닌가?"

"맙소사! 화씨세가의 장남도 있잖아?"

"저기 업혀 있는 저 청년은 아무리 봐도 종리세가의 둘째 같은데."

우려처럼, 배에서 내리자마자 수군거리는 음성들이 들려왔다.

제발 못 알아봐 주길 기대했는데, 벌써 눈 밝은 몇 사람이 자신들을 알아보고야 말았다.

청년들은 참담한 심정을 달래며 걸음을 재촉했다.

마음 같아서는 얼른 이 자리를 벗어나고 싶었지만, 이미 몸과 마음이 지친 상태라 힘겹게 걸음만 옮길 뿐이었다.

소녀들 역시 마찬가지였다.

청년들에 비하면 손끝 하나 다치지 않은 그녀들이었지만, 배 위에서 당한 정신적인 충격이 워낙 컸던지라 감히 경공을 펼칠 엄두조차 내지 못한 채, 묵묵히 청년들의 뒤를 따라갔다.

모두들 이 악몽 같은 시간이 어서 지나가기를 바라며 하염없이 걷고 있을 때였다.

"아니, 아가씨? 도대체 이게 무슨 일입니까?"

갑자기 군중들 사이에서 익숙한 음성이 들려왔다.

"아……!"

군중들 사이를 헤치며 달려오는 흑의무복의 사내들을 보고 소녀들은 눈물을 글썽였다.

"아니! 저들은 표가장 무인들이잖아?"

"맙소사! 그럼 저 소저들이 표가장의 천금들이었단 말이야?"

군중들이 또 한 번 술렁거리는 사이, 소녀들이 바닥에 주저앉았다.

가문의 무인들을 보자 안도감과 함께 수치심이 몰려온 때문이었다.

표가장 무인들은 그 모습을 보고 눈에 불을 켰다.

"어떤 놈이냐? 어떤 놈이 감히 아가씨들께 위해를 가했느냐?"

그들은 이글거리는 눈빛으로 소녀들 뒤쪽을 노려봤다. 그때 그들 사이에서 한 사람이 걸어나왔다.

그는 각진 얼굴의 사십대 중년인으로, 불룩 솟은 태양혈에 형형한 안광을 지니고 있었다.

그를 보자 소녀들의 안색이 한결 밝아졌다.

"대사형!"

소녀들의 외침에 중년인은 안심하란 표정으로 미소를 지어 보였다.

그는 소녀들을 부축한 뒤, 천천히 앞쪽을 노려봤다.

강물 따라 흔들리는 배.

그 위에 네 사람이 보였다.

중년인은 안광을 돋워 곽무한 일행을 살폈다. 그러다가 곽무한과 설아에 이르러 그의 눈빛이 미미하게 흔들렸다.

그는 잠시 침묵을 지키다가 곽무한에게 양손을 모아 보였다.

"귀하의 존성대명을 알 수 있겠소?"

순간, 군중들 사이가 또 한 번 술렁거렸다.

그들이 아는 중년인은 보통 신분이 아니었다. 방금 소녀들이 그를 대사형이라고 불렀듯이, 그는 호북 최고 명문가라는 표가장 내에서도 다섯 손가락 안에 드는 절정고수였다.

그런 그가 장주의 두 딸을 억류한 것이 분명해 보이는 낯선 사내에게 포권을 취해 보이다니?

그러나 중년인이 그렇게 나올 수밖에 없는 이유가 있었다.

무인은 눈빛으로 말한다던가?

중년인은 두 사람에게서 깊이를 알 수 없는 거대한 기운을 느꼈다.

게다가 자신을 내려다보며 광오한 표정을 짓고 있는 칠 척 체구의 사내에게선 일대 종사(宗師) 급에서나 볼 수 있는 은은한 위엄이 느껴지고, 그 옆에 선 면사 차림의 소녀에게선 명문귀족에게서나 볼 수 있는 고아한 기품이 느껴진다. 그러니 아무리 표가장을 대표하는 그라 할지라도 신중을 기할 수밖에 없었다.

그러나 대답은 엉뚱한 곳에서 튀어나왔다.

"대사형, 저들은 수적이에요. 그것도 보통 수적이 아니라 무시무시한 수적이에요. 그러니 우리… 저들에게 신경 쓰지 말고 어서 가요."

아직도 겁에 질린 듯 가늘게 떠는 소녀의 말에 중년인의 눈빛이 백

팔십 도 달라졌다.

"진아야, 방금 뭐라고 했느냐? 수적이라고 했느냐?"

"네. 저 사람이 그랬어요. 자기들은 수적이니 가진 것 다 내놓고 강물 속으로 뛰어들라고요."

소녀의 손가락이 곽패를 향하자 곽패가 와락 인상을 썼다.

그 모습을 보고 중년인은 냉랭한 표정을 지었다.

정파 무인들이 항상 저지르는 실수.

상대가 수적이라니 괜히 안심이 된다.

자신이 느낀 저들의 기도는 살면서 가끔 저지르곤 하는 판단착오에 불과하다. 그러니 더 이상 저들의 외모에 현혹될 필요가 없다.

"알겠다. 너희들은 뒤로 물러나 있거라."

중년인은 소녀들을 뒤로 보내며 검병(劍柄)을 잡아갔다.

상대가 수적이니 살수를 써도 뒤탈이 없을 거라고 생각한 것이다.

그런데 진아라 불린 소녀가 갑자기 손을 잡아온다.

"대사형… 제발 그냥 가면 안 돼요? 저들은 정말 무서운 사람들이란 말이요."

그 말은 오히려 중년인의 분노를 가중시켰다.

'도대체 저놈들이 예진이를 어떻게 협박했기에?

중년인은 나직이 코웃음을 치며 앞쪽으로 나아갔다.

그런데 그가 막 두 걸음째를 내딛는 순간,

홰애애액!

가슴 철렁한 기음과 함께 하얀 물체가 하체를 노려왔다.

"웃?"

중년인은 깜짝 놀라 신형을 위로 띄웠다.

그런데 이럴 수가?

스스스스스…….

섬뜩한 기음과 함께 또 하나의 빛살이 머리 쪽으로 날아온다.

"이런?"

중년인은 다급성을 토하며 급히 검을 휘둘렀다.

카카칵!

눈앞에서 불똥이 퀴고 손목이 얼얼해 온다.

겨우 신형을 안정시킨 중년인은 놀란 가슴을 쓸어내리며 앞쪽을 노려봤다.

"비겁하게 기습을 가하다니?"

중년인이 화난 표정으로 소리치자 뱃머리 위에 서 있던 추단이 원반을 흔들어 보이며 히죽거렸다.

"기습이고 자시고, 죽고 싶으면 계속 설쳐 봐."

그 말에 중년인의 표정이 붉으락푸르락했다.

"오냐, 이놈! 어디 다시 한 번 던져 보거라!"

중년인은 노호성과 함께 땅을 박찼다.

순간, 추단의 눈빛이 착 가라앉는다 싶더니, 그의 손이 또 한 번 바람을 갈랐다.

획획획획획!

섬뜩한 기음과 함께 또다시 중년인을 향해가는 두 개의 원반.

그러나 이번에는 들릴락말락, 미세한 소음까지 더하여졌다.

팅, 팅, 팅.

바람을 가르며 눈앞으로 쇄도해 오는 원반. 그 사이에 숨은 희미한 빛을 발견한 순간, 중년인의 표정이 와락 일그러졌다.

"이런 비겁한 놈!"

중년인은 이를 갈며 급히 바닥을 굴렀다.

그 순간,

스스스스…….

원반이 머리 위를 스쳐 갔고 뒤이어,

피이잇!

원반 사이에 숨어 있던 희미한 빛이 아슬아슬한 차이로 머리카락을 스치고 지나갔다. 만약 그가 바닥을 구르지 않았더라면 원반은 튕겨낼 수 있었을진 몰라도 그 사이에 숨어 있던 소털 같은 암기에 의해 비명횡사하고 말았으리라.

"호오? 대단하군! 삼류무인들도 쓰지 않는 나려타곤(懶驢陀滾)의 신법을 쓰다니. 대단한 낯가죽이야."

이죽거리는 추단의 말에 중년인은 뺨을 붉혔다.

자신이 한낱 수적 따위를 상대로 바닥을 구르게 되다니?

"크윽! 이 치사한 놈! 무기 사이에 암기를 숨기다니?"

중년인이 얼굴을 붉히며 소리치자 추단은 무슨 소리냐는 듯 비웃음을 흘렸다.

"이런! 실력뿐만 아니라 눈까지 나쁘시군. 무기 사이에 암기를 숨긴 게 아니라 시간차를 두고 발출한 것이라네. 그것도 못 알아보는 주제에 어찌 총채주를 상대하려고?"

"으드득! 이 더럽고 치사한 놈이……."

하지만 입이 열 개라도 할 말이 없다. 사정이야 어찌 됐든 상대의 초식을 알아보지 못한 자기 잘못이 있었으니.

"오냐! 내 이 초식만큼은 쓰지 않으려 했으나……."

이제 중년인은 독이 오를 대로 올랐다.

그는 장에서 엄히 금하고 있는 독문 수법까지 쓸 생각이었다.

"이놈! 내려와라! 내려와서 정식으로 붙어보자!"

그 말에 추단이 훌쩍 몸을 날렸다.

"흥. 좋으실 대로."

추단이 내려서자 중년인은 기이한 자세를 취했다.

팔을 역으로 꺾어 왼쪽 가슴에 갖다 대고는 검날을 위로 세워 마치 창처럼 찌르려는 자세를 취했다.

추단은 그에 맞서 신형을 비스듬히 틀며 원반을 아래위, 두 방향으로 나누어 쥐었다.

장내에 팽팽한 긴장감이 흘렀다.

군중들은 두 사람을 보며 침을 꿀꺽 삼켰다.

곽무한은 무슨 생각에선지 두 사람을 지켜만 보고 있었다.

모두의 시선을 받으며 서로를 노려보던 두 사람.

"간닷!"

고함 소리와 함께 중년인이 먼저 움직였다. 그가 지면을 박차며 검을 날려오자 추단이 그에 맞섰다.

"흥! 오든지 말든지!"

추단의 목소리가 채 울려 퍼지기도 전에 두 사람의 신형이 교차되었고, 뒤이어 거센 격돌음과 함께 답답한 신음성이 흘렀다.

"크으윽!"

"우욱!"

신음성은 두 사람 모두에게서 나왔다.

중년인은 옆구리를 움켜쥔 채 독기 어린 표정으로 신음을 참고 있었고, 추단은 한 손으로 어깨 어림을 감싼 채 빰을 씰룩이고 있었다.

"흠. 괜찮은 수법이군."

곽무한은 두 사람의 격돌을 보며 고개를 끄덕였다. 그러자 설아가 그 말을 이어받았다.

"찰나간에 아홉 방위를 찌르는 변초(變招)군요. 무척 빨라요."

"음. 허초 속에 실초가 섞여 있어 쉽게 이기긴 힘들 것 같구려⋯⋯."

두 사람의 대화에 중년인은 깜짝 놀랐다.

'헉! 어, 어떻게?'

방금 자신이 펼친 초식은 눈 깜짝할 사이에 이루어진 것이다. 그런데 그 초식을 한눈에 알아보다니?

하지만 그보다 놀랄 일은 뒤이은 두 사람의 대화였다.

"문제는 왼쪽을 노리는 연환초식 같죠?"

"음. 그곳이 강점인 반면 약점인 것 같소."

그 말을 듣는 순간, 중년인은 가슴이 철렁 내려앉는 기분이었다.

단 한 번 펼친 초식을 보고 그 허와 실을 단숨에 짚어내다니? 그것도 비전절초를?

중년인은 가슴이 떨려와 냉정을 유지할 수 없었다.

반면 추단은 벌써 냉정을 회복해 재차 공세를 펼치려 하고 있었다.

군중들은 긴장한 표정으로 두 사람을 지켜봤다.

그때였다.

"멈춰라!"

멀리서 우렁찬 고함 소리가 들려왔다.

종리혁의 표정이 해쓱하게 변해갔다.

다른 청년들도 마찬가지였다.

"으… 우리 아버님께서도?"

잠시 후, 바닷물이 갈라지듯 군중들을 두 줄로 나뉘어지는 가운데 위맹하게 생긴 초로인들이 장내에 나타났다.

종리세가와 화씨세가, 그리고 영호세가의 가주들이었다.

상황은 점점 점입가경으로 흘러가고 있었다.

장내엔 팽팽한 긴장감이 흘렀다.

호북 땅을 대표하는 네 개의 가문.

그들이 한자리에 모여 진득한 살기를 흘리고 있다.

종리세가, 영호세가, 화씨세가, 그리고 그들이 나타나는 바람에 한 발 뒤로 물러선 표가장까지.

비록 호북 제일고수라는 표가장 장주 절세독안 표무봉이 빠지긴 했지만, 지금 이 자리에 있는 이들만 해도 웬만한 중소 문파는 숨조차 제대로 내쉬지 못한다. 그중 수뇌급의 면면만 봐도 종리세가의 가주이자 쾌검의 달인이라 불리는 일검무적(一劍無敵) 종리군과 내가검의 고수라 불리며 영호세가의 중흥기를 이끌고 있는 진천검(振天劍) 영호운형, 그리고 조화검의 창시자라 불리며 화씨세가를 신흥 명문으로 끌어올린 풍운검(風雲劍) 화진걸과 조금 전 추단과 싸운 표가장 무공 총교두 탈혼검 표기욱 등이 있다.

이들은 모두 호북무인의 존경을 한 몸에 받고 있는 명숙들이자 강호에서도 내로라하는 고수들이다.

그런 고수들이 고작 네 사람을 상대로 살기를 내뿜고 있고, 또 그런 살기를 대하면서도 눈 하나 깜짝하지 않는 사람들이 있을 줄이야…….

군중들은 곽무한 일행을 훔쳐보며 귀엣말을 소곤거렸다.

"실력은 어떨지 몰라도 배짱 하나만큼은 정말 대단하군."

"그러게 말일세. 내가 만약 저들이었다면 숨조차 제대로 못 쉬었을 걸세."

"하지만 저들의 실력도 만만치 않을 것 같아."

"맞아. 방금 전 저들 중 한 사람과 싸웠던 탈혼검 표 대협이 누구신가? 몇 해 전 호북 친선 비무대회에서 결승에까지 오르신 분이 아닌가?"

"맞아. 그때 진천검 영호 대협께 아깝게 패하셨지."

군중들의 수군거림이 계속되자 표가장과 영호세가의 무인들이 싸늘한 눈길로 군중들을 노려봤다. 그러자 장내엔 또다시 침묵이 감돌고, 군중들은 호기심 어린 표정으로 장내를 주시했다.

가주들은 열불이 치밀어 견딜 수가 없었다.

소문이 사실이었다니? 그렇게 혈기 방장하던 아들이 수적 따위에게 당해 저 모양 저 꼴로 망신을 당하고 있었다니?

도저히 있을 수 없는 일이었다.

고슴도치도 제 새끼를 아낀다고, 평소 애지중지하던 자식들이 저렇게 터지고 깨진 몰골로 망신을 당하고 있었다고 생각하자 가주들은 치미는 분노를 억누를 수 없었다.

"노오옴!"

가주들은 이글거리는 눈길로 곽무한을 노려봤다.

화살처럼 꽂히는 가주들의 분노.

그중에서도 종리군의 분노는 하늘을 찌를 듯했다.

그는 처음엔 자기 아들도 몰라봤다.

어디서 얼마나 맞았는지, 부풀다 터진 만두 같은 얼굴에 덜렁거리는 사지(四肢). 거기다가 제 힘으로는 서 있지도 못해 다른 세가 자식놈의 등에 업혀 고개를 푹 숙이고 있는 아들.

그런 상황에서 군중들의 수군거림까지 더하여지자 종리군은 머리 뚜껑이 휙 날아갈 것 같은 기분이었다.

"노오옴! 이 일을 어떻게 해명할 것이냐? 내가 납득할 수 있도록 변명을 해봐라!"

종리군은 금방이라도 검을 뽑아 들 듯하며 곽무한을 노려봤다.

그러나 곽무한은 그의 감정 상태를 고려해 주지 않았다.

"귀찮게 됐군……."

곽무한이 혼잣말처럼 중얼거리자 종리군의 표정이 발작 직전으로 변해갔다.

"뭐, 뭐, 뭣이라? 귀찮다고? 방금 네놈이 귀찮다고 했더냐?"

종리군은 설마하는 표정으로 곽무한을 노려봤다.

그러나 잘못 들은 게 아니었다.

"웬만하면 조용히 지나가려 했더니, 스스로 무덤을 파는군."

또다시 귀를 자극해 오는 곽무한의 음성.

"저, 저, 저 발칙한 놈이?!"

종리군은 더 이상 참을 수가 없었다. 웬만하면 수하들을 대신 내보내겠지만, 열불이 치밀어 도저히 견딜 수가 없었다.

"네 이노오오오옴!"

종리군은 분노성을 터뜨리며 벼락같이 몸을 날렸다.

누가 말리고 자시고 할 사이도 없었다.

"어쭈? 저 노인네가?"

그 모습을 보고 추단이 외눈을 번뜩였지만, 한발 늦어버렸다.

쾌검의 달인답게, 눈 깜짝할 사이에 곽무한 근처에 이르러 있다.

추단은 아쉬운 표정으로 입맛을 다셨다.

반면, 곽패는 기회다 하는 표정으로 눈을 번쩍 떴다.

그토록 기대하던 강호고수와의 격돌.

놈은 벌써 코앞에 이르렀다.

'총채주께서 나서시기 전에!'

곽패는 도끼자루에 불끈 힘을 줬다.

망막을 쏘아오는 하얀 칼 빛.

뒤이어 날카로운 바람 소리가 귀를 자극한다.

쐐애애액!

칼바람 뒤에 놈의 얼굴이 보인다.

곽패는 하얗게 웃으며 도끼를 치켜들었다. 그리고는 놈의 이마 위치를 가늠해 도끼를 휘둘러 갔다. 그런데 그때,

"뒤로 물러나!"

싸늘한 목소리가 고막을 때려온다.

'씨발! 절호의 기횐데…….'

곽패는 순간적으로 갈등했다.

그러나 거역하기엔 후환이 두렵다.

곽패는 입을 삐죽이며 빠르게 물러났다. 그 순간,

파파파팟!

뭔가가 소나기처럼 귓전을 스친다. 뒤이어 귓불이 간질거린다.

"어? 피?"

곽패는 눈을 휘둥그레 떴다.

‘도대체 언제?’

그러나 생각하고 자시고 할 틈이 없다.

쐐쐐쐐쐐액!

또다시 뭔가가 날아든다.

곽패는 급히 도끼를 치켜들었다.

따다다다당!

콩 볶는 소리가 요란하다 싶더니 손목에 얼얼한 충격이 전해온다.

“뭐야?”

어리둥절한 표정으로 쳐다보니 족제비같이 생긴 초로인이 찡그린 표정으로 난간 위에 서 있다.

“하? 그럼 뭐야? 저 자식이 벌써 공격해 왔다는 거잖아?”

곽패는 자존심이 상해 콧김을 씩씩 뿜으며 난간 쪽으로 달려가려 했다. 그러나 또다시 귓전을 파고드는 목소리.

“말 안 들을래?”

‘씨발……’

곽패는 앞을 막아서는 곽무한을 보며 힘없이 물러났다.

종리군은 기가 막혔다.

‘저 체구에 저런 반사신경이라니?’

자신의 외호가 뭔가?

일검무적이 아니던가?

그런데 저놈의 코끼리는 왜 멀쩡하단 말인가?

분명 급소를 노렸는데, 마지막 순간 실낱같은 차이로 피해 버린다.

‘저런 놈이 저 정도라면?’

갑자기 가슴이 무거워진다.

겁없이 앞을 가로막는다고 생각했던 놈조차 제압하지 못했으니, 눈앞에 서 있는 저놈은 어찌 처리할 것인가?

종리군은 묵직한 심정으로 검을 고쳐 잡았다. 그리고는 조심스레 난간 아래로 내려섰다. 혹시 몰라, 보다 안정된 위치를 점하기 위해서였다.

그러나 자신이 그러거나 말거나 무심한 표정으로 서 있는 곽무한을 보자니 왠지 자존심이 상했다. 그래서 안색을 찌푸리고 있는데 귓전으로 곽무한의 음성이 들려왔다.

"일초에 일곱 번의 출수라. 빠르긴 빠르군."

그 말과 함께 곽무한의 눈빛이 휙 날아온다.

순간, 종리군은 가슴이 철렁 내려앉는 기분이었다.

그가 눈을 번쩍 뜨는 순간, 서릿발 같은 살기가 몰려온 때문이었다.

'으으. 이놈은 보통이 아니다. 엄청난 고수다!'

그러나 그때까지만 해도 종리군은 자기가 질 것이라고는 상상조차 하지 않았다. 왜냐? 놈이 아무리 난다 긴다 해도 마구잡이로 배운 무공에는 한계가 있는 법이니. 그게 산전수전 다 겪은 종리군의 결론이었다.

그러나 그는 그 생각을 곧 수정해야 했다.

저벅, 저벅.

곽무한이 천천히 거리를 단축해 오면서부터였다.

'저, 저, 저놈이?

고수들 사이에서 거리를 단축해 오는 것은 자살 행위나 마찬가지다.

눈 깜짝할 사이에 승부가 갈리는 게 고수들의 결투인데, 저리 안하무인이라니?

'어리석은 놈!'

종리군은 쾌재를 지르며 손에 힘을 뺐다.

일수에 죽음을 선사하기 위해서였다.

그러나 그런 생각을 아는지 모르는지 놈은 점점 거리를 단축해 오고 있다.

'한 발만 더. 거기서 한 발만 더……'

종리군은 곽무한의 걸음걸이를 보며 호흡을 조절했다. 그리고 마침내 때가 왔다.

저벅.

"이노……."

종리군은 기합성을 터뜨리며 벼락같이 검을 뿌리려 했다.

그런데 이럴 수가?

놈의 신형이 갑자기 사라져 버렸다.

"혁?"

깜짝 놀란 종리군이 눈을 부비는 순간,

"이, 이형환위(移形換位)?"

"능공허도(凌空虛道)! 능공허도다!"

멀리서 군중들의 경악성이 들려왔다. 그에 놀라 고개를 들어보니 곽무한의 신형이 어느새 허공에 떠 있다.

"저, 저, 저럴 수가?"

종리군의 안색이 시퍼레졌다.

저건 이형환위도 아니고 능공허도도 아니다. 놈을 주시하며 호흡을 가늠하고 있던 자신이 낌새조차 느끼지 못했을 정도니, 그보다 훨씬 무서운 경지다.

그러나 그보다 더 무서운 것은 놈의 표정이었다.

놈은 입으로는 웃고, 눈은 웃지 않는 섬뜩한 표정으로 자신을 내려다보고 있었다.

그 미소를 보자 종리군은 오싹한 공포를 느꼈다.

그리고 언제부터였을까?

주변 공기가 차갑게 얼어붙기 시작했다.

"으으으……."

심장을 옥죄어오는 공포.

전신을 얼어붙게 만드는 기이한 한기.

종리군은 가는 신음성을 흘리며 주춤주춤 뒤로 물러났다.

곽무한은 그런 종리군을 보며 천천히 입을 열었다.

"이봐, 가주 양반. 내가 어떻게 해주면 좋겠어? 난 참고 싶은데, 내 형제들이 자꾸 울부짖고 있어. 널 죽여달라고… 그것도 세상에서 가장 잔인하게……."

그 말과 함께 곽무한이 씨익 미소를 지었다.

마치 한 마리 벌레를 대하는 듯한 기이한 미소였다.

『장강수로채』 11권에 계속…

무한 상상·공상 세계, 청어람 신무협&판타지

혁신적이고 참신한 도전을 하는 자만이 찾아낼 수 있는 특별한 재미!!

우화등선(羽化登仙) / 촌부 지음

「Go！武林 판타지」조회수 최단기간 1백만 Hit!!

『우화등선』 (羽化登仙)

'도를 얻은 사람일수록 어수룩한 바보와 같이 보인다.'
- 노재(老子)

'도를 얻은 사람은 아이와도 같다.'
- 쟝재(莊子)

자연지도(自然之道)를 깨닫고 탈각(脫殼)을 이뤘지만
이제부터는 인간지도(人間之道)를 익히기 위해 평범해야만 한다!
동글동글 귀여운 소년이 된 순진무구한 선인 청명(淸明), 하계로 내려오고,
그로부터 시작된 결코 평범할 리 없는 평범·무난 인생 도전 & 수행기!
평범해지는 것도 결코 쉬운 일은 아니로구나!!

순진무구한 선인의 결코 평범하지 않은 평범 & 독특한 인생 수행기!

무한 상상 · 공상 세계, 청어람 신무협&판타지

최강의 다모와 신선풍의 사신,
최악의 악동을 한꺼번에 만나게 될 것이다!

그곳에 그놈이 있다!
악몽(惡夢)의 시작이다!

『불선다루』
(不善茶樓)

불선다루(不善茶樓) / 송진용 지음

〈선량하지 않은 찻집〉이란 뜻의 괴이한 다루는 지독한 흙바람 속에서 삐거덕거리며 용케 버티고 서 있다. 세상 사람들이 〈누런 구렁이 고개〉라고 부르는 높은 언덕 위에 외롭고 쓸쓸히 서서 바람이 잠잠해지기를 기다리는 것이다.

"내, 내, 내가 요괴의 소굴에 들어왔나 보다."

악몽(惡夢)은 이제부터다! 무법자들의 지옥!
불선다루를 침범한 자 진정한 악몽이 무엇인지 알게 되리라!